O imigrante

Editora Appris Ltda.
1.ª Edição - Copyright© 2022 do autor
Direitos de Edição Reservados à Editora Appris Ltda.

Nenhuma parte desta obra poderá ser utilizada indevidamente, sem estar de acordo com a Lei nº 9.610/98. Se incorreções forem encontradas, serão de exclusiva responsabilidade de seus organizadores. Foi realizado o Depósito Legal na Fundação Biblioteca Nacional, de acordo com as Leis n.os 10.994, de 14/12/2004, e 12.192, de 14/01/2010.

Catalogação na Fonte
Elaborado por: Josefina A. S. Guedes
Bibliotecária CRB 9/870

C289i
2022
	Carnieletto, José Renato
	   O imigrante / José Renato Carnieletto.
	   1. ed. - Curitiba : Appris, 2022.
	   255 p. ; 23 cm.
	
	   ISBN 978-65-250-2742-5
	
	   1. Ficção brasileira. I. Título.
	
	                                          CDD – 869.3

Appris editora

Editora e Livraria Appris Ltda.
Av. Manoel Ribas, 2265 – Mercês
Curitiba/PR – CEP: 80810-002
Tel. (41) 3156 - 4731
www.editoraappris.com.br

Printed in Brazil
Impresso no Brasil

J. R. Carnieletto

O imigrante

FICHA TÉCNICA

EDITORIAL	Augusto V. de A. Coelho
	Marli Caetano
	Sara C. de Andrade Coelho
COMITÊ EDITORIAL	Andréa Barbosa Gouveia (UFPR)
	Jacques de Lima Ferreira (UP)
	Marilda Aparecida Behrens (PUCPR)
	Ana El Achkar (UNIVERSO/RJ)
	Conrado Moreira Mendes (PUC-MG)
	Eliete Correia dos Santos (UEPB)
	Fabiano Santos (UERJ/IESP)
	Francinete Fernandes de Sousa (UEPB)
	Francisco Carlos Duarte (PUCPR)
	Francisco de Assis (Fiam-Faam, SP, Brasil)
	Juliana Reichert Assunção Tonelli (UEL)
	Maria Aparecida Barbosa (USP)
	Maria Helena Zamora (PUC-Rio)
	Maria Margarida de Andrade (Umack)
	Roque Ismael da Costa Güllich (UFFS)
	Toni Reis (UFPR)
	Valdomiro de Oliveira (UFPR)
	Valério Brusamolin (IFPR)
ASSESSORIA EDITORIAL	Lucas Casarini
REVISÃO	Katine Walmrath
PRODUÇÃO EDITORIAL	Bruna Holmen
DIAGRAMAÇÃO	Bruno Ferreira Nascimento
CAPA	Daniela Baumguertner
COMUNICAÇÃO	Carlos Eduardo Pereira
	Karla Pipolo Olegário
LIVRARIAS E EVENTOS	Estevão Misael
GERÊNCIA DE FINANÇAS	Selma Maria Fernandes do Valle

Gratidão à minha FAMÍLIA, e...

... minha eterna gratidão para os que me orientaram...

Meus pais...

Fioravante Carnieletto e Maria Antônia Carnieletto

(in memoriam)

Uma viagem no TrEM PO.
Fatos e relatos.
Coincidências e referências.
Fantasias e metáforas.
O som de um trompete...
Tem real, tem sentimentos...
O Cronômetro de Martín não para...

"*O mundo nos apresenta muitos caminhos...*
Foi-nos concedido o livre arbítrio...
O futuro depende de nossas escolhas...
Se errarmos em nossas opções...
O tempo não voltará para recomeçar..."

PRÓLOGO

Bom dia, boa tarde, boa noite! Eu sou Martín, já passei dos 70 anos... Estou aqui no alto da torre, abraçado ao meu trompete em companhia de um equipamento moderno, meu celular... A tecnologia de hoje me salva, pois no YouTube encontro todas as minhas músicas, é só digitar o nome, ouço-as e divago... Aí posso relembrar todas as notas que já não consigo mais tirar do meu trompete. O passado está ficando ininterruptamente mais distante... A subida da torre me cansa, tenho que contar os degraus, parece que assim encontro forças para chegar ao topo. Nestes últimos meses, a subida tem se tornado a cada dia mais e mais difícil. Sem meus compromissos, que já há muito tempo foram assumidos por meus filhos, no entardecer, tenho o privilégio de assistir ao pôr do sol por sobre a mata distante, e sobre o coqueiral admirar a imensidão do mar...

Todas as noites, quando sentem falta de mim, sabem onde me encontrar. Meu neto sobe à torre e vem me chamar quando é quase meia-noite... Geralmente me encontra dormindo abraçado ao meu trompete, meu celular, sem bateria... Aí desperto com um leve toque de suas mãos e a doce voz, "Vozão, vozão!". E ele diz: "Vozão, vamos descer, já é tarde...". Acordo feliz com aquela voz suave e tão cheia de amor... Outras vezes, com a coroa de estrelas que nos cobre, meu neto, deitado na cadeira ao meu lado, juntos ficamos olhando para as estrelas conhecidas, ele sabe da história... Conversamos, e uma emoção nos invade, até que ficamos em silêncio ouvindo somente a natureza e as ondas do mar quebrando na praia... Da última vez, com a voz embargada, não me contive, e como querendo preparar meu fofuxo, falei: "Está chegando o dia em que seu 'vozão' vai também se tornar uma estrela...". Ele ouviu e chorou, não admitiu que isso poderia acontecer... Depois, sem mais nenhuma palavra, ele me abraçou e me amparou na descida. Fui deixado à porta do quarto onde minha amada me esperava impaciente. Dei um beijo, um abraço nele e falei-lhe do quanto eu o amava, e pedi que levasse minha bênção para sua irmã...

Este dia de hoje passou me enchendo de belas e felizes lembranças. No entardecer fui para minha rotina, com meu trompete e meu celular, subi lentamente à torre, a noite me envolveu como se estivesse me abraçando... Lembrei da minha história, escrita e guardada no cofre, minha família sabe de tudo... lembrei e agradeci a Deus, pensei que minha missão deveria estar concluída... Lembrei que, mesmo depois da partida do seu Chico, conseguimos manter as suas obras de altruísmo na cidade... Ouvindo suaves notas musicais soarem ao longe, não era eu que as tirava do trompete, nem saíam do meu celular sem bateria. Senti que eu estava me transformando em mais uma estrela... Chegará a minha hora, enfim, eu iria fazer companhia a tantas outras que me precederam que amamos e admirávamos...

Sinto pelos meus fofuxos, mas, com certeza, eles me encontrarão na Via Láctea... penso que vão contar minha história que se iniciou lá longe...

SUMÁRIO

CAPÍTULO 1
VIVENDO NO LIMITE... 13

CAPÍTULO 2
UM SEGREDO DE PADRECITO....................................... 18

CAPÍTULO 3
ESTRELAS E MATEMÁTICA.. 32

CAPÍTULO 4
UMA DÚVIDA.. 39

CAPÍTULO 5
HORA DE PARTIR.. 44

CAPÍTULO 6
O PRIMEIRO DESAFIO.. 48

CAPÍTULO 7
SEGUINDO EM FRENTE.. 58

CAPÍTULO 8
UM ABRIGO... 65

CAPÍTULO 9
ADEUS, AMIGO.. 76

CAPÍTULO 10
NOVA OPORTUNIDADE... 83

CAPÍTULO 11
PRIMEIRA VIAGEM... 86

CAPÍTULO 12
A VIAGEM MAIS LONGA 91

CAPÍTULO 13
UM SEGREDO 97

CAPÍTULO 14
LINO E TINA.. 102

CAPÍTULO 15
RUMO AO SOL NASCENTE 107

CAPÍTULO 16
CHEGADA AO PARAÍSO.. 111

CAPÍTULO 17
CHICO É FRANCISCO.. 118

CAPÍTULO 18
UM PORTO SEGURO... 126

CAPÍTULO 19
A FLECHA DO CUPIDO 132

CAPÍTULO 20
UM SEGREDO REVELADO.. 138

CAPÍTULO 21
PASSADO DISTANTE 147

CAPÍTULO 22
SU CHICO, UM SUSTO... 150

CAPÍTULO 23
UM SHOW ESPECIAL 160

CAPÍTULO 24
UMA DESPEDIDA. 170

CAPÍTULO 25
UMA SURPRESA. 178

CAPÍTULO 26
EM BUSCA DA FAMÍLIA. 189

CAPÍTULO 27
À PROCURA DE UM ENDEREÇO 204

CAPÍTULO 28
ÚLTIMA PARADA. 212

CAPÍTULO 29
UM TELEFONEMA 219

CAPÍTULO 30
O ÚLTIMO ELO. 229

CAPÍTULO 31
DEMOROU, MAS ACONTECEU. 238

CAPÍTULO 32
OS OLHOS DE JÚLIA. 247

Capítulo 1

VIVENDO NO LIMITE

Aproximadamente, seria este período de início, 1965 ou 1967? Vou tentar relatar o pouco que lembro de antes e quase tudo o que aconteceu depois dessas possíveis datas. A minha história é muito longa, são muitos anos passados... uma vida! Tentarei narrar o tempo cronológico, por aproximação, pode ser que fatos tenham ocorrido um pouco antes ou um pouco depois das datas que registrarei... Para ser o mais fiel possível, haverá uma mistura de idiomas, que aconteceu em momentos de emoção... Um período que marcou: é inverno, o sol que nos aquece vai dormir muito cedo. As noites são mais longas nessa estação. Fome e frio são nossos algozes... Nosso *papá*, a cada retorno para casa, transparece desilusão e tristeza. Chega tarde da noite, ouço seu lamento junto a *mamá*. *Nosotros, mamá y yo, más mis quatro hermanos: Ramires, Amadeu, Júlia e a pequeña Anita, casi siempre ya estamos acostados. Digo bien, acostados; mas no durmientes. Cuántas noches, por no tener qué comer, hacemos de cuenta que vamos a dormir para olvidar el hambre. A pequenina Anita es la que llora menos de hambre, por ainda estar siendo alimentada en el pecho de mamá*, apesar de já ter quase três anos, parecendo ter um. Júlia, com quatro anos, parecendo ter dois, segura o choro. *Pasan los días... Nosotros*, Ramires, Amadeu e eu, em nossas caminhadas pela mata, ainda encontramos alguns frutos silvestres, fora de estação. Tudo o que encontramos dividimos em partes iguais, nossa parte comemos pelo caminho. A outra parte levamos para casa. É questão de sorte, há dias em que falhamos em nossas buscas, mas sempre sobrevivemos e alcançamos o dia seguinte, e assim vamos resistindo. A *mamá* faz tudo o que pode, como sempre, reparte tudo do pouco que tem e mais o leite de nossa vaquinha magrela. Essa vaquinha, como uma heroína, continua dividindo parte de suas forças com a gente. Já se passaram dois anos e meio desde que ganhou seu bezerro e ainda não secou. Parece milagre, essa fonte que não seca. Segundo *mamá* nos diz, nunca durou tanto sua lactação, creio que sabe da nossa necessidade. Acreditamos que nossa princesa magrela nos ama muito, só pode ser por amor que nos dá tanto leite.

A falta de trabalho para *papá* nos deixou nessa miséria. Nossa safra de produtos que plantamos ao longo da estrada, com a falta de chuva, pouco produziu este ano e logo acabou. Consequência: mais uma noite vem e só um copo de leite para cada um de nós. Não sabemos se sobrou algo para *mamá*, e *padrecito*! Muitas noites *padrecito* não come nada, diz: "No tengo hambre". Não sabemos se ele comeu durante o dia!

Dormir! O sono é nosso melhor amigo, ele nos faz esquecer as dificuldades do dia a dia e até *el hambre*. Jogamos o pequeno colchão, velho e surrado, todas as noites aos pés da cama de ripas de *mamá* e *papá*. Ali dormem Júlia e Anita. Ramires, Amadeu e eu, como os porquinhos, dormimos no pequeno cômodo ao lado.

Nosso casebre está situado à beira da *ruta* poeirenta, 14, que, segundo sei, leva os *carreteros* até o Brasil. Nosso *padrecito* o construiu aqui, entre a mata e a *carretera*, com sobras de madeiras de uma serraria clandestina, escondida em meio à mata, que havia encerrado suas atividades. Já fazia meses que tudo estava abandonado, a madeira estava apodrecendo. Ele disse a nossa *mamá* que, se um dia o dono voltasse, ele iria trabalhar para pagar toda a madeira que havia retirado do depósito. Isso aconteceu no mesmo período em que o *padrecito* perdeu seu emprego em uma fazenda, onde trabalhava com um trator. A crise em nosso país foi a causadora de muito desemprego e fechamento de empresas. Conhecendo a região, sem condições de ir morar numa cidade, foi a única opção, nesse local construir um telhado para nos abrigar. Aqui nesse lugar, dizia nosso *padrecito*, temos uma fonte de água cristalina que vem da mata, poderemos amarrar nossa vaquinha nos pastos ao lado da *carretera*, criar alguns porquinhos e algumas galinhas, enquanto nos deixarem. O *padrecito* nos ensinou a caçar; Ramires e eu, os dois mais velhos, teríamos esse encargo. Enquanto ele, *padrecito*, foi para *Posadas*, cidade que, apesar da grande distância, dizia ser o melhor lugar para procurar trabalho, já que havia percorrido todo o longo caminho que nos separava de *Posadas*, sem sucesso. *Posadas* seria sua última esperança.

Após algumas viagens perdidas, um dia nos falou que havia encontrado um lugar para trabalhar. Contou para *mamá*, nós nada entendíamos. Assim, como ele dizia, de dia em dia, vamos conseguindo: um dia vinha sal e farinha de milho, outro dia açúcar e farinha de trigo. Ramires e eu, com arapucas e fundas, conseguíamos a carne como mistura. Plantamos aipim, *papas* e verduras, aproveitando a faixa estreita ao longo da *carretera*. A mata era de uma extensão muito grande, nunca encontramos seu fim. A *carretera* 14 entrava mata adentro, subia serpenteando a serra e sumia. Era assim a parte que conhecíamos. Tudo o que Ramires e eu conseguimos explorar nunca nos levou a lugar nenhum. Mata, mata, mata, mesmo dos pontos mais elevados que atingimos, subíamos nas árvores mais altas, até onde era possível e, a perder de vista, tudo era verde.

Assim estávamos passando os dias, os meses. Já teriam passado talvez três ou seis anos. E em nada alterava nossa vida a contagem do tempo. Na escola, somente Ramires e eu, faltávamos muito. A escola ficava muito longe e tínhamos que ir a pé. E, como muitas vezes a comida era insuficiente para nos dar forças, abdicávamos, assim, acumulávamos as faltas. Apesar das dificuldades, eu queria estudar, eu queria aprender matemática, eu queria usar todos aqueles números e fazer todas as contas possíveis. Os números me fascinavam. Fui crescendo naquele ambiente, não avaliava nada diferente, nosso mundo tinha limites. Nesse período em que meu *padrecito* estava sem emprego fixo, percebi a luta diária, as dificuldades que *mamá* e *padrecito* enfrentavam para nos sustentar. E a preocupação aumentava a cada ano que passava. Com nosso crescer, cresciam as necessidades. Mas para nós parecia que aquilo tudo era normal, não conhecíamos nada melhor do que aquela vida simples. Nossos limites resumiam-se da mata que nos cercava até a escola. Apenas *mamá* foi poucas vezes de carona para a distante cidade de *Posadas* com *papá*, quando dizia estar doente. Nós, todos os irmãos, quando alguma dor de barriga nos atacava, com os chás de *mamá* ficávamos bons novamente.

Por ser tão pequeno nosso casebre, duas paredes divisórias, dois minúsculos quartos e uma cozinha, era comum ouvir as lamentações do *padrecito* quando dizia para *mamá*: nada de melhor hoje, só promessas. *Mamá* sempre otimista: um dia vai dar certo! Após essas colocações, as falas cessavam, mas os soluços não conseguiam ser abafados, isso doía em meus ouvidos. E, em câmara lenta, o silêncio envolvia nosso casebre. Parecia que a cortina se fechava após o término de um espetáculo. O sono nos vencia...

Pela manhã, *papá* nos dava um beijo, nos abençoava, fingíamos que dormíamos, na maioria das vezes, e ele partia novamente. Acho que muitas e muitas vezes partia sem nenhuma alimentação, o pouco que tinha deixava para nós.

Há muito tempo que só era possível nos finais de semana ficarmos todos juntos. Participávamos do encontro dominical em uma igrejinha, distante cinco quilômetros, onde era nossa escola. Lá, reuniam-se umas trinta pessoas talvez. Um senhor de cabelos brancos nos falava de Deus, dizia como deveríamos nos comportar. Não sei se ele ensinou nosso *padrecito* ou se nosso *padrecito* ensinou a ele. As lições eram sempre repetidas pelos dois: quando falarem com alguém, sejam sempre verdadeiros, não poupem sorrisos e agradeçam sempre qualquer favor recebido. Bons gestos e bom comportamento abrem portas. Foram lições que aprendemos para a vida. Os sorrisos e os agradecimentos tornam a vida mais bela, dizia o homem de cabelos brancos. Isso eu guardei para sempre.

Na igrejinha, colegas de aula participavam com toda a família, igual à nossa. Chamava minha atenção que a maioria tinha junto pessoas de mais idade e que meus colegas as chamavam de *abuelos*. Um dia perguntei para *mamá* por que nós não tínhamos *abuelos*. Com um ar de tristeza, ela me disse que os nossos *abuelos* tinham ido embora para o céu e que haviam se transformado em estrelas. À noite, filho, vou te mostrar onde eles estão. Ela não esqueceu, naquela noite, mesmo não havendo luar, nos levou a todos para fora de casa e, dentro da imensa coroa de estrelas, nos indicou onde estavam nossos *abuelos*. A partir daquela noite, não sei se vimos as mesmas estrelas que *mamá* nos apontou, mas dentro das nossas cabecinhas admitimos que conseguimos identificar quais seriam nossos *abuelos*. Assim, nunca mais conversamos sobre o assunto, mas ficou gravado e, cada um a seu jeito, quando olhava para o céu, tentava encontrar novamente as estrelas correspondentes aos nossos *abuelos*.

Importante, nas minhas lembranças, todos os relatos que recebíamos, na nossa inocência, sendo ou não verdadeiros, foram guardados e estão vivos e latentes. Recordo de quando voltávamos para casa, depois de cada encontro lá na igrejinha, refaço todo aquele caminho na minha mente. Vejo *padrecito* e *mamá*, a não ser quando os interrompíamos, de mãos dadas percorrendo o trajeto. Eles conversavam mais do que qualquer dia que *padrecito* retornava de *Posadas*. Nós, os maiores, os seguíamos, às vezes atrás, às vezes à frente. *Padrecito*, quando os ultrapassávamos, ameaçava uma corrida para nos pegar, um ou outro, o que tornava o retorno divertido. Anita mudava de colo constantemente, um pouco com *mamá*, um pouco com *padrecito*. Se o sol fosse escaldante demais, quando encontrávamos uma sombra, fazíamos uma parada e tomávamos água para nos hidratar.

    Os dias passavam, e eu, o mais velho, que há muito entendia as dificuldades, queria ajudar. Ouvi uma noite *padrecito* falar que os anos passavam depressa, apesar da pobreza, e que com mais dois eu completaria dezoito. Estava preocupado porque não via dias melhores. O país continuava com o regime de ditadura, *padrecito* explicava para *mamá*, nós não sabíamos o que isso significava. Já que não sabia o que vinha a ser a tal ditadura, fazia de conta que não tinha ouvido a conversa, e o tempo ia passando. Um dia, a caminho para a capelinha, pedi *padrecito* para que me levasse junto a *Posadas* à procura de trabalho. *Padrecito* disse-me que era impossível menores de 18 anos encontrarem trabalho. Disse-me ele que, onde existia trabalho, somente admitiam maiores de 18 anos e que tivessem uma profissão. Eu queria ajudar, tinha que ao menos tentar.

Capítulo 2

UM SEGREDO DE PADRECITO

Por isso não desisti, e um dia, devido à minha insistência, para não ficarem dúvidas, ele aceitou me levar. Conseguimos uma carona e lá fomos nós, até *Posadas*. O trajeto seguia parte pela *ruta* 14, parte pela *ruta* 12. Por não haver linha regular de ônibus nesse caminho, tornava difícil o ir e vir do nosso *padrecito*. As estradas mal conservadas obrigavam os viajantes a procurarem alternativas em desvios de rota para o destino. Por isso, dependia de, muitas e muitas vezes, repetir o pedido de carona. Eu nunca tinha ido a uma cidade. Assustei-me com tanta gente. *Posadas*, cidade grande, ruas de barro, havia chovido muito, uma multidão de pessoas que iam e vinham. Num lugar central da cidade, uma praça, com árvores gigantes que sombreavam um pequeno palco, havia uma fila enorme, quatro pessoas diante de uma grande mesa, vestidas iguais, pediam documentos e marcavam o nome em um livro. Alguém ao lado anunciava em intervalos de tempo que haveria uma seleção dos capacitados para trabalhar em obras do Estado. Anunciava que somente maiores de idade poderiam ser inscritos e que eles deveriam dizer o que sabiam fazer. E o homem anunciava aos gritos:

— Quando houver vagas, anunciaremos os classificados na relação que ficará exposta no mural do departamento.

Padrecito, que já estava registrado aguardando um dia ser chamado, disse:

— Filho meu, veja quantos estão no mesmo caminho que o meu! Para você entender melhor, vem, vamos ver na última lista se está meu nome, assim faço toda semana.

Fomos ao departamento, mas o nome de *padrecito* não estava nos relacionados. Confirmou-se ali, sem dúvida, que minha chance de encontrar trabalho seria ínfima. Analisei a situação e fiquei decepcionado. Vagando com meus pensamentos, compreendi o que *padrecito* me havia dito. Despertei para a realidade quando *padrecito* disse:

— Martín, vou te mostrar, vamos, vou te levar onde é meu trabalho.

Na minha cabeça, havia criado uma expectativa; entre a esperança e a desilusão, sobrou-me absorver todas as novidades da cidade. Enquanto observava o movimento nas ruas e as vitrines das lojas, ia ficando para trás e *padrecito* tinha que me esperar.

— Aqui, filho, é o maior comércio de *Posadas*... Esta loja... — *padrecito* parou um pouco.

Antes de entrarmos, ele me contou como foi que conseguiu o trabalho. Disse-me que foi recebido por um moço muito simpático, que ouviu a história de nossa família, pacientemente ficando muito pensativo. *Padrecito* continuou: pensei que ele tivesse me abandonado... Parecia que estava olhando para muito longe, dava tempo para ele ter ido até nossa casa... Pensou, demorou... Depois perguntou meu nome, respondi, ele olhou-me nos olhos e falou:

— Não tenho lugar para trabalho efetivo, não precisamos de mais gente. Mas, mesmo assim, vou te fazer uma proposta, *señor* Juan. *Si usted* quer aguardar dias melhores, pode, por enquanto, ajudar a fazer cargas e descargas lá no depósito, quando tiver. Haverá dias com mais, outros com menos trabalho — e fez a pergunta: — *Quieres?*

Respondi na hora, filho:

— *Si, estoy de acuerdo!*

E ele completou:

— *Señor* Juan, vai ter que ficar sempre por perto. Deixarei seu nome para o encarregado.

E o meu *padrecito* reviveu comigo aquele dia:

— Assim é que estou, filho, já há tanto tempo, aqui guardando meu lugar, à entrada do depósito. Não quero perder meu posto. Não sei o porquê, mas a cada trabalho que faço, esse moço, o Javier, recompensa-me com alguns *pesos* para minha pensão, e do depósito entrega-me mais os alimentos que sempre levo para casa. Trabalhei muitos dias até ficar sabendo que Javier era o filho do dono da loja — depois de toda essa explicação, entramos na loja.

Lembro-me como se fosse hoje. Era uma loja muito grande, que vendia muitas e muitas mercadorias, eu nunca imaginava que tivessem tantas coisas para vender no mesmo lugar. Não vou me lembrar de tudo, minha cabeça se encheu com o que meus olhos viram; eram tantas coisas maravilhosas! Não sabia o nome, e para que serviriam, pensei: "Quando eu voltar, nem sei se lembrarei de contar para meus irmãos tantas novidades que vi". E *padrecito* me chamou à realidade com essa observação que ainda ouço:

— Percebeu, filho, que aliviamos o compromisso da nossa vaquinha — ele abriu um grande sorriso. — Então, ainda melhorou um pouco quando fiquei encarregado para organizar as mercadorias. Temos que reconhecer, com tantos desempregados em *Posadas*, que é uma dádiva essa oportunidade de trabalho.

Ele parou de falar pensativo... depois completou emocionado:

— Reconheço que não é muito, mas ajuda. Por isso agradeço a Deus, todos os dias quando volto para casa!

— Verdade, *padrecito*, estamos sendo abençoados! — eu disse.

— Filho, você viu a fila de desempregados?! Mas temos que ter sempre esperança — exclamou. — Quem sabe, como diz tua *mamá*, um dia melhor vai chegar! Por enquanto o tempo vai passando, Martín!

Depois continuou, tudo está gravado na minha cabeça:

— Sou grato ao filho do dono, o Javier, que está confiando em mim, acho que estou fazendo o certo, ele está até me elogiando pelo trabalho que faço. E sempre lhe agradeço com um sorriso — pensei: "*Padrecito* me dando exemplo" —, quantos gostariam de estar em meu lugar! No meu canto, no fundo do depósito. Nunca encontrei o pai do Javier. Nunca me atrevi a fazer-lhe qualquer pergunta. Só sei que se chama Ramon e, pelas informações dos que trabalham comigo, dizem ser uma pessoa muito boa. Dizem, filho Martín, que os filhos se parecem com os pais; então não tenho dúvidas de que o pai é bom, porque o Javier é um ótimo menino... Quem sabe seja hoje, ao entrar pela primeira vez na loja, que teremos a sorte de encontrar o senhor Ramon!

Meu *padrecito* falava, falava, eu ouvia, guardava tudo, na minha cabeça de inexperiente... Eu nem sabia o que dizer, não conhecia nada... Estava na escola da vida! Tudo na cidade era novo e surpreendente para mim.

Posso considerar que esse dia estava sendo um dia especial e creio que também para meu *padrecito*, pois estava ele apresentando-me a um pedaço do mundo que eu não conhecia, o mundo do comércio. Tínhamos entrado na loja pela porta principal. Ali estava eu! Seria meu primeiro contato com um local de venda de mercadorias para todos os fins. Caminhamos por entre tantos outros que negociavam. Ouviam-se pedidos sendo feitos, de alimentos, ferramentas, roupas, chapéus, apetrechos para cavalos...

No meu devaneio, em meio a tantas novidades, ouvi quando um senhor abordou meu *padrecito* declarando:

— Poderia estar entre mil, ou duas mil pessoas, eu sabia que quando o visse o reconheceria! — meu *padrecito* levou um susto. Ficou petrificado. O senhor interpelador fez uma pausa, olhou nos olhos de meu *padrecito*, que não desviou seu olhar. — É você, inconfundível, tenho certeza — exclamou!

Confesso que eu tremi, o que será que meu *padrecito* havia feito de errado? Perguntei-me aflito! Viria uma acusação? *Padrecito*, no entanto, ficou estático, calmo, aguardando com olhos nos olhos.

Muitos dos que ali estavam viram aquela abordagem, aquela cena inesperada com esse suposto freguês da loja. Antes que alguém interpretasse mal a abordagem enfática, o senhor simpaticamente apertou a mão do meu *padrecito*:

— Amigo, seja bem-vindo à minha loja! — aquela exclamação desarmou todos os curiosos. E o senhor colocou carinhosamente uma mão no ombro do *padrecito* e a outra no meu e nos conduziu por uma escada. Entramos numa sala com diversas cadeiras e uma mesa. Depois de um breve silêncio, olhando para *padrecito*, falou:

— Nem seu nome sei! Posso chamá-lo de...? — fez uma pausa.

Por estar sendo usada a língua oficial, meu *padrecito* assim respondeu:

— Juan, *señor. Mi nombre es Juan. Confieso que no entiendo...?*

Esse surpreendente senhor fez de conta que não ouviu o que *padrecito* falou, e continuou:

— *Muy bien! Muy bien! Juan, Juan!*

Após ter repetido duas vezes o nome de *padrecito*, continuou falando mansamente, e uma simpatia brilhava em seu rosto... Lembro de tudo como foi a conversa...

— *Puedo saber su nombre, señor?* — *padrecito* perguntou com a voz embargada.

— Ramon, sou Ramon, o dono desta loja.

E meu *padrecito* exclamou admirado:

— O senhor é o *padrecito* de Javier?!

E ele respondeu:

— Sim, Juan, Javier é meu filho! Você conhece meu filho?

Mas meu *padrecito* não teve tempo para responder à pergunta.

Foi talvez pela alegria do encontro, o senhor Ramon desconsiderou a necessidade de saber de imediato como meu *padrecito* conhecera seu filho. Achei importante que eu deveria seguir em pensamentos o que estava acontecendo com esse encontro inesperado, entre meu *padrecito* e esse senhor Ramon. Atento fui guardando todos os detalhes. *Padrecito* não conseguia falar, o senhor Ramon tinha uma cascata de palavras, impossível de interromper. Com olhar firme, foi narrando, perguntando, sem aguardar respostas.

— Como eu poderia esquecer aquele fatídico dia? Quando estava em viagem ao Brasil para levar minha esposa muito doente ao médico?! Tínhamos prazo limitado para o atendimento onde, por orientações, seria o único lugar que encontraríamos socorro. Lembra, Juan, da serra na *carretera* 14, em meio à mata, lá próximo da fronteira do Brasil? É tão longe daqui! Lembra de um carro atolado na lama até as portas?

Padrecito parecia não estar ali. Ouvia, mas não reagia. E o senhor Ramon continuou:

— O carro estava quase submerso, lembra, meu amigo?

Agora as palavras saíram com emoção. Se meu *padrecito* não conseguia juntar lembranças, nem pensamentos, lá naquela distância de casa, quanto mais eu! Bem que eu conhecia a serra da *ruta* 14, mas aquela conversa era totalmente estranha... Até que, enfim, *padrecito* conseguiu falar.

— Senhor Ramon, fiquei muito assustado quando fez aquela afirmação de que entre mil ou dois mil eu seria reconhecido.

— Peço desculpa, Juan, jamais seria minha intenção causar-lhe qualquer mal-estar. Talvez tenha sido precipitado na colocação das palavras!

— Não, não é isso! Na verdade, pensei que eu poderia ter feito algo errado, cometido algum delito, e não lembrava; ou que talvez o senhor poderia estar a cometer alguma injustiça comigo. Senhor Ramon, fui sempre muito cuidadoso, mas nunca se sabe se o que é certo para a gente é certo para os outros...

Depois de ouvir atentamente o que *padrecito* disse, senhor Ramon continuou:

— Foi a importância do seu ato que me levou à emoção. Esperava que esse dia chegasse. O dia de encontrá-lo para lhe agradecer! Como eu poderia esquecer aquele dia, repito.

Houve uma pausa. Agora ambos teriam voltado ao passado, relembrando um dia distante? Então parecia que os fatos estavam se encaixando. Cada qual com seus pensamentos, deveriam estar fazendo uma viagem, e eu observando. Ouvindo.

— Juan, você estava lá? Como? A subida da serra no meio da mata, na *ruta* 14? A *carretera* escorregadia e cheia de atoleiros? Lembra de um carro afundado na lama, até as portas? — ele repetiu e deu ênfase ao que já tinha dito. — O carro estava quase que submerso? Lembra, meu amigo? — o senhor Ramon falava emocionado, fez uma pausa — havia pouco movimento naquele dia por causa de muita chuva e a *carretera* estava intransitável. Foi uma fatalidade, porque em muitos quilômetros não encontramos ninguém pelo caminho. E, justamente no local mais difícil da subida, encontramos um carro, que nos abalroou, jogando-nos no atoleiro. Como era descida, ele não percebeu nossa situação e foi embora. Nós ficamos sem saber o que fazer, mata fechada de ambos os lados. Como buscar socorro? Eu não podia deixar minha esposa sozinha!

Ele fez nova pausa, como se voltasse toda a cena... depois continuou.

— Do meio da mata, surgiu você! Você, Juan!

— Senhor Ramon, estou como a despertar, ou melhor, a recordar um sonho distante. Esse acontecimento eu o havia colocado no esquecimento, não contei a ninguém até hoje, nem para minha esposa. Naquele dia, pensei que tivesse feito uma coisa certa e outra coisa errada, então achei melhor esquecer.

— Você não fez nada errado, Juan. Pelo contrário. Vamos recordar a situação, é muito importante. Assim que você viu a situação, tomando conhecimento da fragilidade em que nos encontrou, prontificou-se em nos socorrer. Não disse o que faria, saiu correndo ladeira abaixo... Você só disse: não demoro! E sumiu ladeira abaixo!

— Senhor Ramon: nunca que eu iria recordar esse acontecimento!

Mas Ramon continuou recordando! Cada momento daquele dia difícil. Eu, formando imagens na minha cabeça. *Padrecito* tinha um segredo, pensei.

— Nós confiamos no seu "não demoro". O tempo para nós no atoleiro era interminável, devido à urgência. Porém, não tínhamos outra escolha, nada a fazer a não ser rezar e aguardar. As dores de minha Ayelén a torturavam e quase que entramos em desespero. Perdidos nos pensamentos de preocupação, eis que, no silêncio da mata, ouve-se um ronco de um motor! Lá na curva da estrada, o trator roncando subia a serra como se devorasse aquele barro para mais rápido nos alcançar. A sequência da história você sabe, amigo Juan! Em minutos você nos arrastou. O carro e a nós! Literalmente nos arrastou até adiante da serra, dali para frente eu conhecia bem o caminho. A planície nos levaria ao Brasil. No desespero, pelo atraso da viagem, agradecemos sua ajuda, ofereci-lhe o pagamento em *pesos... Rechazaste cualquier pago, diciendo: que no me debes nada!* Sorrindo me disseste, Deus vos acompanhe, e num aceno sumiste na estrada lamacenta. Tudo, tudo ficou gravado em minha memória, conseguimos chegar em tempo no hospital. Minha esposa foi medicada, ficamos alguns dias internados e voltamos felizes. No retorno do Brasil para casa, fizemos uma parada no casebre à beira da estrada, no pé da serra. Não havia ninguém para nos dar informações sobre nosso socorrista! Não vimos trator algum... Decepcionados por não encontrarmos nosso anjo, voltamos para casa.

Com os olhos marejados, o senhor Ramon abraçou meu *padrecito*...

— Muitas e muitas vezes, Juan, passamos por aquele caminho, sempre com esperança de um dia encontrá-lo para agradecer-lhe.

Padrecito continuava ouvindo, parecia não querer recordar.

— O único local para obter uma possível informação seria aquela pequena casa entre a mata e a *carretera* no pé da serra. Em uma de nossas viagens, encontramos uma mulher e, ao perguntarmos sobre o ocorrido, nos informou que eles nunca tiveram trator algum. Mais: que nas proximidades não morava ninguém e frisou que lá era um deserto de gente, pois estavam cercados pela reserva da mata.

Havia muitas perguntas na cabeça do senhor Ramon, percebi. Será que meu *padrecito* Juan tinha as respostas? Deveria ter, avaliei.

— Amigo Juan, onde você mora? Como você estava lá? E como você está aqui? Onde você conseguiu aquele trator? Daquele casebre alguém poderia ter visto passar um trator, era caminho! Conta, Juan, para que eu possa entender o que aconteceu de real naquele dia!?

— Como eu disse, senhor Ramon: da minha parte, ninguém sabe do ocorrido. Seria um segredo que eu levaria para sempre comigo. Mas a vida tem sempre suas exceções, suas surpresas... Vejo que, entre tantas, mais uma hoje! Já faz muito tempo, quase que impossível de acreditar, mas que grande coincidência acaba de acontecer. Naquele casebre, ou melhor, eu diria, lá no pé da serra, é onde moro com minha família até hoje. Aquela é minha casa.

— Você mora lá, Juan?! Bam, bam, bam! Não é possível!

O senhor Ramon agora era quem não entendia nada, colocou a mão no queixo, olhando fixamente para meu *padrecito*. Sua feição alterou-se com a surpresa revelada. Demonstrando incredulidade, pediu para que *padrecito* lhe contasse sua história.

— Poderá ficar entre nós, esta é minha intenção! Vou tentar colocar mais ou menos o que consigo resgatar de minha memória, senhor Ramon. Porque aquele dia aconteceu assim: meu caminho foi desviado, não era meu objetivo sair na *ruta* 14, estava procurando frutas silvestres e caçando. Nunca fui tão longe de casa. Cheguei a pensar que estava perdido, a mata é tão extensa. A estrada sem movimento, o silêncio, somente os rumores da mata. Assim, quando vi, à minha frente surgiu a clareira da *carretera* e deparei com aquele carro totalmente encalhado. Realmente, foi tudo rápido demais... — *padrecito* colocou as mãos nas têmporas. — Lembro a cena agora... Logo entendi seu apelo, seu desespero, inconscientemente lembro que falei, *no tardo*! Enquanto corria ladeira abaixo, escorregando, caindo, levantando, eu não tinha ideia de onde buscar socorro. Eu não possuía nem uma junta de bois e na região também não, o que seria normal ter. Mas não tinha! Pensamentos voavam... O corpo caiu novamente! Foi quando, numa dessas quedas, caí voltado para o lado de uma estrada quase que obstruída pela mata, que levava a uma antiga serraria clandestina, que havia anos estava abandonada. Lembrei, como se relâmpagos clareassem minha mente. Quando os donos foram embora, de lá retirei os refugos de madeira para construir meu casebre — fez uma pausa —, espero que um dia voltem para que eu possa pagar a madeira... — *padrecito* respirou para abastecer os pulmões. — Por ter ido diversas vezes para buscar as madeiras necessárias para minha construção, chamou-me a atenção que lá havia ficado sob um pequeno telhado um trator. Outras vezes mais retornei ao local e lá se encontrava o trator, intacto. Nunca encontrei ninguém por lá. Achei estranho o abandono daquela máquina. Perdão, senhor Ramon, mas agora eu quero deixar tudo claro e não ter mais remorsos... Eu havia trabalhado em uma fazenda de tratorista e, depois da ditadura, senhor Ramon, perdi o emprego. Certo dia estava a esmo, pensei em verificar como estava o trator abandonado. Como para recordar meu emprego, subi no trator, retirei o pó do banco e sentei, ninguém para observar minha invasão. Olhei atentamente, parecia estar tudo em ordem. Na lateral do banco um pequeno espaço, olhei, ali estavam as chaves. Por curiosidade peguei as chaves, escolhi a correta e a coloquei na ignição... o arranque girou duas vezes e o motor explodiu num ronco forçado, a fumaça negra saiu do escapamento, tossiu como se estivesse engasgado. Depois, o barulho do motor, numa lenta, suavizou, parecia estar perfeito. Fiz todos os testes, torque obedecendo, para frente, para trás. Fiquei pensativo naquele dia! Por que foi abandonada esta máquina em perfeito estado de funcionamento? Achei estranho. Desliguei o motor, coloquei as chaves no lugar. Pulei dali pensativo, catei algumas madeiras que precisava, e voltei para casa. Esqueci o trator. Eu tinha um compromisso maior, terminar minha casa, cuidar da minha família, e ir em busca de trabalho. O trator foi esquecido.

Esse encontro inesperado, entre Ramon e Juan, trouxe uma grande alegria, gratidão, sorrisos e agradecimentos. Para comemorar, o senhor Ramon nos ofereceu café e bolo. Mais sabores da vida, que guardei nas lembranças do meu primeiro encontro com a cidade grande.

— Depois dessa longa história, senhor Ramon, agora estou recordando o dia do socorro. Vamos lembrar do tal trator abandonado... Tenho que contar...

— Isso, Juan, continua, quero saber...

— Então, numa das tantas quedas na descida, em busca de socorro, caí em frente à tal estrada abandonada, vamos emendar a história. Ao me levantar, pensei "é por aqui que devo ir", corri pela estrada, alguns galhos e o matagal quase impediam a passagem. Rezei para que aquele trator ainda estivesse lá.

Dois ouvintes, atentos ao que Juan estava por revelar... Meu *padrecito* havia se transportado, parecia não estar presente...

— Surpresa, senhor Ramon, o trator lá estava. Agora, pensei, espero que esteja ainda funcionando e que tenha reserva de combustível... Pulei no banco, a chave ainda no mesmo lugar, girei uma vez, nada, mais uma vez, nada... Desespero... Pedi a Deus, faça que esse motor vire! Girei novamente a chave, e o motor roncou, louvado seja Deus, gritei! Engatei marcha após marcha, rezando, quando vi, estava rebocando seu carro. Sinceramente não recordo como subi a serra, nem como cheguei para rebocar seu carro. Não tenho lembrança da despedida, nem do retorno. Só recordo que deixei o trator no mesmo lugar. Enquanto seguia com minha caça em busca por mais frutas, minha impressão foi que tivesse sonhado. Voltei para casa, repito, nunca contei a ninguém, pois não tinha certeza de que aquilo tivesse sido real. Meu medo era que, se tivesse sido real, poderia ser descoberto pelo proprietário do trator e ser condenado por invasão ou tentativa de roubo. Mais, se não tivesse sido real, minha história seria uma mentira. Por isso, joguei aquele dia no esquecimento.

— Isso tudo é surpreendente, Juan, não sei o que dizer, porque aconteceram coisas para mim e Ayelén, depois do socorro daquele dia! Muito tempo seria necessário para contar...

— Agora, senhor Ramon, após essa confirmação, sustentando que um dia arrastei seu carro do atoleiro, acredito que realmente aconteceu! Não foi um sonho!

— Essa surpresa é demais! Então, Juan, você mora tão distante, de *Posadas*, lá no pé da serra! Estás vindo de tão longe, a passeio? Fazendo compras? Ou...! Vieste por conta de quem? Do destino? Por quê? Como?

Diante de tantas perguntas, *padrecito* não se conteve, abriu um sorriso como há muito eu não via em seu rosto... e, em poucas palavras, revelou que já fazia muito tempo que trabalhava para o senhor Ramon no depósito, lá nos fundos. Contou como Javier o havia aceitado condicionalmente para carga e descarga de mercadorias.

— Javier foi muito simpático em aceitar-me... — foi a conclusão.

— Não é possível! Como nunca o vi, Juan, durante todo esse tempo? Que surpresa agradável! Javier hoje não está, mas, quando ele voltar, vou conversar com ele para contratá-lo, para a primeira vaga que surgir.

— Haverei de ser-lhes grato para sempre, senhor Ramon!

— Mas diga-me, por que veio tão distante de casa para trabalhar?

— Foram as dificuldades que me empurraram para longe de casa. Todo esse caminho que nos separa, em lugar algum tive oportunidade de trabalho. Segui sem rumo e, na ânsia de conseguir, fui bater lá nos fundos do seu depósito.

— Que bom, Juan! Fico feliz que, mesmo tarde, ainda eu possa retribuir como reconhecimento o bem que nos fizeste. Sem sua ajuda, naquele dia, dificilmente eu teria trazido minha esposa de volta para casa com vida. O médico falou que tudo foi providência, depois que lhe contei o fato do atoleiro. Inclusive o tratamento que o médico fez para minha Ayelén deixou-a totalmente curada, nunca mais voltamos ao hospital. Quando voltar para casa, contarei para minha esposa tudo isso!

— Também estou feliz, senhor Ramon, por ter sido útil!

— Juan, estou para receber uma máquina para beneficiamento de grãos, já fiz o pedido, prometo: quando a máquina chegar, você será seu operador. Esse será seu contrato de trabalho — os olhos de *padrecito* brilharam. — Recomendarei a Javier! As dificuldades que estamos enfrentando e superando, aqui entre nós, por causa da ditadura — o senhor Ramon baixou a voz —, devem passar. Tenho muitos créditos perdidos..., Juan. Por enquanto, continuamos do jeito que está. Mas prometo, quando vocês voltarem para casa, levarão algumas mercadorias a mais, garanto-lhe.

— Senhor Ramon, nada tem a ver com o que fiz! Eu apenas quero, se possível, uma oportunidade de trabalho. O que passou, passou!

— Muito bem! Agora não é hora de argumentos e justificativas. Terei um caminhão que vai para o Brasil, ele os levará, passará na *carretera* 14 e vai parar no pé da serra. Até mais tarde, amigo. Não vai embora hoje, Juan. Peço desculpas, tenho que ver umas pendências...

— Senhor Ramon, tenho cargas ainda para descarregar, vou trabalhar.

— Faça isso, Juan. Conversamos bastante e não me foi apresentado este menino. É seu filho, com certeza! É muito parecido com você.

— Sim! Este é Martín, meu filho mais velho, tem dezesseis anos. Veio junto, ele quer trabalho. Quer ajudar. Tenho mais quatro filhos menores, dois meninos e duas meninas.

— Parabéns, Martín, é louvável sua atitude, procurar trabalho! Pena que nosso país está nessa ditadura, nem para maiores temos vagas. Menores, impossível encontrar trabalho.

— Obrigado, senhor, vou aguardar, dias melhores haverão de vir!

— Esperança temos, filho! Porém, a cada dia que passa, temos mais gente chegando na cidade à procura de trabalho, eles precisam comer. E eu não posso ver ninguém passando fome.

Aquela revelação sobre as dificuldades que o povo enfrentava por falta de trabalho era clara: poderia colocar em risco seu negócio. Isso meu *padrecito* me lembraria quando ficamos a sós. Porque no momento Ramon confessou:

— É, Juan! Fico triste por não poder ajudar mais agora! Assim mesmo vou fazer o possível. São muitas vendas a prazo. Mas fazer o quê? E você, meu menino, venha comigo, enquanto seu *padrecito* vai fazer o trabalho de descarga.

Depois de toda aquela longa história, segui o senhor Ramon. Ele me levou no fundo de sua loja. Nunca imaginava ver tanta coisa num só lugar. Nesse dia, conheci por dentro o que era uma loja. Fui recomendado a uma moça que, a um sinal do senhor Ramon, seguiu-o. A moça pediu para que eu a aguardasse.

Quando ela voltou, trouxe camisas, calças, cuecas, que eu nem conhecia, e falou que era para ver o que servia em mim. Envergonhado, num cômodo fechado, fiz a primeira prova de roupas prontas de minha vida. Enquanto eu fazia a prova, a moça perguntou sobre meus irmãos. Meninos, idade, meninas, idade. Pediu-me para que sentasse e aguardasse. Quando voltou, trazia uma mochila de lona, de cor verde, abarrotada, as tiras que a fechavam estavam no limite. A mochila, com duas alças, seria presa às costas. Ela ajudou-me a prendê-la, assim, senti a praticidade para carregá-la. Sentindo o peso da carga em minhas costas, mal ouvi ela dizer: aqui estão os presentes que o *señor* Ramon está mandando para teus *hermanos*.

Agradeci e lhe disse: "Que *Dios los bendiga!*". Quando encontrei o senhor Ramon, na despedida, emocionado lhe falei que jamais iria esquecer esse dia. Para completar, deram-me um pacote de bolachas e doces para repartir com todos os meus irmãos. Quando citaram meus irmãos, em minha cabeça já incluí *mamá* e *padrecito* na divisão. Quase que não consegui pronunciar todas as palavras que estavam na minha cabeça... O senhor Ramon me fez um afago nas bochechas e me olhou cheio de ternura.

Havia uma hospedaria de preço extremamente baixo, com comida caseira, foi o que *padrecito* me explicou. Era onde ele passava os dias longe de casa. No caminho, contei do presente que carregava nas costas e outros apertados contra o peito. Eu disse a meu *padrecito*:

— Só abrirei o pacote quando chegar em casa.

Fizemos uma refeição com algumas pessoas que haviam se tornado amigas do meu *padrecito*. A hospedaria era uma construção longa, um corredor com muitas portas que davam para um pequeno quarto. Seria aquela minha primeira noite fora de casa. Deitamos, *padrecito* em um colchão e eu em outro. Ambos no chão. Antes de apagar a mente, dentro da escuridão da noite, os acontecimentos do longo dia, como sempre agradecemos numa oração a Deus. Estávamos bem melhor do que muitos irmãos, disse meu *padrecito*.

No dia seguinte, ficamos na cidade até a hora em que a carona prometida pelo senhor Ramon nos levaria para casa. Enquanto meu *padrecito* trabalhava, caminhei pela cidade. Queria conhecer mais e mais, tudo era novidade para mim. Não sabia quando voltaria outra vez. A situação do país, a tal ditadura, conforme diziam quase sempre em segredo, não deixava sonhar. Isso eu ouvi em algumas rodas de desempregados pelas ruas.

Chegamos em casa já madrugada, cansados e famintos. Em nossa bagagem, desta vez, trazíamos a promessa de um emprego mais efetivo, dependia apenas de uma máquina. *Padrecito* estava cheio de esperança... Descarregamos os meus presentes, agradecemos e nos despedimos do motorista. Porém, antes de partir, ele disse que tinha mais coisas para descarregar.

— O senhor Ramon recomendou que eu deixasse todas essas caixas onde vocês descessem do caminhão.

Foi uma surpresa, o motorista tinha sido orientado para guardar segredo pelo caminho. Somente no momento da chegada deveria revelar os presentes.

Que noite, que madrugada! Depois de muito tempo, o dia haveria de chegar com um sol de esperança. E foi! Dentro das caixas que o senhor Ramon mandou, havia tantas coisas que jamais tínhamos visto. Foi uma festa. Dividimos tudo: bolachas, doces, roupas, brinquedos. *Mamá* disse:

— Até parece que a pessoa que escolheu tudo isso conhecia Ramires, Amadeu, Júlia e a pequena Anita. Todas as roupas serviram! Até para mim, tudo serviu! Que Deus abençoe o senhor Ramon e sua família. Olha para você, Juan!

Juntos, *padrecito* e eu contamos tudo o que havia acontecido. Coincidências demais, disse *mamá*. Ela relembrou das vezes que haviam lhe perguntado onde morava na redondeza alguém que tinha um trator. Por não ter ninguém conhecido, ela nunca lembrou de comentar com *padrecito* esse fato. O tempo passou e tudo ficou no esquecimento, completou *mamá*. *Padrecito* ainda não se conformava. Tinha medo, confessou:

— Uma dúvida vem martelar a minha cabeça agora — disse. E colocou como objetivo que assim que possível iria até a serraria abandonada para conferir o que realmente havia lá. Concluiu que algo não estava bem claro lá na lembrança.

Revelou a promessa de trabalho, do senhor Ramon, a máquina de beneficiamento de grãos. Assim era possível manter viva a esperança de dias melhores.

Recordo, naquele final de semana, como de costume, fomos à capela e, mais do que nunca, agradecemos por tudo o que tinha acontecido. Pedimos em nossas orações pela família do senhor Ramon. A promessa de trabalho com a chegada máquina de beneficiamento de grãos, quem sabe, até uma mudança para *Posadas*! Seria a realização de nosso sonho, disse *padrecito* para *mamá*.

Capítulo 3

ESTRELAS E MATEMÁTICA

O final de semana passou rápido demais, *padrecito* voltou para *Posadas*. Voltaria à rotina, semana para lá, semana para cá. Havia uma diferença, agora, estava mais feliz, mesmo longe de casa, sabia que não faltavam alimentos para a família. E nas idas e vindas carregava a esperança de dias melhores. Antes de cada partida, perguntava para *mamá*:

— Será que está chegando o tempo de se cumprir sua previsão? Que um dia vai dar certo!

Até linha de ônibus nos finais de semana agora tinha. Não dependia mais de carona para chegar até *Posadas*.

Voltamos às aulas, agora a turma era maior. Quantas noites sem luar todos juntos, inclusive Anita, que já começava a entender mais as coisas, ficávamos a olhar para o céu. Cada um fazia sua fantasia, mas combinamos que no dia em que virássemos estrelas deveríamos ficar todos juntos. Júlia disse uma noite preocupada:

— O céu é muito grande, e já tem muitas estrelas, eu tenho medo de me perder de vocês.

Ela fez essa observação e, para tranquilizar a todos, eu disse que, por sermos família, a gente vai se reconhecer e não vamos nos perder.

— Olhem, todos sabemos onde estão nossos *abuelos*.

Ficamos por um instante em silêncio e depois partimos para a brincadeira de contar estrelas, até o sono nos chamar para a cama. Eu deitava e, até o sono me vencer, assim como as miríades de estrelas, números se acumulavam na minha cabeça, e acontecia uma ligação com o que vi em *Posadas*. Lá na cidade, pareceu-me que os números faziam parte de tudo. Cheguei à conclusão de que deveria dar uma importância ainda maior aos números. Estava decidido, na escola, em casa, onde fosse possível, eu iria ampliar meus conhecimentos na matemática. Fazíamos apostas e, com a ajuda de Ramires, praticava fazer contas de cabeça. Ramires escrevia números no papel, falava e eu tinha que somar. O tempo nos favorecia, onde quer estivéssemos treinávamos e assim minha memória se ampliava. Cada dia de testes eu dava com mais rapidez as respostas das contas que Ramires fazia. Somava, diminuía, multiplicada e dividia.

Um dia de chuva, com Ramires, fomos procurar onde ficava a tal serraria abandonada. *Padrecito* nos havia prometido que um dia iríamos juntos para a tal serraria abandonada. Mas nunca deu certo. Nos aventuramos, já que de mata entendíamos bem. Por ter passado muito tempo da história que ouvi, não foi fácil encontrar o caminho. Porém, pelo nosso conhecimento, não demoramos a encontrar vestígios da antiga estrada. Cortando galhos e cipós que tornavam intransitável o caminho, chegamos ao local descrito pelo nosso *padrecito*.

Ficamos decepcionados, não encontramos nenhum trator. O telhado, a que *padrecito* se referiu quando contou a história para o senhor Ramon, sim, este o encontramos. Estava quase oculto sob um manto de cipós. Tivemos que cortar, puxar, arrastar até deixá-lo limpo. Embaixo dele uma grande máquina de ferro enferrujado, com uma inscrição que dizia: "locomotiva", e outra palavra que não entendemos o que significava. Concluímos que, pelas barras de ferro, engrenagens e pelas grandes rodas, possivelmente dali saía a "força" para movimentar a serraria. A grande máquina com suas quatro rodas de ferro estava atrelada a trilhos, também de ferro. Para fora do telhado, subia um cano parecido com o do fogão lá de casa, com um grande chapéu para evitar a entrada da chuva... Outra chaminé menor tinha um pequeno chapéu ligado a um fio, cuja ponta estava presa num pequeno braço. Dava a impressão de que essas chaminés ajudavam a sustentar o peso do telhado. Havia quatro pés-direitos e as vigas entrelaçadas que reforçavam a estrutura. Depois da descoberta do telhado em referência, que protegia a tal da locomotiva, fizemos buscas nos arredores para ver se encontraríamos o trator. Segundo nosso *padrecito*, ele havia pegado um trator que estava sob um telhado, para salvar o senhor Ramon e sua esposa. Como não o encontramos, concluímos que talvez o trator estivesse em outro lugar. Ramires e eu combinamos que, quando o *padrecito* voltasse para casa, contaríamos sobre a nossa aventura à procura do trator. Caso fosse o mesmo lugar, seria possível que tivessem levado o trator e desmanchado o telhado. E a locomotiva, por ser muito pesada, tinha ficado ali abandonada. Foi a nossa conclusão.

Aproveitando, já que estávamos lá, vasculhamos uma grande montanha de madeira abandonada. Revirando aqui e ali, verificamos que havia muitos refugos de qualidade, bem protegidos. Sem intenção alguma, começamos a vasculhar. E Ramires observou:

— Olha aqui, Martín! Acho que tem peças para fazer nosso carrinho! Vamos escolher as melhores!

— Verdade, tem muitas tábuas que parecem novas!

— Aqui, Martín, vamos separar essas para levar. Podemos levar hoje algumas e depois voltaremos para pegar mais.

— Pode ser, daqui até em casa é longe, temos que levar aos poucos. Acho que não tem problema, isso aqui está tudo abandonado.

— É verdade! Vamos contar para *mamá e padrecito* onde encontramos essas madeiras. É o mesmo lugar que *padrecito* retirou madeira para nossa casa.

— Olha, olha, Ramires, veja esta peça o que te parece?

— Parece mais um pedaço de madeira abandonado, Martín! Nada diferente. Por quê?

— Ramires, tem uma figura impressa, não é possível identificar! Mas tem algo escondido dentro desse pedaço de madeira!

— Não vejo nada, *mi hermano*!

— Espera aí, deixa eu sentar e analisar, esse pedaço de madeira me diz algo. Vamos sentar lá na sombra do telhado, pois esse sol está muito quente.

— Martín, *estas viendo cosas! Conta-me o que es!*

— Ramires, *no es posible que no estas viendo!*

Ramires não via o que eu via. Arrastei a madeira e fomos para a sombra. Eu queria fazer uma limpeza, fazer uma raspagem, queria que Ramires visse o que eu via. Quando chegamos à sombra, procurei um pedaço de ferro, qualquer coisa resistente para fazer o que estava na minha cabeça. Tentei arrancar qualquer pedaço que fosse da locomotiva, nada. Olhei para a porta travada da fornalha da locomotiva, forcei o braço que estava encaixado, não se moveu. Peguei um pedaço de madeira comprido e, como se fosse uma alavanca, com a ajuda de Ramires, abrimos a porta. Qual não foi nossa surpresa quando dentro da fornalha encontramos uma caixa de lata enferrujada. Com grande esforço, a puxamos para fora. Tivemos que quebrar a fechadura e a descoberta de seu conteúdo me fascinou: facão, martelo, serrote, marreta, chaves de diversos modelos, e formões de diversos modelos, pequenos, maiores, redondos, uma pequena faca, um canivete e uma lima para afiar. Todas as ferramentas em péssimo estado, porém começamos a raspar umas nas outras, limamos e foram surgindo os fios de corte.

Nessa descoberta, peguei umas dessas ferramentas e comecei a talhar a madeira que encontrei. Em meia hora de trabalho, Ramires viu o que eu já tinha visto, mas que estava escondido.

— Um rosto, Martín! Um rosto de mulher!

— Eu não sabia o que era, Ramires, parecia estar sob um véu! Agora está aí revelando-se! Que coisa interessante.

— Que sorte, Martín, encontrarmos todas essas ferramentas!

— *Mi querido hermano, algo me dice que encontramos un tesoro!* — falei entusiasmado.

— *Ya es tarde, debemos regressar a casa*, Martín!

— *No vamos a llevar nada, esos descobrimientos de hoy me cansaron!*

— *A mí también!* — Ramires se queixou.

— Não vamos contar que viemos à procura do trator de nosso *padrecito*. Fica entre nós, certo, Martín?

— Combinado. Vamos guardar tudo dentro da fornalha novamente. E vamos para casa. E mais, dou minha sugestão: por enquanto, guardaremos segredo, o que acha, Ramires?

— *Sí, será nuestro secreto!*

Retornamos e nada contamos para nossa *mamá* sobre nossa aventura. Naquele dia começou nossa indústria de figuras entalhadas. As semanas passavam, nosso segredo guardado a sete chaves. *Padrecito* ia e voltava. Ramires e eu, em nossas horas de folga, corríamos para a serraria abandonada. Nossos olhos a cada dia identificavam mais figuras na montanha de madeira abandonada. Talhávamos, serrávamos, raspávamos e nasciam mais e mais figuras, que eram guardadas sob o velho telhado, as maiores e as menores, dentro da fornalha com as ferramentas. Essa nossa descoberta virou um prazer e um desafio. Disputávamos quem fazia a melhor peça. O tempo passou, o segredo continuou. *Padrecito* voltava de *Posadas*, muitas vezes triste, dizia que a máquina não chegara, e que o senhor Ramon, a cada mês, estava mais preocupado. Um dia *padrecito* disse:

— Já se foram duas colheitas e nada da máquina!

Comida agora não faltava. Nossa vaquinha já tivera mais um bezerro, nossas irmãs, Júlia e Anita, já estavam mais crescidas. Anita nunca mais chorou de fome. Aos nossos olhos, parecia que tudo estava bem. Amadeu, já mais crescido, um dia foi também para a velha serraria. Quando viu todas aquelas figuras esculpidas na madeira, ficou encantado e perguntou o que iríamos fazer com tanta coisa bonita escondida.

— Boa pergunta, Amadeu. — respondi.

— Não sei também! — Ramires falou.

— É, Ramires, nossa empolgação não nos deu tempo para pensar! O que fazer com tudo isso! — eu disse admirado.

— Tenho uma ideia! — numa inspiração disse Amadeu.

— Qual é tua ideia? — perguntei aflito.

— Poderíamos ficar na beirada da *carretera* com algumas peças e tentar vender — disse Amadeu. — Lembram que lá perto da escola tem gente que vende coisas na beira da *carretera*!

— Esse nosso irmão é um gênio, Ramires!

— Por que não trouxemos antes nosso maninho, Martin?!

— Ótimo! A partir de amanhã, sempre que possível, mantendo nosso segredo, vamos levar nossas peças para a *carretera* e vamos vender. Amadeu e você, Ramires, os dois, vão enfrentar esse desafio. Combinado?

— Combinado! Martín, você que foi para a cidade e conhece mais os *pesos* vai dizer quanto vale cada peça. Temos que combinar.

— Amanhã vamos trazer papel e lápis, marcaremos o valor de cada peça e já começaremos nossas vendas. Se alguém achar que vale menos do que pedimos, vamos aceitar. O importante é vender! Outra coisa importante: vamos manter tudo em segredo — disse eu, já com alguns pensamentos.

— Não vamos contar para *mamá e padrecito*? — perguntou Amadeu.

— Não, por enquanto, não. Ramires, vamos pensar assim: se conseguirmos vender nossas peças, vamos guardar os *pesos* numa lata, bem escondida e um dia, quando tivermos bastantes *pesos* daremos de presente para *mamá e padrecito*.

— Aceito esse pacto, e você, Amadeu? — perguntou Ramires.

— Aceito — falou Amadeu.

— Pacto feito. Agora, coloquem a mão direita sobre a minha e digamos juntos: por nada neste mundo poderemos quebrar nosso juramento! Somente o dia que de comum acordo encontrarmos a hora certa poderemos revelar nosso segredo! Pode ser?

E firmamos, os três irmãos, nosso juramento.

Assim, desde o dia seguinte, seguimos o combinado. Sob uma grande árvore, montamos nosso negócio. Ramires e Amadeu, à beira da *carretera*, colocamos à venda as peças da nossa coleção. Quantas vezes ganhávamos mais do que pedíamos por algumas peças. Eu não parava de talhar, raspar e dar forma à madeira bruta. Sentia uma força, e um impulso me conduzia para novas descobertas. A cada dia, as peças ficavam mais perfeitas. Quando nosso estoque estavam no fim, Amadeu já tinha aprendido a negociar, ficava sozinho na venda, e Ramires voltava a talhar. Aconteceu que, por muitos dias, minha primeira peça não despertou interesse de ninguém para comprá-la. Mas, um dia, Amadeu contou que um brasileiro gostou assim que a viu, a pegou na mão e a acariciou suavemente, virou de perfil, depois afastou-se e exclamou:

— É o rosto de minha esposa! É minha... — Amadeu disse que esqueceu o nome que o homem falou. E que o homem perguntou:

— Quem fez isso?

— E eu respondi, foi meu *hermano*.

Amadeu disse que o homem ficou encantado com aquela figura. Inclusive, contou que o homem falou um monte de palavras que ele não entendeu. Depois pagou muito mais do que tínhamos marcado no papel. Amadeu entendeu que ele voltava de viagem da capital Buenos Aires e que sobraram todos aqueles *pesos*, então os deu todos pela peça dizendo que seria um belo *regalo*, e foi embora.

Nosso depósito na lata cresceu nesse dia. Não tínhamos ideia do que poderia ser comprado com todo o valor que estávamos acumulando. Nossa técnica e prática com o tempo melhorou, por isso vendíamos tudo. Amadeu a cada dia se sentia mais feliz, e dizia que se tornara um bom negociador.

Uma noite *padrecito* voltou triste, disse que a indústria de máquinas que o senhor Ramon havia feito o pedido falira. Portanto, a curto prazo, não havia esperança de melhora no seu trabalho. A loja estava em crise devido às vendas sem pagamento. Havia a promessa do senhor Ramon de que, apesar dos pesares, jamais abandonaria nosso *padrecito*.

O tempo passou, eu estava completando dezoito anos, *padrecito* continuava desanimado. Não havia trabalho para *nosotros*. E agora, eu já de maior idade, se encontrasse onde trabalhar, poderia somar para melhorar a nossa vida. Poderíamos procurar um lugar melhor para morar. Mas ele concluiu que, no momento, não havia esperança.

Capítulo 4

UMA DÚVIDA

Nessa indefinição quanto ao nosso futuro, *padrecito* ficaria uma semana em casa. Assim, parado e pensativo, tocou no assunto que havia esquecido: a serraria abandonada e o trator do socorro. Nós três, Ramires, Amadeu e eu, fomos convidados por nosso *padrecito* para acompanhá-lo. Seria uma oportunidade de participarmos, todos juntos, daquele momento que poderia esclarecer uma dúvida que há muito o atormentara. Por enquanto, mantínhamos nosso segredo. *Padrecito* achou estranho que o caminho estava livre. Nós ficamos calados, ninguém fez qualquer comentário. Fila indiana, chegamos ao local.

Nosso *padrecito* ficou pasmo com o que viu e exclamou:

— Alguém está trabalhando por aqui, está muito diferente, Martín! Levaram o trator! E em seu lugar colocaram essa velha locomotiva! Martín, você lembra o que contei para o senhor Ramon?

— Sim, recordo que você disse que veio buscar um trator que estava sob um telhado. Devem ter levado o trator e desmanchado o telhado, *padrecito*.

— Não, filho, você não entende: o telhado é esse onde está a locomotiva, ali, ali eu tirei e coloquei de volta o trator. Será que estou sem memória, o que está acontecendo?

Bem que, quando *padrecito* contara para o senhor *Ramon* toda aquela história, dissera que parecia tudo um sonho o que aconteceu naquele dia do socorro! E agora? O que lhe parece, *padrecito*?

Ramires e Amadeu pareciam estar meditando sobre o que nosso *padrecito* dizia para *nosotros*. Os olhos arregalados. Todos sabíamos da história, só que agora estávamos dentro do cenário, chegara a hora de entender... *Padrecito* continuou:

— Filhinhos meus, estou confuso, temos que aguardar, encontrar quem está trabalhando aqui, e perguntar o que aconteceu? Quem tirou o trator e como colocaram em seu lugar essa locomotiva? Vejam esse monte de cavacos! E aqui, olhem o que tem dentro da fornalha! Uma caixa de ferramentas! E pequenas esculturas! — *padrecito* caminhava, vasculhava tudo, remexendo aqui e ali. — Olhem embaixo da locomotiva, também tem esculturas! Quantas! Terei que vir encontrar quem está trabalhando aqui!

Nós três, como se fossemos soldados aguardando ordens, tínhamos mantido distância do cenário. Vendo *padrecito*, com a mistura de dúvidas, incertezas, descobertas, mais a expectativa de encontrar quem trabalhava todas aquelas peças, nos deixou aflitos. Depois de tantas observações, tivemos que nos aproximar. Nosso *padrecito* estava simplesmente intrigado e encafifado. Nós, *los tres "hermanos cómplices de un secreto", cambiamos furtivas miradas. Nosotros entendiemos que deberíamos revelar nuestro secreto.* Havia uma angústia em nosso *padrecito*, pelo menos parte dela poderíamos aliviar. Numa última consulta e com um balançar afirmativo de cabeça, fui autorizado por Ramires e Amadeu, nosso segredo poderia ser revelado. Quase num pedido de desculpa, com olhos nos olhos de *padrecito*, iniciei a revelação:

— *Padrecito, excusa, perdon, nosotros* somos os que trabalham aqui. Foi desde que estive contigo em *Posadas*, onde fiquei sabendo da história, *nosotros*, Ramires e eu, viemos conferir e reabrimos o caminho. Desde aquele dia, ninguém mais, além de *nosotros* esteve por aqui. Assim estava a locomotiva. Apenas *nosotros* fizemos a limpeza, encontramos a caixa de ferramentas dentro da fornalha... E...

— Espera, Martín, esperem, meus filhos! *Usted me dice que ustedes encuentraran todo así?* Que somente vocês frequentam este lugar que estava em pleno abandono?! Sei que, após o fechamento da serraria, essa área passou para a reserva federal, e ninguém mais pode cortar madeira... — *padrecito* colocou as mãos nas têmporas, pensativo.

— Sim, *padrecito*! Tenho vindo com Martín desde o primeiro dia. Amadeu veio com *nosotros* depois de muito tempo, quando já tínhamos feito muitas peças — Ramires confirmou.

— O que está acontecendo? Vamos por partes! *Mi hijo, bueno, estás aquí tanto tiempo?! Solo tu?* Vamos calcular, *dos años o más, cuando usted,* Martín, *fue conmigo para Posadas habías hecho apenas quince años. Recuerda, te regañaste a ti mismo, porque querias trabajar, pero no fue eso.* E agora me dizem que por todo esse tempo nunca viram ninguém por aqui! Vocês me dizem que nunca viram um trator ali onde está essa máquina enferrujada? Digo a vocês, não estou louco, mas ali onde está essa "louca-motiva" — *padrecito* falou angustiado — havia um trator!... — *padrecito* apertou a cabeça com as mãos e logo fez a pergunta — *ustedes trabajan aquí en secreto todo ese tiempo?*

— *Sí, sí, padrecito!* — confirmamos os três.

— *Muy bien, muy bien!* Tudo parece ser um *sueño*! Um belo *sueño*! — *padrecito* continuou como se falasse sozinho — eu sonhei, o senhor Ramon sonhou, *nosotros* estamos sonhando. *Queridos hijos, es mucho mejor olvidar la história del tractor.*

Assim, *padrecito* encerrou aquele assunto. Uma coisa transpareceu, algo ficaria para sempre martelando em sua cabeça. Uma dúvida entre um sonho e uma verdade, não sabia em qual acreditar.

Com certeza, o que relatamos sobre nosso segredo, o trabalho de esculturas e vendas, o fez esquecer da primeira parte da surpresa. Relatamos tudo, tudo. Enquanto ele olhava incrédulo para aquela paisagem onde a natureza já se havia refeito. Parte da história da serraria abandonada estava apagada, seus olhos encheram-se de lágrimas. Olhava para todas aquelas peças, acariciava uma, depois outra... Ouviu todo o nosso relato em silêncio, depois *padrecito* nos abraçou um a um. Falou que tinha muito orgulho de *nosotros*. Disse que jamais pensou que seus filhinhos poderiam ser escultores! Contou que sempre conversava com *mamá*, preocupado com nosso futuro. Contou que ela percebia que ficávamos desaparecidos todos os dias, porém, como voltávamos sempre bem e alegres, ela nunca se preocupou.

Na verdade, contávamos para *mamá* que estávamos à procura de frutas na mata e que íamos tomar água fresca na nossa fonte secreta. E essa fonte existia, a água vertia sob uma grande rocha, formava um pequeno lago e depois desaparecia por entre o cascalho. Havia rastros de bichos e pássaros que lá matavam a sede, a fonte estava muito longe. Muitas vezes nós íamos até lá. Então, para não despertar suspeitas, quando voltávamos para casa sempre trazíamos os frutos que a mata nos dava. Dependia das estações do ano, colhíamos guabiju, guamirim, pitangas, cerejas, guabirobas e muitas frutas que não sabíamos o nome. Amoras, tinha o ano todo. Quando chegávamos em casa, Júlia e Anita as dividiam com nossa *mamá*. E tudo ficava bem. Por isso nunca despertamos suspeitas...

Padrecito achou criativa nossa desculpa. Nos abraçou novamente. Enquanto isso, tive uma ideia, e fiz uma sugestão:

— Vamos aproveitar, e é oportuno, levar um presente para Júlia, um para Anita e um para *mamá*. Quem escolhe o que vamos dar para cada uma?

— Eu vou escolher, deixem para mim! — *padrecito* declarou.

— Assim, vendo nossas obras de arte, elas vão tomar conhecimento de nosso trabalho — concluiu Ramires.

— Vamos para casa, *hijos* meus, hoje contaremos para *mamá* que a mata está recobrindo os vestígios da serraria e de uma história. E mais, que ninguém anda por aqui! Combinado!

Todos os três respondemos juntos:

— combinado, *padrecito*! — quando chegamos em casa, Amadeu foi imediatamente pegar a lata no esconderijo, entregou-a para *padrecito*:

— Aqui está nosso tesouro, nosso presente — *mamá* não estava entendendo de onde surgira aquela lata cheia de *pesos*. *Padrecito* fez o resumo de tudo o que acontecera. *Mamá* falou que nos amava e que tinha orgulho de *nosotros*. Beijou-nos a todos, inclusive Júlia e Anita, que ficaram enciumadas. O valor contabilizado surpreendeu nossos pais. *Nosotros* nem imaginávamos o que seria possível comprar com aquele valor. *Padrecito* fez as contas e calculou que, na atual situação, estaríamos garantidos para as despesas de vários meses. Fomos elogiados por nossas atitudes, comportamento e fomos parabenizados pelo talento de artesãos, sendo este frisado e classificado como uma bênção especial. Disse ele que muitas coisas não se aprendem na vida, elas nascem com a gente. Amadeu recebeu um elogio pelo seu talento de "negociante" e por ser o caixa geral. *Mamá*, Júlia e Anita gostaram dos presentes que *padrecito* escolhera, foi preciso explicar que não foram comprados, mas, sim, que foram feitos pelos irmãos artesãos.

Antes de guardar as cédulas de *pesos*, *padrecito* me surpreendeu, separou determinado valor entregando-me como presente de aniversário. Disse-me: a partir de hoje, Martín, com dezoito anos, com a responsabilidade que tem mostrado, você está pronto para seguir o seu caminho, e eu sei, haverá de encontrá-lo. Fui abraçado por todos e deram-me os parabéns.

Assim acabou aquele dia, muita coisa fora esclarecida, ficamos até tarde conversando, rindo e relembrando nossos segredos. Apagamos as lamparinas, e veio o silêncio que era quebrado apenas quando uma coruja fazia seu lamento. Pensamentos povoavam a cabeça: dezoito anos, seguir um caminho, que caminho? *Padrecito* disse que estou pronto. Mas aqui no meu país não há trabalho. Ocorreu-me uma visão: e no Brasil, como será o Brasil? Vendemos muitas esculturas para os brasileiros que passam pela nossa *carretera*. O Brasil para onde o senhor Ramon fora... Segundo ele, depois da serra, é só planície para chegar ao Brasil, então devemos estar perto, concluí... Agora que tenho dezoito anos, tenho alguns *pesos*, direi para meu *padrecito* e para minha querida *mamá* que irei para o Brasil. Amanhã vou contar da minha decisão, vou partir. Dormi.

Capítulo 5

HORA DE PARTIR

Decidido. Tinha que ser de imediato, se não fosse logo eu poderia desistir. O dia amanheceu com um céu totalmente azul, todos acordamos juntos, *mamá* preparou nosso café. Fizemos o desjejum juntos, a família toda reunida. Meus pensamentos a mil, a decisão já tomada. Enquanto engolia o pão de *mamá*, olhava nos olhos de cada um, em silêncio, guardei no meu coração aquelas imagens: segurei as lágrimas. Os olhos de meu *padrecito*, dedicado, amável e responsável... Os olhos de *mamá*, de amor incondicional, de fortaleza inabalável, de doação total... Os olhos de Ramires, meu irmão parceiro, cúmplice... Os olhos de Amadeu, também parceiro, cúmplice e esperto... Os olhos de Júlia, que espelhavam um lago azul-turquesa, às vezes verde-esmeralda, colaboradora de *mamá*, amável e delicada... Olhos de Anita, onde se via a paz, seus cabelos cacheados, parecia a cópia dos anjos que eu via nos livros de catequese lá da capela... Sempre foi, por ser a neném, o xodó de todos... Nossa princesinha sensível... Seria minha última refeição em família? Por que esse silêncio? Por que será que ninguém disse uma palavra? Ou será que meu devaneio me tornou surdo e ausente! Assim, nesse êxtase extremo, em virtude de minha decisão, quando vi, *mamá* tirava os alimentos sobrados para guardar. Foi quando retornei assustado ao presente. Em câmera lenta, vi cada um: *padrecito*, *mamá*, Ramires, Amadeu, Júlia e Anita. Eles falavam, movimentavam os lábios, mas eu não os ouvia. Despertei quando Ramires disse em tom de brincadeira...

— Acho que Martín, com os *pesos* que ganhou ontem à noite, está pensando em fugir! Não disse uma palavra durante todo esse tempo que ficamos à mesa!

— Ah, meu irmão, você tem cada ideia... — isso provou quanto ele me conhecia, sabia que algo estava para acontecer. Trocou apenas o fugir, por partir.

Corri atrás dele porta afora, alcancei-o, fizemos uma pequena luta, ele me derrubou, dei-me por vencido. Todos aplaudiram a vitória de Ramires. E rimos muito.

— Parabéns, meu irmão, você está conquistando o lugar de líder — sem pensar acabava de anunciar que ele, Ramires, assumiria meu lugar. — Está na hora, vai logo, logo vai fazer dezesseis... Toca aqui, meu parceiro! — após um aperto de mão, nos abraçamos.

Houve mais aplausos e todos correram atrás de Ramires. Queriam ver quem o pegaria. Mas Ramires cansou a todos e saiu vencedor. *Padrecito* e *mamá* assistiram a tudo torcendo e aplaudindo. Que momento inesquecível para levar, no dia da minha partida.

Nessa hora derradeira fiz uma revisão... Já fazia tempo que não mais passávamos necessidades, tínhamos o básico. Nossas galinhas forneciam ovos, nossa vaquinha, leite, nossa terra ao longo da *carretera* produzia um pouco de milho, feijão, mandioca e verduras. Tínhamos o suficiente para viver sem fome. Júlia e Anita já estavam crescidas, saudáveis, dentro da nossa simplicidade me pareciam duas princesas. *Mamá* as ensinou a ter cuidado com o asseio e todos os dias lhes fazia tranças nos cabelos. Aprendemos que pobreza não impedia de termos capricho e limpeza. Refaço esse dia de decisão da minha vida, dia da atitude de tomar um rumo, com as bênçãos dos meus pais e com o amor fraterno de meus queridos irmãos. Quero guardar no fundo do meu coração esse dia, por isso faço essa pequena avaliação da situação em que deixo meu pequeno grande lar, onde, apesar das dificuldades, o amor paternal e fraterno sempre foi o ponto alto e forte que nos orientou e nos conduziu.

"*Muy bueno*, decisão tomada, hora de partir." Alimentado pelo café de *mamá*, minha pequena bagagem, na mala de lona, já estava pronta. Só falei para *mamá* e *padrecito*, eles tinham que saber agora, meus irmãos saberiam depois. Se eu contasse, com certeza não partiria. Assim, fui abraçando, um a um... Começando por Ramires, meu *parceiro* inseparável; Amadeu, o cúmplice fiel; Júlia, a primeira princesa; e Anita, a segunda princesa, com seus cabelos de anjo, e olhar cintilante — tenho que dizer novamente tudo isso, porque levarei para sempre esse momento, e o mundo não me fará esquecer. Abracei minha querida *mamá*, que sempre acreditou em tudo o que lhe contávamos, porque sabia que fazíamos o melhor. Depois fui até meu "espelho", *padrecito*, abracei-o forte, ele que nunca fraquejou perante as dificuldades, o esteio que segurou de pé nosso abrigo. Pedi sua bênção e lhe sussurrei ao ouvido, "Chegou a hora, *mi padrecito* amado"... Seus braços apertaram-me contra seu peito, senti seu coração disparar e um calor transpassou-me como se uma força estivesse sendo transferida para mim. Foi um momento de emoção única, percebi que meus irmãos não estavam entendendo o porquê daqueles abraços coletivos. Coloquei minha bagagem nas costas, não tive condições de pronunciar uma palavra, nem olhar em seus olhos...

Quando olhei para a *carretera*, o ônibus que me levaria para terras estranhas já se aproximava. Corri, acenei, embarquei, o motor roncou feito fera, pegou velocidade, para subir a serra com uma carga que jamais imaginara estar carregando. Sem pagar passagem, levava minha família, minhas lembranças e minha esperança. Meu destino já estava decidido, a noite me revelara, sairia do meu país, a Argentina que não quis meu trabalho, onde a ditadura separou-me de minha família. O ônibus subiu toda a serra, atravessou a mata das minhas aventuras, alcançou a planície, não sei quanto tempo passou, acordei da minha divagação quando chegamos à rodoviária na cidade fronteira de Argentina com Brasil.

Localização, informações, percebi que ali conversavam em duas línguas misturadas, espanhol e português. Fui me adaptando, pois o português até que não era difícil, o mais difícil era me fazer entender. Como a fronteira é divisa seca, nos primeiros dias eu ia e voltava de um lado ao outro. O valor em *pesos*, presente do meu *padrecito*, foi suprindo minhas necessidades de hospedagem e alimentação. A princípio, nem imaginava que a quantia que tinha ganho de meu *padrecito* era tanto assim. Após aprender sobre câmbio, minha dedicação à matemática facilitou minha adaptação, chegou o dia de fazer a troca das notas de *pesos* por cruzeiros, dinheiro brasileiro. Guardei em minha carteira, para recordação, somente uma nota de cinco *pesos*.

Atravessei a fronteira em definitivo, sem saber se um dia eu voltaria para minha família e para minha terra. A sorte estava lançada. Na saída da cidade, pedi carona, logo um caminhoneiro parou, perguntou para onde eu ia. Respondi: para o Brasil. Ele achou engraçada minha resposta, e sorrindo me informou que eu já estava no Brasil. Por ser fronteira seca, eu não sabia onde era Argentina e onde era Brasil. Com um aceno, ele me indicou, vai, dá a volta, abriu a porta do carona, e autorizou meu embarque. O motorista, muito receptivo, disse que sempre dava carona para *hermanos* argentinos que vinham para o Brasil. Simpático, fez algumas brincadeiras e logo nos entrosamos. Algumas palavras ele não entendia, outras eu... Foi assim meu primeiro contato com um brasileiro, ressalto, muito atencioso, isso me deixou um pouco mais animado. E rodando pela estrada de terra vermelha, às vezes lento nas subidas, mais velocidade nas descidas após algumas planícies, chegamos até onde ele iria descarregar sua carga. Agradeci a carona; com um aperto de mão, disse-me:

— Bem-vindo ao Brasil!

Coloquei minha mochila nas costas, terra estranha, língua diferente, palavras diferentes. A cidade que se abriu perante minha visão em partes se parecia com nossa *Posadas*. Quanto mais me aproximava do centro, mais povo circulando. Havia um detalhe, as ruas eram diferentes de *Posadas*, todas com pedras colocadas em ordem, formavam um tapete sem fim, assim não se formaria barro quando chovia, nem pó quando seco, mais uma novidade para quem viveu sempre perto da natureza.

Contei meus cruzeiros, com certeza não teria o suficiente para muito tempo. Com meu pobre "português", fui em busca de trabalho. Aos poucos fui me adaptando, não esqueci meus princípios e recomendações, a cada contato agradecer e sorrir. Encontrei um local para as refeições e hospedagem, tornei-me ajudante de cozinha em um restaurante, creio que foi mais por consideração do que por necessidade, sempre sobrava gente, faltava trabalho. Mas eu, um estranho no ninho, dava tudo de mim, atento a tudo, aprendendo a fazer e buscando me aprimorar para conquistar um espaço nesse novo país. Passaram-se os dias, o que recebia em troca do meu trabalho, conforme dizia meu patrão, não era o que eu merecia, mas o que ele podia pagar. Assim não consegui fazer reservas, pelo contrário, para minhas despesas pessoais gastava mais do que recebia.

Capítulo 6

O PRIMEIRO DESAFIO

O primeiro golpe aconteceu, meu patrão confessou que lamentava, mas em virtude das dificuldades ele teria que me dispensar. Falou que havia muita gente e pouco trabalho, que sentia muito. Fiquei à deriva. Foi o primeiro impacto na minha vida, acabara de ser atingido duramente. Pelo tempo que tinha ficado, e pelo tratamento recebido, até que havia sido criada uma expectativa em minha cabeça, uma esperança... Mas tudo desmoronara. Conformei-me, afinal era minha primeira experiência e foi muito útil. Acabou, agradeci. Falei que tinha aprendido com a oportunidade, fui forte, apertei a mão do patrão, vi uma dor em seu olhar ao me despedir. Peguei meus pertences, coloquei-os na mochila e fui, saí sem rumo. Vou ser breve no meu relato sobre minha estada na cidade após a perda repentina. Por vários dias procurei, sem sucesso, outro posto de trabalho, minhas reservas foram esgotando-se dia a dia. Caminhando a esmo, procurei uma saída da cidade. Encontrei uma estrada poeirenta que seguia rumo ao interior, com pouco movimento. Segui a passos lentos e pesados, tinha na minha bagagem água e fogo. Em meus pulmões, oxigênio. Não olhei para trás, se olhasse poderia lembrar de minha família. Porém, "o poderia" aconteceu, e despertou: lembranças de *mamá*, *padrecito*, Ramires, Amadeu, Júlia e Anita, por mais que quisesse não lembrar, meus pensamentos desfilavam e me transportavam. Pronto, lá estava eu de pensamento lá longe, mas de corpo sozinho numa aventura em terras totalmente estranhas.

Caminhava, mas parecia estar sempre no mesmo lugar, uma carga estranha pesava em meus ombros. Arrastando-me, segui até quando o sol estava com seus raios pintando as nuvens no horizonte, a noite chegaria breve. Em todo o caminho, não encontrei local para comprar um lanche sequer. Antes que a noite chegasse e me envolvesse por inteiro, entrei num bosque à beira da estrada, com fome, encontrei um tronco caído, raspei folhas secas, fiz uma limpeza na medida do possível, depois, colhendo ramos verdes, agitei-os com força retirando qualquer inseto, fiz um bom lastro. Até que ficou macio! Vesti meu agasalho e deitei-me encolhido junto ao tronco, a escuridão me escondeu do mundo, rezei para estar escondido dos bichos e dos insetos também.

Quantas vezes com Ramires fizemos experiências em construir abrigos na mata, esse aprendizado me ajudou. Essa lembrança me perturbou, a fome eu conhecia bem, porém nunca tinha dormido fora de nossa pequena casa, a não ser quando estive com *padrecito* em *Posadas*. Na mata ouvem-se sons estranhos dentro da noite, mas nada me assustou, pois sabia que a natureza é um sistema vivo que respira e cresce. Sei que na mata, a não ser por alguns bichos peçonhentos e alguns insetos, tudo o mais não oferece perigo. Fiz minha oração e confiei na proteção Divina. O cansaço da caminhada me fez dormir imediatamente, mas sonhos me levaram para casa.

Quando acordei, o sol já brilhava alto, estava dolorido, com a boca amarga. A primeira noite de solidão total não me assustou, pelo contrário me fortaleceu. Guardei meu agasalho na mochila, tomei os últimos goles de água da minha garrafa de vidro e fui para a *estrada*. Fiquei de frente: surgiu uma dúvida, qual rumo pegar? Se fosse para a esquerda, eu voltaria, não queria voltar, houve uma decepção na primeira cidade. Uma força me impelia à frente, portanto, o caminho certo, mesmo sendo um grande desafio, estava à direita. Segui, encontrei frutos silvestres à beira do caminho, mais duas horas de caminhada, e encontrei um riacho de águas cristalinas. Com o sol aquecendo, segui o curso d'água mata adentro e logo encontrei um pequeno poço, tirei toda a minha roupa, tomei um banho revigorante, fiquei nu para me secar. Encontrei mais frutos silvestres, o silêncio era quebrado pelo cantar das águas do riacho e por um coro de passarinhos. Naquele ambiente, consegui refazer minhas forças. Quando estava seco, vesti minha roupa e segui rumo leste. Pensei, vou para o lado do sol nascente, desse lado nasce todo dia a esperança. É para lá que vou, eu hei de vencer!

Caminhei, caminhei, encontrei insignificantes plantações, porque a mata predominava de ambos os lados da estrada, não havia uma casa à vista. Esporadicamente encontrava pelo caminho uma carroça de bois ou um cavaleiro. Minha intenção seria parar no primeiro morador que encontrasse e pedir trabalho. Quando o sol estava a pino, parei em uma sombra para descansar, o suor escorria na fronte, minhas roupas encharcadas. Pouca água restava em minha garrafa. Enquanto meus pensamentos vagavam no silêncio desolador, ouvi o trotar de um cavalo. Um cavaleiro surgiu na curva do caminho, quando iria ultrapassar-me, puxou as rédeas do cavalo e parou. Antes que eu tivesse qualquer reação, me cumprimentou.

— Boa tarde! — e perguntou: — Está perdido, menino?

No meu sotaque espanhol, consegui dizer que não, e tentei me fazer entender, que estava procurando trabalho. O cavaleiro ouviu meu modo estranho de falar, e me questionou:

— O que um jovem, não brasileiro, faz por aqui? — com algumas palavras medidas e repensadas, tentei explicar que em meu país não havia trabalho por causa de uma tal ditadura e que viera ao Brasil na esperança de poder trabalhar. Lembro: não foi fácil para nos entendermos. O homem ficou pensativo... Não sei o que entendeu, da minha atrapalhada colocação... Nada respondeu. Depois, parecendo estudar-me, vi um olhar compassivo e, fazendo-me um sinal de aprovação, entendi que deveria acompanhá-lo.

Seguimos pela estrada principal, não sei por quanto tempo. Trocávamos palavras conforme progredíamos, muitas vezes nenhum sabia ao certo o que o outro dizia, porém estávamos nos entendendo. Contei que havia dormido na mata, que desde o dia anterior só havia comido frutos silvestres. Numa baixada, à esquerda, perto de uma pequena ponte, havia um caminho que seguia o curso da água, o cavaleiro me fez sinal novamente, segui-o. Uma mata fechada cobria os dois lados da estreita estrada. Esta serpenteava junto ao curso do rio e à mata, até avistarmos uma morada. Quando nos deparamos com uma porteira, a um sinal de cabeça do cavaleiro, a abri, depois a fechei. Assim que ultrapassamos a porteira, abriu-se diante de nós uma grande clareira em meio a mata.

No desnível do terreno, na parte mais baixa, diversas construções, e, bem acima no alto, uma casa muito parecida com uma que eu conhecia bem, a minha. À primeira vista, levei um choque, e de imediato vieram-me à mente queridas lembranças... Esta casa porém maior, construída sobre estacas elevadas, guardando sob o assoalhos um monte de equipamentos e uma longa escada dando acesso à parte interna. Quanto às lembranças, para não doer, tentei jogá-las no canto do meu arquivo secreto, por enquanto. Pensei, estou no Brasil, aqui é outro país, quis confirmar para manter-me firme em meu propósito. Vi que meu desafio de resistência apenas estava começando, nada ia me fazer recuar. Aprendi com *padrecito* que vitórias só se conquistam com trabalho e perseverança. *Padrecito* foi meu espelho, não o vi chorar uma vez sequer por causa das dificuldades. No caminho, já havíamos revelado nossos nomes, gravei como deveria chamar o desconhecido cavaleiro, Tião.

Tão logo chegamos à casa, Tião conduziu-me para dentro, lá estava sua esposa e duas crianças, um menino e uma menina, depois eu tomaria conhecimento sobre a idade dos pequenos: um e três anos, respectivamente. Fui apresentado como amigo argentino perdido no Brasil, e com ênfase ao fato de que eu estava com fome e que deveria ser alimentado urgentemente. A esposa de Tião, Dina, assim foi chamada pelo meu hospedeiro, entendeu o recado e prontificou-se em fazer logo um jantar, justificou, pois, que a noite já se anunciava pelas longas sombras formadas pela pequena elevação coberta de mata, em cujo sopé estava a casa aportada. Enquanto Dina preparava o jantar, acompanhei Tião, que foi dar alimento aos animais.

Assim, foi esquecida nossa longa caminhada e refizemos nossas forças com um jantar à base de produtos da terra: polenta, mandioca, ovos, carne de frango em molho, saladas, queijo, leite e pão de broa. Apesar de falarmos línguas diferentes, conseguimos lentamente nos entender, dentro do necessário. Percebi que, quando somos autênticos, não são necessárias muitas palavras para abrirmos caminhos para um entendimento; mais vale, sim, franqueza, o olho no olho. Do jeito que fui recebido na casa de Tião e Dina, como um verdadeiro *hermano*, não seria possível demonstrar minha gratidão por palavras. Houve um entrosamento fraterno, rimos com as palavras que não eram compreendidas, brinquei com as crianças. Nenhum questionamento investigativo me foi feito pelo acolhedor casal, a consideração e simpatia que me dispensaram deram-me a tranquilidade de me considerar mais um, da família.

A noite já havia se tornado breu e apenas uma lamparina com uma chama tremulante iluminava o interior da casa. A brisa que entrava pela janela travava uma luta constante contra a chama, mas a lamparina continuou vitoriosa. Depois que a esposa terminou de guardar o que sobrou do jantar e lavar as louças, meu *hermano* Tião — não posso chamá-lo diferente

— anunciou que seria hora de dormirmos e descansar. Expressou que, no dia seguinte, teria que recolher sua safra, "referências que não conhecia", de feijão, que já estava passando de maduro. Sem cerimônia, indicou-me uma cama num pequeno quarto onde eu poderia descansar. Os seus pequenos dormiriam no mesmo quarto dos pais.

    Agradeci efusivamente, não sabia como argumentar com palavras, na cidade aprendi um pouco, mas aqui parecia que todas as palavras eram novas, diferentes. Mas ali estava eu, tendo sido recebido por anjos e como se por anjos estivesse sendo cuidado. Antes de me deitar, fui para fora da casa, havia uma bica de água, ao chegar ainda dia ela chamou minha atenção, não foi difícil localizá-la. Pelo quadro da janela, a luz da lamparina facilitava minha orientação. Refresquei meu rosto, com as mãos em concha, tomei daquela fonte, uma água pura e refrescante. Sorvendo o líquido precioso, em minha cabeça formou-se um paralelo entre a água e meus *hermanos*, ambos com um mesmo valor dentro da minha insípida jornada. Num momento, parei para olhar o céu. Milhões de luzinhas coroavam o firmamento na imensidão; nesse exato momento, brilhavam para mim e para os meus lá... Não vou dizer as mesmas estrelas... "Seja forte, Martín" — um pensamento riscou minha cabeça como um relâmpago... Preparei-me para não ter que me levantar durante a noite... Entrei, coloquei meu corpo na cama, rezei e agradeci a Deus por esse lugar, depois, por segundos vaguei... Uma coruja piava triste quebrando o silêncio. Seria triste o piar da coruja, ou seria a minha solidão que o tornaria triste? O cansaço venceu, entrei para o mundo dos sonhos...

    Um galo cantou, despertei. Pela fresta da janela, uma réstia de luz anunciava que amanhecia. Sem esperar que o galo cantasse outra vez, pulei da cama. Na casa, silêncio absoluto, com passos medidos, fui à porta, abri, nuvens pintadas de diversas cores anunciavam que o astro-rei estava a despertar no horizonte distante. Fiz minha oração. Essa parte não posso esquecer! Gratidão a Deus pelo abrigo que encontrei dentro de corações bondosos. Aproveitei todo o tempo, enquanto aguardava o despertar de todos, lavei algumas peças de roupa. Enquanto os galos cantavam, um choro de criança juntou-se fazendo coro e despertou a todos. Era hora de mamar, com certeza foi a reclamação da pequena, pois não demorou, o choro cessou. Em minutos toda a casa estava acordada, a fumaça da chaminé começou a subir em espiral, ouvia-se o tilintar de louça, panelas e talheres, o menino correu ao meu encontro, a janela abriu e ouvi um bom dia, de Tião e de Dina.

— Martín, não demora. Teremos o café pronto — Tião falou.

E já emendou, dizendo para Juninho:

— Vai mostrar para nosso amigo onde está o milho para tratar as galinhas.

Segui Juninho, fui até uma construção onde encontramos uma caixa com o alimento preferido do bando que nos seguia. O menino, apesar de sua pouca idade, sabia o que tinha de fazer. Assisti à festa da galinhada disputando cada grão que lhe era servido. Aqui é nosso paiol, disse Juninho. Vi onde estavam guardados os mantimentos e todas as ferramentas do Tião. Juninho falava tanto e eu pouco entendia, quando fomos interrompidos por um chamado que veio pela janela: Dina proclamava que o café estava na mesa. Juninho me conduziu, fomos à bica de água, nos lavamos e depois seguimos para o café. Agradeci a hospedagem e tentei argumentar que estava lhes causando incômodo e que tinha que partir. Tião, já sentado à mesa, fez sinal para que eu me sentasse. Depois que falei todo atrapalhado, ele fez um gesto de que não me havia entendido, balançou os braços e apontou para os alimentos que estavam na mesa. Omelete, polenta, queijo, pão, bolacha, um verdadeiro banquete considerando o local em que me encontrava. Naquele dia descobri e me fiz uma pergunta: assim seria o Brasil? Guardei para mim esse pensamento... Poucas palavras foram ditas durante a refeição. Apenas Tião frisou que seria um dia longo, que teria que aproveitar o tempo para fazer a colheita do feijão. Faltavam palavras para nos entendermos, formava-se sempre uma lacuna em meio ao nosso diálogo. Dina pouco falava, mais preocupada em atender os filhos. Ainda não haviam se formado na minha cabeça as palavras certas para me expressar, que, assim que minhas roupas secassem, retomaria meu caminho. Somando as dificuldades da língua, pensando na despedida, eu perdia o rumo da conversa. Tião pensava, ele não conseguia fazer com que eu o entendesse, tentou gesticular... Colocou uma mão sobre meu braço e com a outra fez um gesto como se pedisse para eu aguardar...

Terminado o café, Dina retirou a louça e o que sobrara guardou no armário. A seguir, preparou-se, segundo meu entendimento, para ordenhar as vacas, que impacientes circulavam no potreiro ao lado da estrebaria. Da janela eu tinha uma visão dos arredores. Tião, mais uma vez, pediu para que eu aguardasse, tomou o rumo da mata mais fechada e logo depois retornou. Trazia uma panela grande e bem lacrada, não identifiquei o que seria.

— Martín, aqui está o leite que, somado ao de hoje, transformamos em queijo. Nesta panela o guardamos dentro de uma fonte, onde a baixa temperatura não o deixa azedar. Serviço pesado cabe sempre ao Tião — ele frisou —, vou colocar na cozinha, quando Dina chegar é só fazer a mistura, colocar coalho, aquecer e aguardar para prensar.

— Tião, amigo, sou grato, por tudo, mas devo partir. Logo que minhas roupas secarem, retornarei para meu caminho — mesmo gaguejando as palavras, ele entendeu minha intenção.

— Que caminho, Martín, para onde vais? Fica! Se quiseres. Não tenho trabalho permanente a te oferecer e, mesmo que tivesse, não poderia te garantir pagamento, mas se ficar para a colheita do feijão poderemos, quem sabe nesse período, encontrar algo para ti.

— É muita bondade, amigo, essa sua acolhida terá minha eterna gratidão. E, nesse sentido, pelo que entendi, sua colheita pede urgência. Se vier a chuva, o feijão pode se perder! Sendo assim, para ajudá-lo, eu fico!

— Muito bom! Quanto mais foices, mais roçados. Esse é um ditado nosso aqui no Brasil. Trabalhando em dois, o resultado também dobra.

— Quando começaremos, Tião? Onde está a lavoura?

— Vem comigo, irmão!

Seguimos por uma estradinha em meio à mata e, depois de meia hora de caminhada, abriu-se à nossa frente uma grande clareira, lá estava a lavoura de feijão. Uma cor bege tingia todo o chão. Tião falou que jamais tinha visto sua lavoura tão perfeita, com tamanha carga de frutos. Realmente chamava atenção, plantas saudáveis e vagens maduras prontas para colheita. Lembrei da nossa pequena lavoura à beira da *carretera*, lá também nunca havíamos conseguido uma carga de vagens semelhante. Apaguei logo da mente minha comparação, pois colocamos mãos à obra. Tião contava histórias de outras colheitas... Estava feliz por eu ter ficado. O trabalho dos dois rendia...

Muitos dias foram necessários para guardar toda a colheita. A eira ficou por dias sem folga, os batedores feitos por duas varas, uma de três metros e outra de um e meio, emendadas por um tento de couro, açoitaram sem cessar para retirar os grãos das vagens. Com a carroça puxada por uma junta de bois, as cargas eram transportadas para o paiol. Chegou a faltar sacas e barbante. Por esse motivo, Tião teve que interromper a colheita e, numa manhã, bem cedo, a cavalo foi até o armazém comprar o que faltava. Já havia necessidade de outros mantimentos para casa, então, levou outro cavalo de reserva para trazer tudo em uma única viagem. Nesse dia fiquei sozinho na colheita, assim, percebi a dificuldade que Tião teria se estivesse sozinho para fazer todo aquele trabalho. Dina pouco ajudava na lavoura, tinha que cuidar da casa, das crianças, preparar as refeições, lavar roupa, além da ordenha das vacas e, ainda, empenhar-se na fábrica do queijo.

Quando Tião retornou, o sol já se punha, as sombras se estendiam e a lua quase cheia despontava no horizonte. Por pouco tempo, a lua brilhou, algumas nuvens surgiram e cobriram o céu, Tião ficou preocupado, no mínimo, precisaríamos de mais dois dias de sol para terminarmos a colheita. Há duas noites passadas, caíra uma chuva passageira, que não atrapalhou muito, o sol da manhã secara logo e à tarde conseguimos guardar o que estava pronto. Essa noite, porém, as nuvens pareciam mais carregadas, relâmpagos riscavam o horizonte distante. Tião disse:

— Vamos pedir a Deus, já que ELE nos deu tempo propício para lavoura até agora, quem sabe possa nos dar mais dois dias sem chuva.

Reconhecemos a proteção divina e juntos rezamos agradecendo. E a graça veio. Naquela noite a chuva foi embora, e fomos brindados com mais dois dias de sol. Concluímos a colheita, o feijão estava guardado no paiol de Tião e Dina. "Tudo está no seu lugar", disse Tião à Dina. Mais um dia de trabalho duro encerrava-se! No início da noite, nuvens carregadas esconderam as estrelas, por pouco tempo a natureza ficou em silêncio total. Quando relâmpagos começaram a riscar o céu no horizonte, os grilos começaram seu canto estridente... Dina disse:

— Quando os grilos se fazem ouvir tão alto assim, não é bom sinal.

Tião também ficou preocupado, e comentou que sentia o ar pesado, nem brisa havia. Não demorou, o primeiro trovão foi ouvido, clarões iluminavam tudo, os grilos cessaram de repente. Um silêncio nos envolveu, nenhuma palavra foi dita. Mais um trovão acima de nós, a terra tremeu. Um repicar no telhado, outro e mais outro... Mais um estrondo seguido de uma luz intensa machucou nossa visão... Aquele estrondo deve ter aberto uma fenda no céu, tudo veio abaixo, um barulho ensurdecedor abateu-se sobre o telhado, este bravamente resistia, era de madeira lascada e resistente. Dina colocou folhas no fogo do fogão, acendeu uma vela... A pequena encolhida no colo da mãe, o menino abraçado pelo pai... Orações... Ninguém falava, porque ninguém ouvia... Parecia que não acabava nunca... Uma chuva de pedras jamais vista, como diria Tião depois que acabou. Abrimos a porta e encontramos o pátio da casa com uma camada de gelo, tão espessa, que mais parecia um manto branco estendido em todas as direções. A luz dos relâmpagos agora já mais distantes refletia-se como num espelho. A noite ficara até mais clara. Depois do susto, Tião fez a seguinte observação:

— Estou feliz e grato por tudo o que tem acontecido.

— Feliz e grato depois de uma pedreira dessas, Tião? — falei incrédulo.

— Sim, feliz e grato e digo por quê! Acho que você, Martín, foi desviado do caminho, "alguém" o desviou intencionalmente e eu o encontrei. Se você não tivesse aceito meu convite e concordado em ficar, meu feijão, agora, estaria todo perdido.

Mais alguns comentários como de praxe compreendidos e não entendidos foram feitos. Ainda entendi outra observação de Tião, que pela manhã poderíamos ver o tamanho do estrago causado pela pedreira.

Quando o galo cantou, nessa manhã, após o gelo caído do céu, fomos conferir quais foram os danos causados. A noite tinha sido mais fria que o normal justamente pelo gelo que ainda resistia nas valas. A mata estava toda desfolhada, parecia que fora chicoteada sem dó, revelando seus galhos desnudos e feridos. Uma camada de folhas picadas cobria o chão.

— Que pedreira caiu aqui! Meu Deus! — exclamou Tião.

Realmente, se o feijão do Tião e de Dina estivesse na roça ainda, teríamos que catar de grão em grão! Tudo poderia estar perdido. Depois de o gelo derreter, voltaria a rotina no sítio de Tião e Dina.

Fiquei, a pedido dos meus amigos e irmãos, que assim os considero, mais alguns dias. Reformamos cercas, colhemos o saldo da lavoura de milho. O sítio ficou pronto para o inverno que viria, nada mais tinha a fazer. Todo o feijão foi depositado no armazém onde Tião comprava roupas, ferramentas, açúcar, sal, farinha e tudo do que necessitava. Parte da sua safra, há muito, estava comprometida pelo crédito e parte ficou em garantia para o futuro. Somente uma quantia muito irrisória em cruzeiros Tião levara para casa no dia em que juntos fomos fazer o acerto de contas. Compreendendo a situação, percebi que não havia mais motivo para ficar. Tião fora claro e franco, desde o dia de nosso encontro, que não era possível me contratar para um trabalho permanente. Entretanto, eu estava consciente do quanto fora útil para mim essa estadia e a convivência com sua família. Agora não tinha justificativa, chegara a hora de partir. Com um sentimento profundo de ambos os lados, percebemos que uma ligação estava para ser rompida. Não de amizade, porque tinha outra conotação, já que havia sido feita no coração. Fora uma parceria de ajuda mútua, honesta e fraterna.

Fiz minha mochila, roupas limpas, Dina quis deixar todas as minhas coisas em ordem. E como complemento fez um suprimento de pão, queijo, salame, água, fogo e um cobertor. O cobertor seria útil para quando o inverno chegasse. Tião lembrou que talvez em poucos dias as noites pudessem tornar-se frias. Ainda mais, meu amigo presenteou-me com duas notas de cruzeiros, e um par novo de um calçado Kichute, pois meu calçado já estava derretendo. Disse que comprou no dia em que fomos ao armazém. Agradeci por tudo o que fizeram por mim; os dois meses, pouco mais, que passamos juntos foram de muito proveito para conhecer *hermanos* brasileiros, foi o que consegui dizer. As palavras de despedida nem eu sabia dizer nem meus hospedeiros. Houve abraços, apertos de mãos, beijo nas crianças. Já havia comunicado à noite que partiria rumo ao sol nascente. Falei para Tião e Dina do meu objetivo e porquê dessa direção, eles compreenderam, desejaram-me boa sorte. Parti com passos firmes. Antes da curva do caminho, parei e olhei para trás: percebi que todos estavam me seguindo com olhares marejados de lágrimas. Não resisti àquela cena que entrou na minha cabeça e fez sair uma cachoeira dos meus olhos... A curva me escondeu...

Capítulo 7

SEGUINDO EM FRENTE

Retornei para a estrada que havia deixado no dia em que encontrei Tião. À esquerda. Mais um passo. Tião não soube orientar-me sobre o que eu encontraria naquela direção, pois nunca fora por aquele lado... Disse que com certeza havia poucas moradas e que muita mata faria parte da paisagem. Em suma eu não sabia o que me aguardava, fui para uma incógnita. Caminhei, caminhei, não encontrei ninguém. A estrada um deserto constante. Quanto mais seguia, mais o caminho se estreitava, passei por duas taperas, casas caindo aos pedaços, tudo abandonado. Tinha que seguir em frente. Quando a noite chegou, tive medo. Seria a segunda experiência, desde o início da minha aventura, que teria que enfrentar na mata. Não entendi por que a estrada se afunilou levando-me para o nada. Seria o Brasil todo assim? Sem povoação? Durante o dia, atravessei pequenos córregos de águas cristalinas. Como na primeira noite, nessa segunda, também preparei o melhor lugar possível para descansar. Fiz meu lanche quando a noite chegou e me envolveu, enrolei-me no cobertor, não fiz revisão nem previsão, estava tão cansado que dormi imediatamente.

Pela segunda vez, tive o prazer de despertar dentro da mata com o canto dos passarinhos. Apesar de tudo, ao ouvi-los, a minha alma se alegrava e me abastecia de esperança. Dentro da minha proposta, segui em frente. Depois de algum tempo de caminhada, percebi por que ninguém passava por ali. Um rio de maiores proporções interrompia o caminho. Seria o fim da estrada? Por essa eu não esperava, e agora, não havia possibilidade de fazer a travessia. O rio mostrava ser profundo e perigoso. Sentei-me à beira da caudalosa corrente analisando a situação. O caminho não acompanhava o rio acima, nem rio abaixo, acabava ali, na barranca. No entanto chamou minha atenção alguns rastros de pés, bem próximo da água. Concluí que alguém teria passado por ali não fazia muito tempo. Desolado aguardei. Na cabeça uma pergunta: como eu iria ultrapassar essa barreira? Observei atentamente a outra margem, parecia que um caminho subia a encosta. Perdido nos meus pensamentos, o tempo foi passando, a fome bateu, terminei meu saldo dos preparados de Dina. Meu coração balançou querendo me mandar de volta para minha terra, minha cabeça me mandava seguir, não importavam os obstáculos. Como faria para confessar meu fracasso com esses poucos desafios, afinal eu tinha previsto dificuldades. Nessa batalha travada no meu íntimo, acordei para a realidade quando vi um barqueiro descendo o rio rumo àquele ponto que parecia ser a continuação do caminho. Gritei até ser visto pelo remador. Acenei num sinal amistoso. Sua calma deu-me a impressão de que queria identificar quem lhe acenava. Conforme o canoeiro se aproximava, me foi possível delinear sua imagem: uma barba muito longa que se misturava aos cabelos espalhados por sobre os ombros e um chapéu que lhe sombreava o rosto. Era uma figura indefinida. Remando compassado para vencer a correnteza, atracou onde eu estava. O canoeiro fez uma exclamação, com a surpresa ao ver-me, não identifiquei o que disse, depois acrescentou:

— Um menino perdido? Veja o que encontro!

Quando vi aquela figura ímpar atracando a canoa, fiquei assustado, balbuciei algumas palavras em espanhol, não recordo o que disse e com muito esforço consegui pronunciar mais claro:

— *Quizás estoy perdido!* — ele arregalou os olhos.

A primeira impressão foi de espanto ao ouvir meu modo de falar. Palavras inaudíveis saíram do lado do cigarro que estava preso em meio à barba, que de tão grande não se lhe via a boca. Estava claro que ele não acreditava que um menino de fala estranha estivesse ali, querendo atravessar o rio. A palavra perdido ele compreendeu e repetiu.

— Perdido? Onde quer chegar por esse fim de caminho? — perguntou em um tom suave.

— *Tengo que ir al lado del sol naciente* — respondi mais calmo.

Ele queria saber por quê. Expliquei com palavras misturadas meu objetivo e fomos nos entendendo. O homem não estava convencido para me levar para o outro lado...

— Qual o nome desse rio? — perguntei para quebrar o impacto.

— Nós o conhecemos por rio Marrecas. O rio tem bandos dessa espécie de pássaros que acabaram dando-lhe o mesmo nome. Olha lá onde estão — apontou com o dedo.

— Rio Marrecas... — repeti, e pensei, essa barreira vou ter que passar.

Por fim, o barqueiro incrédulo aceitou fazer a minha travessia. Nos entendemos... Concordou que voltar, agora, não valia a pena. Embarquei em seu bote, que, com remadas firmes, venceu a correnteza e aportamos na outra margem. Por obrigação pelo favor recebido, perguntei ao barqueiro quanto custaria seu trabalho? Então ele falou que se eu tivesse uma nota de cruzeiros seria suficiente. Contou que sua renda dependia da venda de alguns peixes, que tinha que levar ao distante armazém. Aqui são muito raras as travessias que faço, são poucos os que se perdem por essas bandas, revelou. Passei para ele uma das notas que ganhei de Tião. Sobrara-me, assim, somente uma nota de cruzeiros e meus cinco *pesos*, como recordação da minha terra, que estava guardada na parte secreta de minha carteira. Durante nossa conversa, percebi que o barqueiro tinha uma imagem singular pelo fato de morar distante de tudo, mas que na verdade era um bom homem. Ele convidou-me e eu passei a noite em seu rancho, assim ele o chamou. Este estava em uma pequena clareira da mata, mais no alto, por isso não estava ao alcance da visão, da margem do rio.

Talvez pela solidão, e creio que mais por bondade pediu para que eu ficasse. No jantar e pela manhã, preparou peixe frito e polenta igual à que minha *mamá* fazia. Eu tinha que ser forte, pois a qualquer momento surgiam sinais que me transportavam... Com determinação, eu resistia e substituía minhas lembranças. Pela manhã, antes de partir, o barqueiro me indicou o caminho que eu deveria seguir e disse que não seria fácil sair da enrascada em que tinha me colocado:

— Afirmas que não queres voltar!

— Amigo, não posso voltar!

Por não te dobrares perante as dificuldades — me sugeriu —, neste caso, terás que seguir sempre à margem do rio. Depois de uma longa caminhada, outro rio encontrará este, siga, muito adiante, vais encontrar uma pequena vila. Cinco casas talvez, e um armazém. Despedi-me, agradeci. Nesse dia não rendeu a minha jornada; se não tivesse o rio como referência, teria me perdido com certeza. O caminho mais parecia um carreiro por onde apenas os bichos da mata transitavam, árvores caídas, cipós e espinhos me impediam de progredir. O dia ficou escuro, uma chuva torrencial despencou. Por sorte, encontrei um abrigo de pescadores, abandonado, onde foi possível proteger-me. Choveu tanto que não pude seguir em frente, tive que passar a noite ali. Foi uma noite povoada de pesadelos. Pela manhã a chuva tinha passado, fui à procura de frutos silvestres para reabastecer meu estômago, que estava vazio. Quando o sol surgiu por sobre a mata, percebi que ele estava à minha direita, portanto, sem perceber eu estava deslocado de minha rota, o rio me conduzia rumo ao norte. Não me restava alternativa, teria que seguir o rio até encontrar um ponto de travessia e voltar para leste.

Caminhei, o sol subiu, ficou a pino, não sei quem acompanhava quem, de um lado eu, do outro lado o rio. Numa altura do caminho, aproximei-me da margem e vi que ali os dois rios se juntavam, conforme a indicação do barqueiro. "Estou no rumo certo", pensei. Somados, os dois rios dobraram seu tamanho entre as margens. Fiquei calculando que para voltar ao meu rumo leste, a dificuldade tornara-se maior, sem ajuda seria impossível ultrapassar essa nova barreira. Nesses momentos difíceis pensava alto: "Martín, vamos em frente". Conversar sozinho dava-me força para não desistir. Segui o rio e, quase no final da tarde, alimentado apenas por frutos silvestres, cheguei à vila Paraíso. Ao ver o nome, me considerei feliz, por ter vencido um trajeto tão espinhoso. Fui direto para o armazém. Quando fiz meu pedido de algo para comer, minha língua estranha chamou atenção do homem que me atendeu. Economizei palavras, não queria cansá-lo e nem a mim. Acabamos por nos entender, refiz minhas forças, paguei pelo alimento, recebi o troco, meu saldo agora era somente meio valor da última nota de cruzeiros que ganhei do Tião. Sem muitas perguntas, de um lado e do outro, fui autorizado a passar a noite sob um telhado, um cubículo ao lado do armazém. A chegada de um menino argentino na vila se espalhou como fumaça e muitos vieram para me amparar. Reabasteci minha mochila para o dia seguinte. Fiquei sabendo que os dois rios juntos formavam o rio Santana e que, no caminho que eu haveria de seguir, tinha uma balsa para fazer a travessia. Todas as informações que consegui e a solidariedade que recebi deram-me forças e, pela manhã, pus-me a caminho, estava na rota certa agora.

    Em virtude dos dias de caminhada, meus pés já estavam machucados, o Kichute novo não estava totalmente adaptado. Quando encontrava uma fonte, um riacho, eu tinha que abastecer minha garrafa de água, refrescar-me e dar um descanso aos meus pés. Nessa lentidão, cheguei ao rio Santana, onde havia a balsa para ultrapassar as águas profundas. Mais uma barreira, esta parece ser mais fácil, vejo os meios... Sentei-me à margem e aguardei, a balsa estava no lado oposto, o balseiro aguardou até chegar uma carroça que viria para meu lado. Quando a balsa aportou no meu lado do rio, a carroça puxada por uma parelha de mulas exigiu toda a força dos animais para vencer a íngreme saída. Com poucas palavras, e não podia ser diferente, nos entendemos, o balseiro e eu, aguardamos a chegada de mais alguém para aproveitar a viagem. Como não chegava ninguém, o balseiro virou canoeiro, optou pela pequena canoa e levou-me à outra margem. Essa passagem custou-me a última nota em cruzeiros que eu tinha. E agora?

    Subi a encosta, após algumas curvas, venci o aclive, o rio Santana ficou para trás. Um terreno levemente ondulado surgiu à minha visão. Quantos rios ainda terei que passar para chegar ao meu destino? Eu estava a cada dia mais pensando e falando o que pensava, sentia necessidade de ouvir palavras. Nesses devaneios seguia, o sol subia e eu caminhava. Surgiu à minha frente uma encruzilhada. A *carretera* maior parecia levar-me ao norte, a *carretera* menor convenceu-me que seguiria rumo ao meu objetivo, essa foi minha opção. Caminhei, meus passos não rendiam, o cansaço das pernas, a dor nos pés estavam vencendo minha cabeça. *Hambre*, sentia meu corpo, o deserto de gente continuava, meu poder de compra acabou. Depois de todos esses dias, começava uma luta em minha cabeça. Não tinha conseguido mais nenhuma informação de onde estaria, nem para onde deveria seguir. Nesse quase desespero, saí da estrada estreita e pedregosa até encontrar um riacho. Segui o inverso da corrente até uma pequena cascata que despencava e formava uma pequena piscina. Antes que o sol se pusesse, despi-me e tomei um banho revigorante, relaxei olhando o céu mudar de cor. A noite chegaria logo, era urgente, eu tinha que encontrar algo para comer e um lugar para passar a noite. Essa minha decisão pareceu-me acertada, pensei, onde tem água tem vida. Optei por subir mais e logo acima da cachoeira encontrei um lugar abandonado, um telhado caindo aos pedaços, alguns pés de frutas... Será que alguém construiu, plantou e foi embora, sabendo que eu me perderia um dia por esse caminho? Alguém providenciou esse lugar para fazer parte dessa minha aventura? Oh! Graças a Deus! As frutas sempre fizeram parte da minha sobrevivência, mais uma vez enganei *el hambre*, preparei o lugar onde deveria passar mais uma noite. Dentro da noite escura, tentei dormir, mas, na minha cabeça, não parava de caminhar... apesar do cansaço os pensamentos voam... mesmo quando você não os quer, eles te conduzem...

"Até agora passei por rios de verdade, barreiras, subidas e descidas, estas são transponíveis; e os rios e as barreiras psicológicas como irei transpô-las?" Estou aqui, sozinho, sem família, sem um teto, sem Argentina que não me quis, sem o Brasil que não encontro. Onde está o Brasil? Será o Brasil feito de matas, de rios, de deserto de gente, de lugares abandonados? O rumo do sol nascente foi minha melhor escolha? Meu Deus! Quantas perguntas fervem em minha cabeça! Dai-me força, meu Deus! A lembrança de *mamá*, de *padrecito*, de Ramires, de Amadeu, de Júlia e de Anita me invade. O que será que meus irmãos pensam sobre esse irmão Martín que partiu sem explicação? "Para, Martín, você vai chorar? Firme, Martín! É que dói, doem os pés, doem as pernas e também dói muito mais o coração esta noite..." — os pensamentos ferviam em minha cabeça.

Quando acordei o sol já estava alto, o cansaço me venceu, meu sono foi tão profundo que nem o cantar dos passarinhos me despertou. Minhas roupas estavam sujas e eu sem vontade de caminhar. Com o sol mais quente, despi-me totalmente, no riacho lavei minhas roupas e coloquei-as por sobre os arbustos para secar. Depois deitei-me na corrente de água e tomei mais um banho, hoje eu queria lavar o corpo e a mente. A água refazia minhas forças. Eu tinha que continuar, por isso a força psicológica tinha que ser maior que a força do corpo. Seguindo em frente, eu encontraria o Brasil. O dia foi perdido na espera de que minhas roupas secassem. Era um dia quente, meu corpo cansado, sem vontade de caminhar, sem roupa, na sombra da tapera dormi. Quando acordei o sol estava se pondo. Frutas, noite de escuridão total, junto com meu pequeno cobertor, fiz de conta que puxei o céu estrelado para também me cobrir, recordei as contas que fazia com Ramires. Refiz alguns cálculos em minha mente, tinha que continuar praticando. Fiz uma prece, apaguei.

Pela manhã, comi algumas frutas e separei outras para levar. Agradeci em voz alta, a quem construiu um dia aquele abrigo, a quem plantou aquelas árvores frutíferas... Olhei o lado em que o sol nasceu, esse é meu rumo, coloquei minha mochila nas costas, roupas limpas, enganei *el hambre* mais uma vez, pensei, e segui em frente. Minha pequena estrada encontrou outra, que juntas, como os dois rios, tornaram-se maior, segui em frente, depois de algum tempo encontrei um cavaleiro.

Onde chegarei seguindo por este caminho? Senti uma surpresa quando percebeu meu sotaque espanhol, meio estático processou minhas palavras... Depois apontou para o lado de onde veio. Entendi que com meio dia ou mais de caminhada eu encontraria uma pequena cidade. Num leve aceno, despediu-se e, com um chicote ameaçando o cavalo, sumiu a galope na curva do caminho. Segui minha caminhada, que já não rendia tanto, a falta de alimentos sólidos e nutritivos deixava um vazio no meu estômago e eu fraquejava. Passei por alguns moradores, percebi que havia mais sinal de vida, talvez isso anunciasse a proximidade da cidade. Entre descidas e subidas, quando o sol às minhas costas anunciava que daria lugar à noite, lá no vale apareceram sinais da tal cidade. Agora, de ambos os lados do caminho, havia lavouras de milho pronto para ser colhido. Abaixo, à direita, vi uma morada em meio a um pequeno bosque. Minhas forças esvaíram-se, não tinha condições de descer até a cidade. "Chegou a hora de pedir socorro..." Tentei pôr-me o mais apresentável possível, num esforço extremo firmei meus passos, mais trezentos metros e chegaria. Enquanto me aproximava da casa, um pensamento de maldade quis entrar na minha cabeça, seria a fome querendo me tirar do bom caminho? Expulsei o mau pensamento...

Capítulo 8

UM ABRIGO

Dois *perros* vieram latindo ao meu encontro, mostrei-lhes as mãos, assim aprendi que se faz para acalmá-los, logo fizeram festa ao meu redor. Um jovem, que teria a mesma idade que a minha, percebeu minha chegada. Aguardou, parado. Aproximei-me e, com vergonha, falei que estava perdido e que tinha *hambre*. Durante toda a minha caminhada, nunca admiti estar perdido, mas nas circunstâncias em que me encontrava, sem destino, sem dinheiro, não tinha outra alternativa. Admiti que estava literalmente perdido. A palavra perdido foi compreendida, *hambre*, não.

— Olá, você está perdido?

— *Sí. Estoy perdido y ya pasaron días que no me alimento. Hambre!* Comida! — confesso que desmoronei.

— Dois dias sem comer? De onde vens?

— *Soy argentino...*

— Argentino! Mas a Argentina, pelo que sei, está muito longe!

— Sim. Já faz muito tempo que venho caminhando para chegar ao Brasil. Tive que fazer muitas paradas... — foi o que consegui dizer misturando espanhol e português.

— Você deve estar cansado e com fome.

— Sim. Cansado e com muita *hambre*! Fome!

— Já está escuro, espera um pouco.

Quando me pediu para que esperasse, olhei para ele, num relance me fez lembrar Ramires... Teria a mesma idade do meu irmão, ou a minha. Ele entrou na casa, já havia uma luz acesa, vi um movimento. Ouvi que conversava com alguém, demorou o tempo que anunciara e retornou.

— Qual seu nome?

— Martín, *mi nombre es* Martín.

— Martín, meu nome é Alan. Vem, vamos entrar.

Entrei, Alan mostrou-me sua mãe, que me cumprimentou e indicou-me o lugar para sentar. Coloquei minha mochila de lona no chão enquanto ouvia Alan e sua mãe conversando. Falavam uma língua diferente da minha e do português. Fora da minha pátria, atrapalhado, que eu mal havia aprendido poucas palavras em português, até aquele momento, agora mais uma língua estranha. Enquanto a mãe de Alan preparava a comida, eles conversaram muito. Alan interrompia a conversa com a mãe para me fazer perguntas. Na dificuldade de nos entendermos, percebi que eles queriam saber por qual motivo um jovem argentino estaria perdido e como chegara até ali. Contei tudo. Alan traduziu para sua mãe. Com as explicações de Alan para a mãe, a conversa foi espaçando-se, outro assunto estava difícil de ser iniciado. Percebi que uma confiança havia se firmado entre nós todos. Eu estava faminto, o aroma que vinha das panelas me fazia água na boca, meu estômago reclamava por comida. Uma mesa com seis cadeiras foi preparada com a ajuda de Alan. Quando estávamos prontos para sentar à mesa, chegou um moço. Alan disse que era seu irmão. A ele fui apresentado como sendo um amigo. Amistosamente nos cumprimentamos e com um aperto de mão respondi a seu boa-noite, revelando meu sotaque espanhol. Ele me olhou estranhamente, isso viria a ser meu drama intermitente na minha jornada, a surpresa. Cada vez que tivesse que falar, o espanhol denunciaria minha nacionalidade. Fiquei apreensivo quando Alan e o irmão seguiram para outro cômodo da casa. Um medo me perpassou a mente: será que o irmão de Alan me aceitaria? Depois de alguns minutos, retornaram, o irmão de Alan sorriu e convidou-me para tomar um lugar à mesa. Pedi *permiso* para lavar minhas mãos. Havia uma bacia na parede fora da casa. Concluí que havia conseguido a confiança da família, quando tomei meu lugar. O silêncio predominou durante o jantar, eu não acreditava que estivesse sentado à mesa depois de tantos dias sem rumo. Alan insistia para que me servisse mais e mais. A força que vinha do alimento era pouca considerando a força que encontrei na acolhida. Senti que, mesmo sendo de outro país, e apesar das línguas diferentes, pelo pouco tempo de compartilhamento, dava-me a impressão de estar em casa. Lembrei-me da casa de Tião e Dina... Após o jantar, Alan tentou travar um diálogo mais informativo, com algumas perguntas. Com a dificuldade que vinha junto comigo, desde a entrada na terra do português, nos entendemos mais por termos a mesma idade do que pelas palavras. Analisando a situação, achei importante mostrar para Alan o que carregava em minha mochila, abri as correias, coloquei numa grande cadeira, peça por peça. Alan disse que não era necessário, mas eu fiz questão de expor minhas roupas. Meus míseros pertences. Ele pediu para que recolocasse tudo de volta. Agradeci a acolhida. Deram-me um quarto só para mim, uma cama das mais confortáveis, que até então não conhecia. Alan indicou-me o lugar para preparar-me para dormir. Eles seguiram para seus quartos, deixaram-me uma lamparina para me guiar pelos caminhos estranhos. Pouco tempo passou até que as lamparinas fossem apagadas. Tudo ficou num silêncio absoluto, eu tinha medo que meus pensamentos fossem ouvidos. Os últimos dias haviam me esgotado física e emocionalmente. Seria esta a noite de refazer-me. Rezei pela minha família distante, não consegui dizer os nomes. Rezei por todos que de uma maneira ou outra cruzaram meu caminho e mais por estes que acabavam de me acolher. Apaguei, dormi e sonhei com um lugar onde havia muitos coqueiros altos, eu sentado à sobra ouvia uma música que nunca tinha ouvido e pássaros planavam sobre um imenso lago.

Acordei quando o dia já estava claro, a casa estava aberta, portas e janelas. Saí para o pátio, não via ninguém por perto. Havia muita madeira por todo lado, deveria ter alguma construção por perto. A princípio nada. Procurei os donos da casa, um caminho levou-me talvez a cem metros até encontrar todos. Em um chiqueiro, o irmão de Alan tratava os porcos, numa estrebaria sua mãe ordenhava duas vacas. Alan espalhava milho diante de um galinheiro superlotado de galinhas famintas, que se precipitaram para fora assim que a porta foi aberta. Quando Alan me viu, saudou-me com um bom-dia. "*Buenos días*, amigo", respondi. Perguntei onde poderia ajudar.

— Já estamos terminando, logo, logo iremos tomar café. Como foi a noite, dormiu bem?

— *Dormí muy bien. Gracias!*

— Martín, ontem à noite, não consegui muitas informações de você, percebemos teu cansaço e por você argumentar que tinha muita fome, achamos que o momento não era oportuno para fazer-te muitas perguntas.

— Alan — procurei palavras misturadas para me expressar —, sou muito grato pela acolhida, quando optei por chegar à sua casa, confesso que estava desesperado — não tive coragem de revelar o mau pensamento que me assaltou, de quando cheguei, nem saberia como dizer. — Sem opção, a *hambre* me vencia, eu não tinha forças para chegar na cidade que vi lá no vale. Estou com vergonha porque não tenho mais nenhuma nota de cruzeiros para pagar o que fizeram para mim.

— Não te preocupes com isso agora. Vamos para casa tomar café, enquanto isso você me conta como chegou aqui. E por quê? Apesar de não compreender muitas das tuas palavras, vamos fazer o possível para nos entendermos.

— Amigo, é uma longa história, realmente vão faltar muitas palavras que não sei dizer. Isso porque venho de longe e mais, sem trabalho na Argentina, pensei que no Brasil seria melhor.

— *Está bien*, depois você me conta, agora é hora do café. Viu, já aprendi algumas palavras de tua terra! — Alan disse com um largo sorriso.

Com essa primeira frase em espanhol que meu amigo pronunciou, abriu-se um caminho para o entendimento. Assim começamos a trocar conhecimento do significado das palavras. O pouco que havia conhecido na cidade, por não praticar, já havia esquecido. Depois do café, disse a Alan que precisava trabalhar, não importava onde. Perguntei se na cidade encontraria trabalho. A resposta foi negativa, "como a cidade é pequena, dificilmente você encontraria trabalho". Nesse vai e vem de difícil entendimento, o irmão e a mãe também terminaram de tomar café. Alan ajudou a mãe a retirar a louça da mesa. Tudo guardado, a um sinal pediu para que o seguisse. Compreendi que queria mostrar-me os arredores da casa. Descendo uma escada ao lado da casa, havia um grande tanque, um canal de madeira formava uma cachoeira ao precipitar-se, era uma água pura e cristalina. Lavei meu rosto, pela segunda vez na manhã. Sem saber o que viria nesse dia, não tinha pensado em seguir adiante, o cansaço ainda me deixava sem condições.

Olhando para aquela água corrente como se procurasse algo distante, fui despertado por Alan. Antes que dissesse uma palavra, ele me fez uma proposta:

— Martín, se você quer ficar um tempo conosco, temos trabalho.

— Quero, eu fico. Estou pronto, quero pagar minha estadia.

— Falei para meu irmão e para mamãe que você quer trabalhar. Nós temos a colheita do milho para fazer. Temos o trabalho no cuidado com os nossos animais, porcos, na engorda das galinhas, guardar feno para o inverno e terminar de duplicar a parede da casa.

— Alan, agradeço a *ustedes! Muchas gracias!* — as palavras saíram com emoção.

— Ontem, enquanto estávamos no apuro para tratar os animais, Carlito falou que deveríamos procurar alguém para nos ajudar, pelo menos até o final da safra.

— *Ustedes pueden contar conmigo!* — falei feliz.

Alan começou a me contar sobre o trabalho que estava para ser realizado. Faz tempo que estamos reformando a casa. Você viu toda a madeira espalhada? O inverno vai chegar e nós estamos com urgência para terminar tanto trabalho. Eu ouvia feliz por saber que uma luz se acendia, mas não conseguia pronunciar uma palavra, porque Alan continuou: ontem quando você chegou, nós ficamos temerosos por não saber quem você era. Por isso eu e minha mãe conversávamos em nossa língua, o italiano, nós também somos descendentes de imigrantes. Quando ouvi seu modo de falar, lembrei que um dia meus avós também chegaram ao Brasil procurando um lugar para viver com dignidade. Por isso não tive medo em dar-te abrigo. Depois da conversa com mamãe e com meu irmão, convenceram-se e aceitaram que você ficasse. Tua atitude de nos mostrar tudo o que carregas na mochila, consolidou nossa confiança. Como você aceitou ficar, combinaremos depois seu salário, certo?

— *Alabado sea Dios*! Amigo, não sei o que dizer...

— Entendo, Martín, seja bem-vindo!

Em virtude da dificuldade e pela falta de palavras, suprimirei parte do combinado. Mas vou contar o que aconteceu após esse convite do meu *hermano* Alan. Feliz da vida, aceitei ficar, elencamos quais seriam as prioridades. Pagamento, em troca do meu trabalho, não foi levado em conta. Insisti que, em primeiro lugar, eu queria pagar minha estadia. Na verdade, a família não tinha grandes posses, além do grande sentimento de acolhida.

Antes de tudo e, para justificar, vou descrever o que encontrei nessa família que me acolheu sem me conhecer.

Proprietários de uma área de terras próximo da pequena cidade. Parte cultivada com diversas culturas, todas as possíveis para subsistência. Parte formada por pastagem onde era possível abrigar uma junta de bois, duas vacas, que produziam leite, alguns bezerros e um cavalo. Havia mais um chiqueiro para criação de suínos. Estes davam mais trabalho. Um galinheiro com centenas de galinhas que forneciam ovos e carne. Um grande paiol para guardar a produção, insumos, ferramentas e equipamentos. Sob uma varanda, ficava ao abrigo a carroça, que, puxada por uma junta de bois, era o meio de transporte para recolher a colheita. Uma parte do terreno, próximo à residência, estava coberto por um pomar que fornecia frutas de muitas espécies. A casa era grande, se considerarmos o poder aquisitivo, porém, conforme me contou Alan, já estava construída quando seu pai comprou a propriedade. Alan fez uma pausa, olhou o horizonte, secou os olhos na manga da camisa ao recordar que já passava de dois anos que seu *padrecito* havia partido para sempre. Fiquei triste quando soube que meu amigo o tinha perdido. Pensei que eu também poderia estar perdendo o meu, pela distância.

A casa era assim: abaixo, num desnível do terreno, havia um porão alto, local para guardar ferramentas e equipamentos para produção de vinho. O nível do pátio dava acesso à moradia, uma área de estar com cadeiras e muitas flores, à esquerda, outra área de estar do lado direito, com um banheiro anexo. Um degrau conduzia ao interior; no primeiro plano, uma cozinha à direita com a área de serviço. Um quarto, bem em frente à entrada para a cozinha, que se tornou meu. Uma porta ampla dava passagem da cozinha para a sala, onde era pendurado um lampião a gás. Este refletia uma luz muito forte, para mim desconhecida, que, estrategicamente, iluminava as três entradas para os quartos anexos. Importante um detalhe, ao lado da porta de acesso ao meu quarto, sobre uma prateleira, havia um rádio receptor Semp, ligado a uma bateria, que nos trazia notícias do mundo e, à noite, nos embalava com músicas vindas de muito longe. Como já havia observado Alan, a cozinha não estava com a parede dupla, a reforma estava parada em virtude dos trabalhos externos. Esse complemento que consistia em colocar uma parede de madeira como acabamento poderia ser feito mesmo, se fosse o caso, em período chuvoso. Ao lado direito da residência, mais ao alto, um bosque protegia inúmeras nascentes que, com água cristalina, abasteciam um açude e o tanque que já mencionei. Seguindo em frente, passando pelo açude, um abacateiro e muitas árvores nativas escondiam sob sua sombra a maior riqueza da propriedade, eleita por unanimidade, a fonte das fontes. Tudo isso chamou minha atenção durante o período que passei nesse encantador lugar.

Trabalhamos, colhemos, transportamos, armazenamos, plantamos. Fazíamos pelotas de barro que, depois de secas ao sol, usávamos para caçar, como na minha terra. Cada dia mais, eu via em Alan meu *hermano* Ramires. Na mamãe de Alan, eu via minha *mamá*. No irmão mais velho, pelo seu jeito forte, firme e corajoso, cheguei a ver meu *padrecito*. Não via, e não encontrava Amadeu, Júlia e Anita, então, nas noites de insônia, só me restava chorar. Se eu contasse o tempo, não havia passado muito desde que parti, mas se fosse por *la nostalgia* (a saudade), que aprendi a chamar assim com Alan, há muito me parecia estar distante. Nas manhãs acordava com o cantar dos galos. O trabalho e as brincadeiras das horas de folga preenchiam nosso tempo. Ajudávamos a mãe de Alan nos afazeres, por conseguinte, tínhamos comida da melhor sempre. Minhas coisas eu mesmo aprendi a cuidar, adaptei-me aos costumes italianos, seguindo as regras da família. Ganhei roupas novas, nossa mãe (digo no meu coração) costurava para todos em sua máquina manual. Nos finais de semana, recordações vinham me machucar, quando juntos participávamos dos encontros na igreja, na cidade. Não foi difícil conquistar amigos, Alan tinha muitos, que me aceitaram imediatamente, assim que me conheceram. Ainda mais que todos queriam aprender a falar o espanhol. O futebol era o ponto forte de nossos encontros. As meninas também participavam de nossos encontros e nos entendíamos muito bem. Os olhares muitas vezes revelavam intenções mais do que se poderia anunciar em palavras. Com coragem e determinação, não sustentei vínculos, isso poderia doer mais na minha partida. Alan sempre brincava dizendo que iria buscar Júlia. Eu havia descrito minuciosamente para ele cada irmão e as referências a Júlia sempre as fazia com mais ênfase. Um dia ele comentou:

— Você me fala tanto da Júlia, que criei uma imagem em minha cabeça, até parece que a conheço — me chamava de cunhado e sorríamos divertidamente.

— Quem sabe nosso destino, *hermano* — eu lhe dizia.

— Estou imaginando os olhos que você descreveu... Martín, um dia vou procurar esses olhos — Alan dizia batendo nas minhas costas.

No contexto da amizade de dois adolescentes, pouco sabíamos sobre qual poderia ser nosso futuro. Por isso deixamos de lado coisas sérias, e elegemos outras prioridades. Por ora, nada de compromissos, dizíamos... Quando chovia, tínhamos que fazer paradas nos serviços ao ar livre, então, no paiol nos dedicávamos às nossas habilidades artísticas. Alan sabia do meu dom de entalhador, ele também tinha feito algumas peças. E, usando "nós de araucária", árvore nativa da região, passávamos o tempo entalhando. Eu nunca tinha trabalhado em madeira tão dura de talhar, mas, com jeito, aprendi. Enquanto talhávamos, brincávamos de fazer contas de matemática. Isso foi muito útil para relembrar meu tempo com Ramires. Alan montava os problemas usando as quatro operações, eu tinha que dar os resultados. Todos os números eram anotados em um papel para conferência. Alan ficava impressionado como, somente de cabeça, eu conseguia dar os resultados exatos.

Quando caía a tarde, nos recolhíamos. Eram os momentos de descontração, todos ao pé do rádio, ouvíamos notícias do mundo, músicas sertanejas de um número sem fim de duplas e trios. Chamavam-nos atenção as músicas com trompete de um cantor mexicano chamado Romancito Gomes. Tudo isso, diziam os locutores: "Chegamos até você 'nas ondas do rádio'!". Era assim, o rádio nos transportava para as distantes cidades: São Paulo, Rio de Janeiro, Porto Alegre. Alan e seu irmão cantavam quase todas as músicas, que comecei a aprender, inclusive muitas palavras novas. Havia as esperadas noites especiais com nossos cantores preferidos. Aos sábados e domingos, tinha as transmissões do futebol. E, pelo rádio, ouvíamos sempre quando jogava o time de Alan, o Santos. O Santos tinha um jogador chamado Pelé, era o mais famoso. O melhor do mundo. Alan dizia que sabia tudo sobre o Santos; seu time era o melhor. Mais, já que tinha até conquistado dois títulos mundiais. Pelé era descrito pelos narradores do rádio como o "rei" do futebol e descreviam seus gols como os mais bonitos. Seus dribles desconcertavam as defesas dos times adversários. Assim, ouvíamos as transmissões de um narrador chamado Fiori Gigliotti. "Abrem-se as cortinas, começa o espetáculo... Balão subindo, descendo... Cabeça na bola... Goooooooooooooooool... Mais uma vitória do Santos... Fecham-se as cortinas, termina o espetáculo..."

Coisas e detalhes que foram me moldando e me adaptando, virei torcedor do Santos também. Ouvindo o rádio, comecei a formar uma imagem do Brasil. Pouco eu sabia sobre a nova terra até ali, a não ser pelo modo de falar, poucas alterações em relação ao meu país, a Argentina. Pouca diferença no relevo e natureza.

Era um dia chuvoso, estávamos no paiol descascando e debulhando milho. Lembrei de perguntar a Alan sobre seus *abuelos* que vieram da Itália para o Brasil. O Alan me contou a seguinte história: "Assim como muitos outros italianos tiveram que vir para o Brasil, igual você que saiu da Argentina porque não havia trabalho, meus avós tiveram que fazer o mesmo. Na verdade, a Itália entrou numa crise muito grande, as famílias não tinham como ganhar nem o mínimo para sobreviver. A princípio, meu avô, com oito anos, mais dois tios-avôs, com dez e doze anos, respectivamente, foram para outro país além das montanhas, para a Alemanha. Trabalharam lá por dois anos fazendo tijolos, só que a remuneração era tão pequena que, para sobrar um pouco, dormiam nas tocas onde tiravam o barro. Não vendo resultado, voltaram para a Itália. Mais alguns anos e as dificuldades aumentaram, meu avô casou, era condição para emigrar e, por dois meses, navegaram no imenso mar até chegar ao Brasil. Amigo Martín, é muito longa a história, meu pai nasceu no Sul, batalhou muito até chegar aqui. Infelizmente, já te contei, ele faleceu há dois anos".

O inverno chegou, o trabalho mais urgente estava concluído. Chegou o tempo para terminar de duplicar a parede da cozinha, era final do mês, o rádio sempre ligado, músicas e notícias, não vou esquecer, 20 de julho de 1969. Martelos pregando, serrotes serrando e as notícias vindo de longe, paramos. O locutor anunciou que estava acontecendo algo "extraordinário"! "Silêncio! Vamos ouvir o rádio — disse nossa mãe. Parecia que a sintonia não acertava como de costume, uma chiadeira misturava-se às palavras... Nos aproximamos mais, ouvidos atentos. Descobrimos que a chiadeira, na verdade, não estava na sintonia, e sim na transmissão, as vozes vindas da lua viajavam para os Estados Unidos e dos Estados Unidos vinham para o nosso rádio. E a notícia foi emocionante: "O homem acaba de pôr o pé na lua". "O pé de Armstrong marcou o solo do mar da tranquilidade". "Este é um pequeno passo para um homem, mas um grande salto para a humanidade".

Ouvimos isso num espanto, a lua, lá naquela distância, alcançada pelo homem, eu não queria acreditar. Todos nós, os quatro, que ouvimos aquela transmissão, ficamos impressionados com o que acabávamos de ouvir. A lua distante da terra 384.400 quilômetros, o locutor informou, foi alcançada pela Apollo 11! Comentamos, dúvidas ficaram martelando na cabeça como quando pregávamos a parede. Saímos da casa para olhar o céu, mas não encontramos a lua naquela hora, era dia claro. Nos questionamos se seria verdade, se o rádio não estaria nos enganando com aquela notícia. O rádio passou a transmitir a programação normal e nós voltamos à realidade. O trabalho nos chamou, faltavam poucas peças a serem pregadas sob a janela da cozinha. Alan, disse: "Vou escrever em uma tábua o que aconteceu hoje, e vou guardá-la dentro da parede, colocarei a data e nossos nomes". Aquela atitude me despertou uma ideia. Peguei um pedaço de tábua também, bem lisinha igual à dele e me afastei, seria uma oportunidade única para mim, escrevi com letras firmes e bem claras: *"Mi gratitud será eterna para com mis hermanos que me recibieran como de la família. En tierras extrañas me hicieron uno de los suyos. Dios sea alabado, protégenos. 20 de julio de 1969. Martín".*

Alan terminou seu registro, eu terminei o meu. Alan havia dito o que escreveria, eu não revelei, falei que seria meu segredo. Nem Alan nem Carlito questionaram ou contestaram para que eu revelasse o que escrevi. Ambos colocamos as tábuas escritas no vazio da parede. Depois encaixamos a última tábua e lacramos; como prova final, registramos o acontecimento extraordinário e cada um de nós pregou um prego. Dessa forma, ficou concluída a etapa final da reforma da casa. Sobrou muita madeira espalhada pelo pátio; nos dias seguintes, fizemos a seleção necessária, e uma limpeza geral. As que seriam ainda úteis as guardamos ao abrigo da chuva. As que não tinham mais utilidade foram colocadas sob o forno para fazer fogo e assar o pão gostoso que era feito pela nossa mãe. Após tantos acontecimentos, os dias passaram depressa demais, o trabalho cada dia mais escasso, quase nada se fazia além do trato e manuseio dos animais. O maior lote de suínos ficou pronto para ser vendido, depois da carga feita, o plantel foi reduzido e somente as matrizes ficaram. Findou a colheita, findou a reforma da casa, findaram os suínos de engorda, findaram as roçadas dos potreiros gramados...

Senti um aperto no peito, percebi que a hora da despedida mais uma vez se aproximava. Alan e a família sabiam qual era o meu destino, muitas vezes conversamos sobre meu objetivo. Buscar sempre o Brasil para o lado do sol nascente. As ondas do rádio fizeram em minha cabeça um desenho, longe, muito longe, cidades grandes, e um mar imenso que fazia margem ao Brasil. Não terei coragem de escrever sobre minha partida, apenas dizer que fui remunerado com o que foi possível, e quase impossível, da parte de meus *hermanos*. Deixaria para trás minha segunda, terceira ou quarta família. Parecia que eu iria ser um colecionador de famílias! Senti que meu destino seria sempre, cada vez mais, me dividir em pedaços. Mas eu estava, por outro lado, tornando-me cada vez mais forte. Ainda não tinha encontrado meu lugar. Fugia de um país que não me quis, procurava um país que ainda não encontrara! Fugi de uma ditadura, encontrei um regime militar. Alan e seu irmão Carlito me contaram tudo, fiquei conhecendo como era a política do Brasil. O rádio também nos informava tudo o que acontecia. As notícias vinham sempre no mesmo horário. Atentos ouvíamos tudo o que estava acontecendo no Brasil e no mundo. Foi um período em que consegui enriquecer meu conhecimento sobre o país que eu estava buscando. Nesse pouco tempo, depois de minha migração, percebi que o mundo poderia ser minha escola... Experiências e informações deveriam ser acrescentadas à minha bagagem para vencer.

Capítulo 9

ADEUS, AMIGO

Mais uma decisão... Seria hora de voltar? Não! Não havia chegado aonde me propus a chegar quando decidi partir, naquela noite lá do lado da *carretera* 14. Teria sido aquela a última noite que teria dormido ao lado de *mamá, padrecito*, Ramires, Amadeu, Júlia e Anita? Fracassado eu não voltarei!

Mochila pronta, hora da partida. Minha nova *mamá*, digo que foi minha também porque me abençoou e me deu uma sacola cheia de comida. Eu não tinha nada para lhe dar além da minha eterna gratidão. Após um longo abraço, beijei-lhe a face. Palavras: nem em português nem em espanhol. Despedi-me de Carlito, um abraço, silêncio.

Alan foi comigo até o local na cidade do vale onde passaria um ônibus com destino a uma cidade maior, Pato Branco. Poucas vezes ele tinha ido àquela cidade, pouco sabia para me orientar, mas achava que lá surgiriam melhores oportunidades. Alguns amigos, ao saberem que eu partiria, vieram para a despedida. Antes de embarcar, de dar o último abraço em meu *hermano* Alan, o chamei de Ramires, lembrei do que estava guardado no compartimento secreto de minha carteira. A nota de cinco *pesos*, que seria uma lembrança do meu país: abri a carteira, tirei a nota, rasguei-a ao meio, entregando a metade para meu *hermano*. Nos apertamos as mãos como quando fazíamos nossos pactos com... O ônibus já estava em movimento, quando eu gritei: "Um dia faremos o encontro destas duas metades, *mi amigo, mi hermano!*

Gracias! Por tudo!". *"Vaya con Dios!"* — o ronco do motor do ônibus não me deixou ouvir outras palavras que ele gritou.

Parti. No balançar do ônibus pela estrada poeirenta, deixei para trás uma grande amizade e muito aprendizado que iria me fazer bem por onde quer que eu andasse. O curso na escola do mundo estava me moldando para o Brasil. Mais uma etapa concluída. Pensei: quando chegar em Pato Branco e as portas do ônibus se abrirem, hei de encontrar pelo menos um pouquinho mais do que procuro. Enquanto eu pensava no passado e no futuro, o ônibus carregava e descarregava gente pelo caminho... A estrada ruim fazia o ônibus balançar freneticamente. Sonhei estar nos braços de *mamá* e acabei dormindo.

Acordei num tranco, o ônibus estacionou, não vi quão grande seria a cidade. Eu estava acomodado bem no final, a porta abriu, esperei todos descerem, com calma peguei minha mochila, fazendo uma oração, pedindo como sempre a proteção do meu Deus, pulei com os dois pés juntos. Aos meus olhos, revelou-se uma nova *Posadas*, tirando que nas ruas havia pedras formando um tapete sem fim, havia muita gente que ia e que vinha, igualmente. Tentei me localizar, mochila nas costas, meu *regalo* novo nos pés, o segundo Kichute da minha vida. Fiz uma incursão pelo centro da cidade, subi, desci quadras. Encontrei uma praça, sentei num banco, fiquei analisando minha situação, havia muita gente que ia e vinha. Entre tanta gente, eu estava me sentindo o mais solitário dos seres vivos... De frente para a praça, uma grande igreja, até demorei para identificá-la, as que eu conhecia eram todas muito pequenas... Meio temeroso, entrei, o silêncio me envolveu, eu não sabia o que dizer, mas senti que Deus cuidava de mim... Retornei para o banco da praça, divagando, o tempo passou, a fome bateu, fiz meu lanche. Queria pedir informações sobre onde encontrar trabalho... Mas não queria ser descoberto como estrangeiro e ter que explicar tudo para quem possivelmente não interessava. Analisei locais em que poderia procurar trabalho, nada me convencia de que seria possível encontrar resposta. Passou a tarde depressa demais, pois com o sol se pondo eu deveria encontrar um local para passar a noite. Voltei para o local onde tinha chegado à cidade, em frente onde os ônibus paravam havia um hotel, entrei. Não sabia como perguntar para passar a noite, nunca tinha feito essa experiência. Lembrei que meu *padrecito* havia falado, quando estive com ele em *Posadas*, que hotel custava muitos *pesos* para dormir. Aqui agora deveria ser muitos cruzeiros. O que ganhei dos meus amigos talvez fosse insuficiente para me hospedar, mas tentei. Fui recebido por um atendente que poderia ser meu *padrecito*. Quando fiz o pedido, não deu outra, minha dificuldade para pedir o que nunca tinha pedido revelou-se. Porém, percebi que não causei espanto, ele entendeu imediatamente o que eu queria.

— Queres um quarto para dormir?

— *Sí, sí, una habitación para dormir...*

Quando me informou o custo para passar a noite, parei e comecei a fazer minhas contas, chegou a hora de colocar em prática meu conhecimento dos números. Sabia o que tinha na carteira. Enquanto eu calculava se era possível ficar, chegou uma pessoa e pediu ao atendente que lhe fizesse uma soma. Quando vi o recém-chegado com aquela enorme lista de números, chamou-me atenção. O senhor que me atendeu disse:

— Com licença, meu rapaz — a primeira vez que assim fui chamado —, um instante, posso fazer esta conta? E já o encaminho para seu quarto.

— *Sí, aguardo...* — sorrindo eu disse: — *Muchas gracias.*

Ao meu lado, o recém-chegado começou a ditar os números para serem somados: números e mais números, e o senhor, com rapidez nos dedos, batia em uma máquina que eu não conhecia. Enquanto ditava os números, comentava que tinha que fazer o pagamento de mercadorias para o restaurante. Aqueles números tomaram minha atenção e começaram a se acumular na minha cabeça. Quando ele parou para pensar se tinha mais alguma coisa, automaticamente dei o resultado da conta. Antes que o senhor olhasse o resultado na máquina que fizera a soma. Caindo no real e vendo que havia falado demais, pedi *perdon*. Disse sem pensar, saiu da minha cabeça sem intenção de interferir.

— *Lo siento mucho! Perdon!* — repeti, falei o espanhol, parecia ser o mais correto.

Pensando que eu tivesse sido incoerente, queria retratar-me. Por sorte a reação de ambos foi surpreendente e positiva. Acharam incrível meu cálculo instantâneo e rápido. Queriam saber como eu conseguira aquele resultado exato, concorrendo com a máquina. Justifiquei meu gosto pelos números e pelos cálculos. Pedi desculpa mais uma vez, falei que não era minha intenção, isso foi muito automático, os números entraram na minha cabeça, minha boca falou sem querer, consegui dizer.

— Não, não é necessário pedir desculpas, é muito admirável esse poder com os números. Parabéns!

Foi o que ouvi dos dois. Mais alguns comentários foram feitos, enquanto confirmei que passaria a noite se houvesse um quarto dos mais baratos. Fizemos a ficha, um bloco continha algumas perguntas, de onde vinha, para onde iria, documentos... Apenas comentei que queria trabalhar, que procurava por trabalho. O senhor atendente encaminhou-me por uma escada, subi para um piso superior onde da janela podia ver todo o movimento na rua. Agradeci a acolhida, quando fui informado que pela manhã seria servido o café na sala principal no térreo.

Tomei um banho, como nunca tinha tomado, desci, fiz um lanche, contei meus cruzeiros, cheguei a pensar se não estaria arriscando demais. No dia seguinte, eu já poderia chegar ao limite. E daí o que faria? Amanhã é outro dia, como sempre houve a providência, mais uma vez eu confiei. Cama boa quentinha era coisa nova na minha vida, um hotel. Dormi a noite dos bons sonhos, sonhei que estava vindo da nossa igreja, com *mamá*, *padrecito*, Ramires, Amadeu, Júlia e Anita, era um dia feliz daqueles... todos estávamos bem. Mas, ao acordar com o barulho do trânsito da rua, caí na realidade, não vi ninguém dos meus sonhos. Chorei. Quantas vezes tinha acontecido isso, quantas vezes haveria de acontecer? Força, Martín! Pus-me de pé, lavei meu rosto e desci para o café. Ao chegar à sala de café, fui saudado com um *"buenos días"*, pelo mesmo rapaz que tinha solicitado a soma das compras no dia anterior. Agradeci, desejando-lhe também o mesmo *"buenos días"*! Enquanto eu me servia, ele contou que "Chico" estava impressionado com o que tinha acontecido em relação ao resultado da soma do dia anterior. Com humildade, falei que foi tudo muito automático, não sabia que outra palavra dizer. Terminado o café, dirigi-me para a recepção, identifiquei agora quem era o Chico assim mencionado, que fazia atendimento aos hóspedes que estavam de saída. Quando me viu, cumprimentou-me também com um *"buenos días"*, respondi, *"muchas gracias* e *buenos días!"*. Todos os hóspedes saíram enquanto eu olhava para a rua, era um vaivém de pessoas apressadas, carros e caminhões, indo e vindo. Um caminhão enorme com uma carga de madeira encostou a poucos metros do hotel. O motorista pulou, bateu a poeira da roupa, passou por mim dizendo um bom-dia e foi direto para a recepção. Enquanto isso mais alguns hóspedes foram saindo. Quando dei meia-volta, para subir ao quarto, estava sem plano algum, fui interpelado por Chico:

— Está de partida, meu rapaz?

— Na verdade, ainda não sei! Eu estou procurando trabalho. Será que tem na cidade?

Não completei meu pensamento e Chico interrompeu o que iria me dizer para cumprimentar o motorista que acabava de entrar.

— Bom dia, Lino! Não vi que você tinha chegado.

— Bom dia, Chico! Saí de madrugada, tenho que descarregar e voltar urgente. Tenho uma carga para São Paulo e não posso perder tempo.

— Então vamos ter que contratar mais gente para fazer a descarga.

Uma luz se acendeu, aquela palavra, *contratar* alguém, ricocheteou na minha cabeça, meio mal entendi o que significava; enquanto ainda pensava, Chico olhou-me e, como se estivesse me medindo, logo perguntou:

— Meu rapaz?! Você disse que está procurando trabalho, olha uma oportunidade...

Balancei a cabeça, pensei ter ouvido demais, mas assim mesmo respondi:

— Estou pronto, o que devo fazer? — falei em espanhol.

— Olha, Lino, este menino chegou ontem, ele é argentino e bom de conta.

— Argentino, perdido por aqui? Chico, você disse que ele é bom de conta?

— Sim! Ontem ele mostrou que é bom e fez uma soma grande, só de cabeça. Pelo jeito *es mui bueno!*

Lino olhou-me mais uma vez, fui medido e avaliado, minha estatura, meu porte físico, pensei: tomara que eu seja aprovado. Em meus ouvidos, soou uma pergunta:

— Vamos lá, menino, vamos descarregar o caminhão depois conversamos. Concordas?

— *Estoy de acuerdo!*

Como sempre, economizando palavras para evitar muitas explicações. Chico encaminhou Lino para que contornasse a quadra e entrasse na parte de trás do hotel onde tinha um terreno vago e já havia o início de uma construção. Antes que o caminhão chegasse com mais dois homens que lá estavam, Chico nos orientou onde deveríamos descarregar a madeira. O caminhão encostou, fizemos duas duplas, em poucas horas a carga de madeira estava toda no chão. Poucas palavras trocamos, mas enquanto fazíamos a descarga percebi que o caminhoneiro me avaliava. Quando terminamos, Lino e um dos homens fizeram a conferência, contaram, mediram, comprimento e largura de cada peça, anotaram tudo num papel. Serviço feito, foi mais rápido do que pensava! Lino pediu para que o acompanhasse. Quando Chico despachou o último hóspede, fez o acerto com Lino.

— Já descarregaram toda a madeira, estive tão ocupado que não consegui sair daqui.

— Tudo no lugar. Aqui estão as anotações da quantidade, o Pedrinho e eu fizemos a conferência. É só calcular, vamos ver se bate com a quantidade de metros cúbicos que pediu...

— Vamos ver o que nos dizem essas medidas, Lino.

Chico começou a digitar os números na máquina, anotava resultados mais abaixo na folha de papel. Eu estava de lado aguardando, quando Lino perguntou-me:

— Menino, você sabe cubar madeira, calcular uma carga?

— Sei fazer contas, senhor, se cubar é isso, acho que consigo. Nunca ouvi falar nessa palavra "cubar"! Mas posso aprender!

Arranquei sorrisos dos dois, foi um momento de descontração, e Lino disse: "Se conseguir cubar madeira, pode se considerar contratado". Meu coração disparou. Algo caiu do céu. Olhei incrédulo, agradeci e pedi licença para ver as anotações do papel.

— Só, por favor, *su* Chico, descreva-me qual o resultado devo encontrar.

Em poucos minutos, foi-me mostrado o caminho para chegar ao resultado, pelos números anotados, tirados da máquina, logo gravei os passos da matemática. Refizemos as contas e Lino confirmou que desta vez a conta conferia conforme o pedido.

— Então, Lino, vai levar todos os meus cruzeiros hoje?

— Não chore, Chico, você está fazendo um bom negócio, a madeira é de primeira. E com essa carga vai poder acabar sua construção.

— Aqui, com essa carga acho que termino. Tem uma coisa, Lino, o Pedrinho chegou ontem de viagem, e me disse que a parte de alvenaria está praticamente pronta. O Toni pediu para que eu mande a carga das peças de sete metros, para fazer o arremate da obra. Ele me falou que essa madeira de araucária é muito boa para concluir o projeto, segundo orientação do engenheiro. Estou ajudando meu primo. Só que não sei se ele vai ficar lá! A mulher dele não gostou do lugar — seu Chico falou.

Os dois ficaram conversando mais. Eu fiquei com meus pensamentos, caminhava até a porta, olhava o movimento, retornava... Ouvi o motorista falar:

— É só avisar para quando, meu amigo, que eu me programo... O FNM vai esquentar o motor, mas nós chegamos lá.

— Ok! Aguarde um momento, vou pegar a grana, já volto.

E meus ouvidos ouviram o que eu queria ouvir:

— Então, menino, vamos embora? — foi o convite feito por Lino.

— *Sí, señor!* Só acertar minhas despesas, pegar minha mochila.

Capítulo 10

NOVA OPORTUNIDADE

Eu não acreditava no que estava acontecendo, não sabia se era bom ou ruim: um caminhoneiro acabava de me contratar como ajudante. Apenas uma manhã havia passado, eu que não sabia para onde ir, de repente uma porta se abria, uma oportunidade de trabalho. Seria um fruto da minha dedicação à matemática, pensei...? Subi as escadas correndo, um sentimento de alegria e gratidão me invadiu. Organizei minhas coisas todas, com cuidado para não esquecer nada do pouco que eu tinha. Quando desci e fui fazer o meu acerto, seu Chico disse que já estava tudo certo. E cordialmente me disse:

— Martín, *buena suerte, estarás en buena compañía.*

— *Cuidé a este niño como mi hijo.* Vamos, *que el tiempo vuela* — Lino acrescentou.

— *Que Dios te proteja, al señor Chico. Muchas gracias!*

Creio que usaram o espanhol para que ficasse clara a intenção de ambos para comigo, queriam proteger-me ou dar-me uma oportunidade? Embarquei no caminhão, o motor dividia a cabine, o motorista de um lado, eu do outro. Atrás dos acentos, havia até uma cama, onde Lino pediu para que eu colocasse minha mochila. Lino ligou o motor e acelerou, o barulho do motor era tão forte, que quase tínhamos que gritar para sermos ouvidos. Lentamente saímos da cidade. Demorou para encontrarmos o ponto de convergência para estabelecermos um diálogo, afinal, até há pouco, éramos apenas dois desconhecidos, um menino argentino perdido e um caminhoneiro brasileiro. Mas Lino, experiente, logo derrubou a barreira, e com palavras em português e espanhol nos entendemos. Assim mais ou menos fui compreendendo qual seria meu trabalho. Ajudar quando necessário, fazer cargas e descargas, e o mais importante: fazer as conferências no que depender de números, ele disse. Meu problema são os números, Martín. Gosto de viajar, mas não gosto de contas. Lino disse que seriam trinta e cinco quilômetros até onde faríamos nossa primeira carga. Algumas leves ondulações, depois uma planície, acompanhavam a estrada, ladeada por pequenas lavouras intercaladas à floresta de araucárias. Nuvens de poeira tapavam a visão da estrada a cada encontro, Lino reduzia a velocidade para não perder o rumo, assim, chegamos à cidade de São Domingos, nosso destino. Aos gritos Lino ia me informando o que acontecia. Passava do meio-dia quando ele desligou o motor do seu FNM, na madeireira onde já estava reservada sua carga. Como a viagem era longa, segundo Lino explicou, a madeira tinha que ser colocada bem encaixada para aproveitar o espaço na carroceria. Comparando, demoramos muito mais para carregar o caminhão do que para descarregar como fizemos lá no *su* Chico. Era quase noite quando tudo ficou pronto. Foi necessário usar a grande lona para proteger a madeira, caso chovesse durante os três ou mais dias que demoraria a viagem até o destino. Partiríamos pela manhã. Para passar a noite, Lino deixou-me num pequeno hotel, ele dormiria na cabine do caminhão. De madrugada ele me chamaria para seguirmos rumo a São Paulo. Quando Lino pronunciou São Paulo, tremi... Eu iria conhecer a cidade que imaginei quando descrita pelas ondas do rádio! Pensamentos me tiraram o sono. Às dez horas, as luzes da cidade apagaram-se, quando cessou o ronco de um grande motor que estava próximo do hotel. Saí do hotel, fui até uma pequena praça, a noite tornara-se um breu, apenas silhuetas eram vistas contra o brilho das estrelas, com meus pensamentos viajando antes do que meu corpo, tinha perdido o sono. O silêncio que envolvia a pequena cidade foi quebrado quando ouvi uma música vibrante, não dava para identificar de onde vinha aquele som mágico. Parecia vir do alto ou da mata que circundava a cidade. Na situação que eu estava, na solidão, o som trazia paz e saudade, o eco se perdia na planície, meu corpo arrepiou-se, eu nunca tinha ouvido nada igual. Imaginei os habitantes recolhidos com suas famílias, ouvindo aquelas notas musicais perdendo-se na escuridão... Aquele som ressoava quase como uma oração. Não sei quanto tempo demorou aquela música, mas, quando tudo voltou ao silêncio, tropeçando pelo caminho e pela escada do hotel, fui para a cama e apaguei. Ao amanhecer, ainda não estava definida a divisão da noite com o dia, quando Lino foi me chamar e não me encontrou, desceu as escadas correndo. Sorriu ao me encontrar na sala do café, esperando-o. Quando o vi chegar, logo perguntei:

— Lino — perguntei em espanhol —, você ouviu a música ontem à noite, que coisa mais linda, que instrumento era aquele?

— *Muchas noches, Martín, se oye en la ciudad esa TROMPETA, siempre después de que las luces se apagan. Nadie conoce a quien toca, ni saben de dónde vien ese sonido maravilloso.*

— Não é da janela do hotel? — perguntei em espanhol.

— Cada um escuta como se soubesse a direção, não importa o lugar da cidade, todos têm a mesma impressão. Mas até hoje, desde muito tempo, quando foi ouvida pela primeira vez, nada foi descoberto. Isso tornou-se a marca registrada e o segredo da cidade. Todos dizem: um trompete dentro da noite, só! Muitos falam que deve ser um fantasma...

— Se não fosse tão lindo esse som, poderia até dar medo depois de saber essa história. Eu nem conheço um trompete.

— Eu gosto de ouvi-lo nas músicas mexicanas, onde ele é um dos principais instrumentos — disse Lino.

— Sim! Agora lembrei, nas músicas que ouvia no rádio lá de São Paulo, tocadas por Pedro Bento e Zé da Estrada, tinha esse instrumento. E meu amigo, Alan, disse que um dia queria aprender a tocar trompete.

— Isso. Também escuto essa dupla, eles recordam o folclore mexicano.

Com o esclarecimento, sobre o trompete, terminamos o café, acertamos meu pernoite. Ainda ouvi os comentários sobre o tal do segredo de viajantes que por ali passavam pela primeira vez.

Capítulo 11

PRIMEIRA VIAGEM

O caminhão estava pronto, joguei minha mochila em cima da cama na cabine, os apetrechos de Lino, como ele chamou, estavam todos carregados. O motor roncou forte, a carga era pesada, Lino manobrou o FNM seguindo o rumo do sol, que mostrava sua cara por sobre a mata de araucárias que circundava a pequena cidade. Meu coração vibrava, ouvia Lino me orientando sobre o que deveria fazer. Eu não estava pensando no que ganharia trabalhando com Lino, queria ser útil e aprender, mas ele fez questão de frisar que a remuneração dependeria do resultado de cada viagem. Lino contou-me que já tinha perdido valores por não ser muito bom na matemática. Falei que podia contar comigo.

A estrada à nossa frente estendia-se até o horizonte. Seria lá no horizonte o Brasil que eu buscava? Às vezes, com o ronco do potente motor, nos longos aclives, para não ter que gritar, descansavam as palavras, mas meus pensamentos estendiam-se por sobre a paisagem que desfilava pela janela, na margem da *carretera*. Subidas e descidas sucediam-se, pó e barro, onde muitas vezes tínhamos que colocar correntes nos pneus, alternavam-se. De repente, mais próximo às grandes cidades, a estrada ficava toda preta, limpa e lisa como um assoalho, era o asfalto.

— Agora no asfalto a viagem fica menos cansativa — disse Lino.

— *Cómo se llama este camino?* — perguntei.

Eu nunca tinha visto aquilo. Lino me explicou tudo, acreditava que um dia esse progresso chegaria por todas as estradas do Brasil.

— *Aquí, Martín, no se usan más cadenas no* FNM.

Ali, começamos a deslizar por sobre aquela fita preta que se estendia à nossa frente. Então, pelo para-brisa, como num sonho, vi desfilar o Brasil que buscava. Paisagens incríveis coloridas, vales e montanhas, cidades... Embevecido pela visão, despertei quando Lino começou a me orientar sobre a ficha técnica do FNM: o FNM, nossa casa ambulante, porque Lino adaptara uma caixa com todos os utensílios para fazer nossas refeições quando estávamos longe de restaurantes. Uma sombra, o motor esfriava e nós nos abastecíamos.

— Martín, se nos acertarmos, somando meu conhecimento mais o seu, com certeza iremos longe por esse imenso Brasil.

— O que depender de mim, Lino, conte comigo. Só peço, me oriente para o que devo fazer, porque pouco sei, mas quero aprender — eu falava em espanhol e português, Lino se divertia.

— Não sei por quê, Martín, impressionou-me teu jeito, tua sinceridade, desde que te encontrei lá no hotel do Chico. Eu não gosto de números, meu prazer é dirigir, e ouvir esse motor arrastando cargas por essas estradas sem fim.

— O quanto estudei na minha terra não foi muito, mas os números, minha paixão, tomaram conta de mim, dediquei-me ao máximo para memorizar tudo o que o professor me passou. Quando o professor percebeu minha facilidade de aprender matemática, me *regalou* com livros exclusivos sobre contas, problemas... Devorei todos... Com a ajuda de meu *hermano* Ramires... (Difícil pronunciar esse nome).

— *Muy bien*! É a minha deficiência, a matemática. Tenho perdido dinheiro por não saber conferir e calcular negociações de cargas. Vamos usar um exemplo: depois, daqui para frente, isso será seu trabalho. O FNM tem capacidade para certo peso e autonomia. Autonomia chamo quantos quilômetros faz com o combustível de um tanque cheio. Nós temos que saber quanto cobrar para cada carga, considerando peso, consumo e distância. Isso para não gastarmos pneus de graça e ficar no prejuízo.

— Para que eu tenha condições de avaliar e calcular, me ensine aos poucos tudo sobre teu FNM.

— Bom. Começamos: o FNM D11.000 tem um motor AR 1610 de 150 CV, com capacidade de carga de 14 toneladas, comprimento da carroceria de 10 metros.

— Conforme vou entendendo os dados, vou fazer os cálculos e ver qual será o resultado. Poderíamos treinar já nesta carga. Qual a distância, carga, vi que na madeira você usou uma medida, metro cúbico, não peso. *En su Chico ustedes hablaron en cubar, eso?*

— Certo! Madeira é assim que se calcula, largura vezes altura, vezes profundidade. Tudo o que você precisa está anotado no papel dentro do porta-luvas.

Foi o começou de nossa parceria, a primeira experiência sobre o resultado. Fizemos uma previsão, analisamos juntos prós e contras. Aprendi, aprendemos. Quando descarregamos na cidade de São Paulo e fomos fazer o acerto, tínhamos uma pequena diferença em favor do comprador, que acabou elogiando a honestidade de Lino. São Paulo me assustou, uma cidade tão grande que jamais teria imaginado pelas ondas do rádio. Lino conhecia tudo, não se perdeu dentro das centenas de ruas, naquele mar de caminhões e automóveis e gente que mais pareciam rios que se cruzavam e se emendavam. Edifícios e mais edifícios que formavam uma floresta sem galhos e sem folhas.

A experiência de Lino me moldava mais a cada viagem. Assim fui conhecendo, além de São Paulo, o constante destino, Rio de Janeiro, Porto Alegre. O FNM não parava, carregávamos madeira para as construções e retornávamos com mercadorias para o comércio da região. Com tanto tempo juntos, fomos revelando aos poucos nossas histórias. Concluímos que de um modo parecido tivemos de abandonar nossas raízes. O rádio, sempre ligado, trazia notícias, futebol e músicas. Para economizar nos pernoites, fiz uma estrutura que, colocada sob a lona, em cima das cargas ou nos pequenos espaços, formava meu abrigo. Um colchão que era guardado na cabine junto com minhas cobertas formava uma cama confortável. Lino gostou, estava nos sobrando mais cruzeiros a cada viagem.

Quando um dia aguardava para fazer a carga, dei uma volta pela montanha de madeira descartada, encontrei pedaços de araucária que me recordaram a velha serraria. Lembrei de Ramires, Amadeu e Alan. Araucária é madeira boa para entalhar, na minha terra não tinha. Contei a minha história para o Lino, ele ouviu e me questionou:

— O que você sabe fazer? Só faltava essa, Martín, eu estar viajando com um parceiro escultor!

— Acho que sou isso aí que você disse. Sempre pensei que quem fazia esculturas seria um entalhador. Vou aceitar esse outro nome, soa melhor aos ouvidos... — sorrimos. — Não sei se vai gostar do que faço, Lino, mas se você autorizar... Sabe... Não me sinto bem de ficar sem fazer nada! Talhando não vejo passar o tempo... — Lino achou engraçado quando repeti talhando.

— Martín, vejo que você valoriza muito o tempo. Portanto, vamos providenciar tudo o que precisa.

— Além da matéria-prima, a madeira, que deixo ao teu encargo para pedir autorização para o Beto, eu vou comprar algumas ferramentas necessárias e apropriadas — fiquei feliz com a concordância imediata de Lino.

Lino tornara-se como um novo *padrecito*, havia confiança e entendimento recíproco entre nós... Quantas vezes, nas negociações, o modo de olhar era suficiente para saber se deveria ser: sim ou não para fechar contrato de transporte. Não poderia ser diferente com a revelação das minhas qualidades de entalhador, que Lino chamou escultor; eu nem conhecia por esse nome. Assim providenciamos, cada um fez sua parte e logo eu estava com tudo o que era necessário. Quando esperávamos a carga ficar pronta no nosso quartel general, assim dizia Lino, São Domingos, eu pernoitava no hotel. Era normal na solidão das velhas lembranças, sem sono, ir para a praça antes de dormir. Batia a saudade, enquanto eu estava em transe para o passado, apagavam-se as luzes da cidade. Voltava à realidade quando o som do trompete ecoava por sobre a cidade. Nessa noite parecia que o som vinha da mata próxima, pude constatar o que as pessoas falavam. O som ouvido naquele ambiente era tão intenso e vibrante que aos meus ouvidos sugeria muitos sentimentos e devaneios, trazia uma paz profunda misturada com saudade. Isso desencadeou em mim uma vontade de, na primeira oportunidade, usar minhas economias e comprar um trompete...

— Vai dormir, Martín! Vai sonhar! — falava sozinho.

Na manhã seguinte, carga pronta e com minha matéria-prima ocupando um pequeno espaço junto à carga, partimos rumo a São Paulo. Vou pular partes corriqueiras e normais que acontecem nas estradas. Porém, sempre na vida de todos os caminhoneiros que vivem dia e noite nas estradas, algumas providências são indispensáveis. Tínhamos eleito alguns lugares estratégicos, onde trocávamos as malas de roupas sujas por roupas limpas. Num desses pontos, aconteceu um motivo maior para justificar nosso tempo fora da estrada: Lino encontrou uma *chica*, diferente de tantas outras que conhecera, falou dela em espanhol, para mexer comigo... Gostava de brincar relembrando minha origem. Ele era um jovem maduro, passava dos trinta anos. Quando o assunto era "assumir compromisso", ele repetia: "Por enquanto, minha paixão é a estrada", apesar de a *chica* ser diferente, não era hora de pensar em compromissos sérios, afirmava. Primeiro queria fazer um pé-de-meia, depois pensaria em formar família. Porém, muitas coisas acontecem na vida, sempre de improviso, não foi diferente com o amigo Lino. Disse não e negou por diversas paradas, mas a *chica* Tina venceu! E meu amigo durão mudou seu modo de pensar. Lino acabou fazendo desse lugar um ponto de referência, ele foi flechado pelo cupido: confessou. Mudanças à vista e em nosso caminho surgiu a parada obrigatória que interrompeu a trajeto do coração de Lino. Então, todas as vezes que por ali passávamos, o motor do FNM esfriava. Quando não havia urgência na entrega das cargas, para cultivar sua paixão, Lino e Tina já projetavam seus sonhos. Da minha parte, acertei em cheio, preenchia meu tempo esculpindo (lembrei) na madeira sob uma sombra ao lado do restaurante. Mesmo estando fora de forma, não demorou para que eu voltasse a descobrir as figuras que estavam escondidas dentro da madeira. A lembrança de Ramires e Amadeu parecia dar-me forças e inspiração. Quando Lino viu, não acreditou. Resultado, essa minha qualidade tornou-se mais uma fonte de renda, conforme as peças surgiam, nos restaurantes nós as transformávamos em cruzeiros. Fui conhecendo o Brasil na sua imensidão. Lino comentou que, depois do regime militar, não faltaram mais cargas, não perdeu mais fretes. "O Brasil é um canteiro de obras" — e continuava: "Sem contar, Martín, que temos a segurança nas estradas não importa onde paramos para pernoitar. E tem mais, todos os motoristas são unânimes em afirmar que reina a paz nas estradas" — palavras de Lino.

Capítulo 12

A VIAGEM MAIS LONGA

Nesse vaivém, a próxima carga de madeira escolhida e programada seria para a conclusão de uma obra especial. Lino me disse que seria a viagem mais longa de todas as que eu já tinha feito. Seguiríamos para o Nordeste, até Pernambuco. Realmente, foi a maior distância com uma única carga. Foram dias de novas paisagem desfilando pela janela do FNM. Quando lá chegamos, encontramos um lugar maravilhoso, próximo de uma praia paradisíaca, mais precisamente, Praia dos Carneiros. Quase deserto de gente... A paisagem única e de sonho... Dois Rios, Formoso e Ariquindá desaguam no mar. Com a mudança da maré, me explicou o encarregado da construção, torna-se difícil identificar onde é rio e onde é mar. Incrível, embriagante o lugar. Um coqueiral a perder de vista, águas tranquilas, de diversas cores e tons: o azul e o verde confundem-se com a incidência do sol. A mata Atlântica que se perde no horizonte com leves ondulações ao poente e ao lado do sol nascente, o mar sem fim. O mar, com sua imensidão, deixou-me extasiado! No Rio de Janeiro, cheguei a ver a Baía de Guanabara, mas ela não me havia revelado a grandeza do mar. Agora aqui, descortina-se aos meus olhos incrédulos essa vastidão de águas num balanço incessante.

Para completar a grande descoberta, fui me banhar em suas águas. Demoramos dois dias antes de retornar, foi tempo suficiente para aquela paisagem que me cativou entrar na minha cabeça e fixar-se indefinidamente. Como uma enxurrada de novidades, uma nova descoberta, eu, que conhecia muitas frutas que me saciaram em momentos difíceis, uma que não conhecia foi-me apresentada pelo Lino, o coco. Aprendi a tomar sua água e comer a sua polpa branca. Uma fruta totalmente diferente, completa, além da água, a polpa muito nutritiva. Confessei para o parceiro Lino que meu sonho sempre foi caminhar rumo ao sol nascente, cheguei ao fim da minha caminhada. Se eu pudesse, ficaria aqui para sempre!

— Martín, você sonhou que tinha algum lugar mais bonito do que este? Guarde-o na lembrança, quem sabe um dia...

— Lino, y si te cuento que um día soñé con un coqueiral...! Y ahora lo veo! Engraçado, Lino, meu rumo sempre foi este, me perdi, tropecei, caí, levantei e prossegui firme. Hoje vejo que encontrei, vejo com meus próprios olhos muito mais do que as ondas do rádio levaram para dentro da minha cabeça.

— Es muy lindo, Martín! Pero para el trabajo tenemos que volver al sur.

— Es maravilloso, amigo Lino! Gracias por la oportunidad de conocer um pedazo del cielo!

— Una lástima que está muy lejos de nosotros. Y sin embargo un desierto de gente, no tiene nada aquí cerca.

— Lino, ya estoy acostumbrado, yo sobreviviría con esa fruta... — Lino achou engraçada minha observação. Rimos muito.

Naquele êxtase, não perguntei a quem pertencia aquele pedaço do céu. Apenas ouvi o engenheiro dizer que o proprietário queria vender assim que a obra ficasse pronta. Estávamos a uma grande distância do Sul, pouco importaria saber de quem seria aquela construção. O importante no momento foi que eu vi, pisei naquela areia branca, banhei-me nas águas azuis e verdes aquecidas pelo sol que sempre me deu a direção. Quando embarcamos no FNM para retornar, não tive coragem de comentar com Lino que gostaria de pedir trabalho e ficar naquele lugar até acabar aquela construção. Não teria lógica, e mais, não teria coragem de abandonar meu parceiro. Com o pensamento meio enroscado naquele coqueiral, naquela praia, rodamos até chegar a um ponto onde vendiam cocos. Carregamos o caminhão rumo a São Paulo, vendemos a carga numa distribuidora e fizemos nova carga até Curitiba.

Chegamos a Curitiba para descarregar uma carga e carregar outra. Por ser fim de tarde, deixamos o caminhão na fila para o dia seguinte. Saindo da rotina, Lino disse:

— Hoje vamos para o centro da capital paranaense.

Na rua XV de Novembro, mais conhecida como Rua das Flores, bem no centro da cidade. Centenas de mesas se espalhavam pelo calçadão em frente aos bares e lanchonetes. Procuramos uma mesa, em frente ao restaurante La Gôndola, estávamos famintos. Noite de clima agradável, o calçadão lotado de um povo eclético de todas as idades. Grupos formavam rodas nas mesas com canecas de chope, sorvetes, aperitivos, lanches... Cigarros eram acesos por todos os lados, a fumaça subia exalando um mau cheiro, nunca tinha visto tantos fumantes reunidos em um único lugar. Lino não fumava, eu também não. Lino brincou:

— Ninguém nos conhece, nem nós conhecemos ninguém, vamos pensar assim, hoje fazemos parte da multidão, então vamos comemorar, Martín. Vamos pedir *un* chope, *y otras cosas más*.

— *Podremos* dormir tranquilos esta *noche*, vamos a *la* chope — concordei imediatamente com meu amigo.

Tomamos o chope, repetimos a dose, depois foram servidos nossos pedidos, uma lasanha à moda da casa, La Gôndola, com saladas e *papas fritas*. Quando passavam das dez horas, tínhamos que voltar para o FNM... De repente, do alto de um edifício, lá no décimo andar, um som nosso já conhecido chamou a atenção de todos. O som de um trompete silenciou o burburinho da multidão e se espalhou *por el canal de la calle, formado por los edifícios que la ladeaban*. Parecia que a multidão tinha sido hipnotizada por aquele som suave que se espalhava, misturado a fumaça dos cigarros. As vozes cessaram, todos os olhares direcionados para a janela do décimo andar... Para mim, aquele som emendou Curitiba e São Domingos, viajei nas notas do trompete da capital para São Domingos, não sei quanto tempo durou o show. Confesso, fiquei mais embriagado com o som do trompete do que com o chope. A diferença dessa noite foi que esse trompete nós o vimos, até ele sumir na janela. A multidão emocionada aplaudiu, os comentários formaram o novo burburinho. Vimos muitos revelarem que vinham sempre para o calçadão só para ouvir o trompetista, outros estavam ali pela primeira vez. Deixamos a rotina da Rua XV, Lino e eu tínhamos mais uma carga nos esperando... No caminho de volta, no táxi, relembrei minha intenção, já sabida por meu parceiro, que era de comprar um trompete e aprender a tocar. Lino sempre me incentivou:

— Martín, são nossos sonhos que nos impulsionam para seguir em frente. Vejo que os teus, aos poucos, se tornam realidade, os meus também, ainda mais com minha *chica*! Nós também já temos nosso projeto em andamento.

— Meu amigo, com a oportunidade que me deu, posso sonhar...

— Ora, chegando, Martín, antes de voltarmos para São Domingos, vamos comprar seu trompete... Fechado, Martín, meu parceiro?

— Fechado! Você me entende rápido demais, Lino!

— Parceiro é parceiro, já me parece te ouvir nas paradas que faremos pelas estradas do Brasil.

— Sonha, Lino! Sonha! Já pensou, você na boleia e eu fazendo o eco do trompete rebater pelas canhadas! — e ríamos muito.

Durante o retorno para o FNM, nem curtimos as luzes da capital. Envoltos no sonho do meu trompete, apertamos as mãos, como se fizéssemos um pacto. Quando vimos, o táxi já estava freando em nosso endereço. A noite passou de um sono só. O chope fez seu efeito, pela manhã, após nosso café, enquanto faziam a descarga, Lino e eu, com grande expectativa, tomamos um ônibus e fomos ao centro. Com as informações, foi fácil, não gastamos mais que duas horas e já estávamos com o estojo que protegia meu tão sonhado trompete nas mãos. Ao primeiro contato com aquele instrumento, meu corpo todo arrepiou. Aquela peça de metal, cheia de curvas, tubos e três pistos, conforme os chamou o vendedor. Linda demais. Acariciei aquela peça que mais parecia uma joia preciosa. No meu pensamento, recordei o som que ouvi sempre à distância, e agora tinha o trompete em minhas mãos. Em uma caixa preta, com forro de cetim vermelho, o vendedor havia acomodado meu tesouro. Algumas instruções sobre o manuseio e cuidados foram-me repassados. Um pequeno livreto trazia as informações sobre a escala natural das notas musicais para principiantes. Agradeci as informações e nos dirigimos ao caixa. Acabei de gastar parte das minhas economias, porém, uma certeza, estava sentindo o sabor de uma vitória. Assim começaria meu sonho de ser trompetista. Voltamos para o FNM, que nos aguardava, pronto para uma nova viagem... Agora as estradas seriam meu palco. Cortando as distâncias, comecei a fazer minhas lições, misturando o som do trompete com o som do motor. Conforme instruções do vendedor, eu teria que formar embocadura para tirar sempre um som mais límpido com menos esforço.

Estradas sem fim, idas e vindas, cargas e descargas. Madrugadas e novas paisagens, dias sucedendo-se, no rádio, informações, notícias... Aproximava-se o dia do início da Copa do Mundo de futebol. O México sediaria a maior competição de futebol do mundo, 16 seleções com os maiores e melhores atletas. Pronto, as músicas dos trompetes mexicanos eram tocadas em todas as rádios. No Brasil, um hino era entoado de norte a sul. Em cada posto de abastecimento e em cada parada no encontro dos motoristas, o assunto era um só, futebol. Brasil em busca do "tri"; sabia eu que meu país também estaria lá, mas eu já estava tão envolvido nos assuntos inerentes ao Brasil, que cantava também o hino, embora algumas vezes palavras saíssem em espanhol; Lino ouvia e se divertia muito: *noventa millones en acción...* A pronúncia em espanhol fazia uma referência estranha em português ("noventa mijones em ação"). Mas nós cantávamos com o rádio a todo volume:

"Noventa milhões em ação,

pra frente, Brasil, no meu coração,

todos juntos vamos, pra frente, Brasil

salve a Seleção!!!

De repente é aquela corrente pra frente,

parece que todo Brasil deu a mão!

Todos ligados na mesma emoção,

Tudo é um só coração!

Todos juntos vamos pra frente, Brasil!

Brasil, salve a Seleção!"

Meu Santos estava muito bem representado na seleção pelo rei Pelé, Clodoaldo e Carlos Alberto. Na estrada e onde estivéssemos, o entusiasmo era geral, o Brasil se vestia de verde e amarelo em cada jogo. O Brasil passou fase por fase, com emoção maior a cada jogo. Chegou à final, contra a esquadra italiana, uma rivalidade entrou junto no campo, era um domingo. Lino programou: "Vamos assistir ao Jogo lá em São Paulo, quero estar ao lado de Tina quando levantarmos a taça do 'tri'. Não deu outra, com um gol de Carlos Alberto, a seleção canarinho fechou a conta, 4 a 1, a zurra, seleção italiana, chorou, e Carlos Alberto beijou a taça *Jules Rimet*. O estádio Asteca, com um público de 107.412 pessoas, acabava de testemunhar uma cena do maior espetáculo da Terra. Fiori Gigliotti disse: "Fecham-se as cortinas, termina o espetáculo, o Brasil é TRICAMPEÃO DO MUNDO!". E o Brasil cantou: "A taça do mundo é nossa, com brasileiro não há quem possa..."!

    O jogo acabou, a festa também. Depois das comemorações, Lino deu-me a conhecer quais suas intenções em relação à Tina. Estava na hora de construir um lar, ter uma referência. Pode demorar um ano, talvez menos, mas a decisão está tomada: "Amo Tina, ela me ama, Martín, só temos que aumentar nossa poupança, obtivemos bons resultados ultimamente...". Próximo de onde Tina morava, havia uma escola de música que me aceitou como aluno, podendo frequentar só quando por ali passava. Lino namorava, eu estudava música: uma, duas aulas, e voltávamos para a estrada. As aulas, mais o tempo que praticava pelo mundo afora, fazendo dueto com o ronco do FNM e o grande amor que nutria pelo trompete, facilitaram meu aperfeiçoamento, assim, as notas tornaram-se cada dia mais claras e sonoras. Cortando o Brasil, rodando sem parar, chegou o dia, Lino revelou: "Na próxima viagem de retorno, vou me casar com Tina".

Capítulo 13

UM SEGREDO

A viagem para São Domingos, em termos de trânsito, transcorreu normalmente como tantas outras, mas Lino estava impaciente e reclamava dizendo que não rendia.

— Até parece que nosso FNM está cansado — disse.

Creio que era Tina que o desconcentrava, haveria uma mudança em sua vida. Com muito atraso e apreensão, chegamos à tarde para carregar. À noite, na roda de motoristas e ajudantes, lembrei-me do trompete e, para fazer suspense, falei: "Esta noite quem vai tocar trompete depois que as luzes se apagarem serei eu". Todos riram. Foi um momento de descontração, um dava um palpite, outro inventava uma história, outro fazia piada, e no final cada um foi para seu canto. Sobrou apenas um motorista. Quando não havia mais testemunhas, se fosse o caso, Simão pediu que o acompanhasse até a cabine do seu FNM. Abriu a porta do lado do motorista, destravou a outra e a um sinal eu subi. Ainda não me passava pela cabeça o que viria da parte de Simão, nos conhecíamos desde a primeira vez que pernoitei na cidade. Coincidência ou não, na maioria das vezes que eu comentava sobre o trompete da noite, Simão estava por perto. Nessa noite, não foi diferente, depois da minha brincadeira ele me chamou de lado:

— Martín, tenho percebido sua emoção e como você se transforma quando diz que ouviu o trompete na noite. Percebi a paixão que o som desse instrumento lhe causa desde o princípio. Sabe, não me enganei a seu respeito, tenho observado seu entusiasmo. E agora, você revela que adquiriu um trompete. Achei muito legal.

— Simão, eu sempre comentei o assunto, mas não pensava que conseguia expressar assim meus sentimentos. Na verdade, quando ouço um trompete, eu viajo nas notas para muito longe...

— Coincidência, Martín, eu também viajo. Sob a luz das estrelas ainda mais. Gosto de ouvir o som do trompete ecoando e quebrando o silêncio da noite.

— É interessante... Não sei o que dizer... talvez tenhamos lembranças...

— É possível... Mas o motivo por que o chamei... Quero revelar-te um segredo... Tua transparência, o teu modo de ser, sempre mostrando gratidão por tudo, até pelas mais pequenas coisas, por tua paixão pelo trompete, achei que contigo posso repartir meu segredo... Acho importante que alguém de confiança saiba a verdade. Por enquanto os demais vamos deixar que continuem sonhando... até o dia que...

— *Simón, yo? Quien soy yo? No estoy entendiendo!* — quando a emoção vem, de improviso, o espanhol vem à tona.

— *Si, usted!* — e Simão usou o espanhol também. — Veja o que tenho aqui guardado a sete chaves.

— *Una trompeta! Maravilla, Simão, usted toca trompeta?*

— *Sabes, Martín, la trompeta es mi pasión también!*

— Surpresa para mim, Simão, durante todo esse tempo que nos conhecemos, e tudo o que se fala sobre o fantasma, que dizem ser o que toca pela redondeza, você nunca comentou que também tocava. Nem revelou que tens um trompete no FNM!

— Aí que está o segredo que vou confiar a você! Já se vão muitos anos que faço a bagunça na cabeça das pessoas na cidade...

— Você? Que bagunça você faz?

— *Yo soy el fantasma...* Comecei por brincadeira, uma noite de insônia, no hotel. As luzes se apagaram como de costume. Eu não conseguia dormir lembrando da minha família distante, a solidão e a saudade me machucando. Estava no último andar do hotel, onde tenho meu quarto reservado, subi pelo alçapão, fechei, subi no telhado e deitado de costas, olhando as estrelas, toquei duas músicas. Ouvi o eco do som por todos os lados, dentro do silêncio da noite, minha música parecia dividir-se pela planície ricocheteando na mata de araucárias. Confesso que fiquei emocionado! Depois, fiquei olhando o céu pontilhado de estrelas, perdi a noção do tempo e adormeci agarrado ao meu trompete.

— Que coisa linda, Simão! *Usted es el fantasma!* É de arrepiar... E ninguém percebeu? Não houve comentários dos que estavam no hotel? Incrível como até hoje ninguém descobriu de onde vem aquele som?

— O começo foi assim: todos os que ouviram comentavam sobre a indefinição do local... Diziam que a noite confunde a direção tornando impossível identificar onde o som é real ou eco. A mata que circunda a cidade pode ter seus fantasmas, muitos diziam... Eu senti que poderia me divertir, até ser descoberto — Simão abriu um largo sorriso.

— O relevo e a localização, coincidência... É verdade, quando ouço é difícil perceber de onde vem...

— Isso me deu um estalo, manter o segredo e tentar outras vezes fazer o mesmo! Queria certificar-me sobre a primeira impressão. E fui brincando de ser fantasma...

— Sensacional!

— Como ninguém achou ruim, continuei. O burburinho começou a se espalhar e agora você conhece toda a história.

— Sim, o trompete dentro da noite, o fantasma do trompete, tornou-se a marca registrada de São Domingos.

— Bem isso, Martín! Vou explicar por que resolvi passar para você meu segredo. Você tem a mesma paixão pelo trompete, pensei: "Quanto tempo ainda posso continuar proporcionando essa ilusão ao povo?". Hoje todos ficam triste quando não ouvem o trompete antes de dormir. Um dia o progresso virá, a cidade vai mudar... Isso pode demorar... E...

— Obrigado por confiar esse grande segredo! Jamais imaginaria... Simão, da minha parte fique tranquilo, guardarei isso para sempre.

— Tem mais, Martín, você é ainda menino! Se um dia silenciar meu trompete... você me promete que tocará o seu?! Hoje à noite, te mostrarei os lugares seguros, além do telhado do hotel, onde eu viro "o fantasma do trompete".

— É muita responsabilidade, Simão, mas, pela confiança que encontrou em mim, não posso traí-lo! Amanhã bem cedo, partiremos, então hoje seremos dois fantasmas do trompete! — eu estava emocionado.

— Fechado, quando as luzes se apagarem, entraremos em ação.

— Já estou nervoso. Porém, o mais importante é que muitos anos passarão antes de assumir esse encargo, Simão.

— *Nadie sabe hermano, Martín! Hasta más tarde!*

Despedimo-nos com um aperto de mão de amassar os dedos. Quando a noite chegou, jantamos no hotel, depois foi só seguir os passos de Simão, confesso que minhas pernas tremiam. Não estávamos fazendo nada errado, pelo contrário, era algo que marcava a cidade, só que dois fantasmas corriam o risco maior de serem descobertos, muito mais do que um. Simão sabia o que estava fazendo, levou-me aos lugares secretos. O telhado foi o mais fácil... Deitei ao lado dele e olhei o céu... Passou um filme na minha cabeça... Simão tocou ali para manter o horário de costume, logo após a escuridão envolver a cidade. Chorei... uma cascata de sentimentos me invadiu... Não ouvi uma palavra de Simão... Se ele falasse comigo, eu não responderia... Até aqui estava tudo bem... Enquanto nos esgueirávamos para outro lugar secreto, Simão fez uma advertência, que achei muito interessante.

— Até é possível que alguém saiba de onde vem o som, Martín. E, mesmo sabendo, não revelam para não quebrar a magia, assim a cidade continua vivendo sua fantasia...

— *Es verdad!*

Depois, com calma, sabendo onde pisava, Simão me conduziu para outro local que usava alternadamente com o telhado... Só vendo para crer, a natureza preparou o lugar dentro da mata, absolutamente protegido. Testemunhei a segurança, nenhuma palavra trocamos durante todo percurso. Retornamos em silêncio, fomos para a cama. Depois de deitado, revendo o caminho e os locais, cheguei à seguinte conclusão: que nem até o dia que, por ganância, vierem destruir a mata, ninguém jamais vai descobrir que ali foi guardado tão grande segredo.

No dia seguinte, café da manhã, comentários, todos ouviram o fantasma do trompete, foi uma noite de sorte para muitos no hotel que só tinham ouvido falar, haviam se tornado testemunhas para levar a emoção para os amigos. O dono do hotel explicou que não havia regra para acontecer, quando menos se esperava, a cidade se embriagava daquele som celestial. Muitos faziam tal referência. Os viajantes ouviam atentamente... Simão estava ao meu lado, também deu sua opinião sobre o assunto, eu continuava demonstrando minha emoção... Subimos até o último dos três andares do hotel onde tínhamos nossa reserva permanente. Fizemos nossas malas, deixamos o hotel juntos, nos despedimos. Tomamos o rumo dos respectivos FNMs, ambos prontos para pegar a estrada. Lino já estava com o motor aquecido, pulei na cabine, Lino acenou para Simão, Simão acenou para Lino, desejaram-se boa viagem e a rotação do motor subiu... O FNM iniciou o contorno para encontrar o caminho para São Paulo. Meu coração apertou, deu-me a impressão de que a carga do FNM era minha carga... Procurei pelo retrovisor o FNM de Simão, não o vi, olhei pela janela da cabine, já não estava mais no campo de visão... Um pensamento que eu não queria, daqueles que entram na cabeça sem licença, fez um clarão, eu queria dissipá-lo antes que tomasse forma, mas ele veio terrível, impiedoso: "Martín, diga adeus ao teu *hermano* Simão e a São Domingos...". Por que isso?

Capítulo 14

LINO E TINA

Por sorte os pensamentos de Lino já estavam lá em São Paulo onde o esperava sua Tina. Apenas comentou: "Gente boa esse Simão!". Depois o FNM começou a rodar no automático, eu olhava a paisagem e não a via, Lino não lembrava que Martín, seu ajudante, estava ali a seu lado. Eu, Martín, tinha esquecido meu amigo Lino! Quase falei alto meu pensamento: "Rodamos quase toda a manhã, Lino com seus pensamentos, eu com os meus...". Eu, se, por um lado, levava comigo um segredo; por outro lado, sentia que algo tinha ficado para trás, não sabia o quê... Aconteceram as paradas normais, a rotina da estrada nos sincronizou novamente e, no tempo normal da viagem, alcançamos nosso destino. Depois de tudo acertado, Lino comentou sobre os próximos passos após o casamento. Suas palavras se perderam ao vento, eu me sentia num vazio infinito... Voltei à realidade depois que o ronco do motor saiu da minha cabeça. Tina havia se encarregado de ir à igreja próxima de onde morava, falar com o padre e marcar a data do casamento. Combinaram, Tina e Lino, que não queriam nada além da cerimônia que a igreja ditava, e que uma testemunha seria suficiente. Quando Lino tomou conhecimento de que tudo estava preparado disse:

— *Martín, tu eres nuestro padrino.*

— *Cuánto honor, mi hermano, mi amigo!*

— *Quiero que lo sepas, que no hay otro igual a ti. Tuve la gran suerte de encontrarlo, tu eres hermano de verdad!*

Dois dias foram gastos nos preparativos do casamento de Lino e Tina. Da minha parte, instalei-me no quartinho que havia disponível no fundo do restaurante e hotel onde Tina trabalhava. Descarreguei minha matéria-prima para entalhar, e meu precioso trompete. Ali eu ficaria abrigado até a volta de Lino e Tina, que desceriam a serra até Santos e, aproveitando, levariam meia carga no FNM. Lino, que sempre evitara fretes para Santos, havia descido uma vez apenas, pois não gostava de tantas curvas. E brincou dizendo que, na verdade, seu FNM levaria a carga mais preciosa de todas que havia carregado: sua amada Tina. Lino insistiu muito para que eu fosse junto com eles, poderia assistir o Santos do meu coração. "Talvez fiquemos mais do que o previsto", disse Lino, "aí você vai ver o Pelé jogar".

— Não, meu compadre — eu tinha que acostumar a usar o termo brasileiro para padrinho de casamento —, não vou atrapalhar a viagem de lua de mel de vocês — frisei. — Vou aproveitar para fazer um intensivo com meu trompete, quero surpreendê-los quando voltarem. Tenho matéria-prima para completar meu tempo entalhando.

— *Si crees mejor quedarse, que Dios te proteja*, compadre — risos.

Despedimo-nos, desejei boa viagem, nada de pressa, meu parceiro, agora você tem uma ajudante de primeira, e falei: "Receio que perdi meu trabalho". Brincamos, Lino falou em espanhol, eu respondi também em espanhol, Tina não entendeu, mas riu muito. Todos felizes, chegou a hora de Lino acelerar o FNM no rumo de Santos. "Boa viagem, amigos!" Livre das responsabilidades de contas, de negociações, de controlar cargas e descargas, com meu trompete, corri para a escola de música. Minha rotina mudou, eu queria aproveitar o tempo, as notas musicais entravam na minha cabeça e saíam mais suaves do trompete após cada aula. O professor me orientando, ouvíamos gravações de Ninni Rosso, Wynton Marsales, Louis Armstrong, Rafael Mendez, Mariachis, Romancito Gomes, todos os estilos musicais e técnicas. Meu tempo dividido entre música e entalhe passou voando. Uma semana, duas semanas, fui à igreja onde Lino e Tina se casaram. Rezei por eles... Como sempre, não me esqueci de rezar, porém é difícil... Quase não consigo dizer os nomes... Tentei dizê-los em oração! Deus, você os conhece, guarde-os até o dia em que voltarei... *Mamá, padrecito*, Ramires, Amadeu, Júlia e Anita... Sem esquecer do meu *hermano* e amigo Alan... Lá fiz aniversários, o tempo passou... Pouco progresso fiz, mas estou sobrevivendo dignamente do meu trabalho. Obrigado, meu Deus!

Voltei para meu quartinho no hotel, as lembranças me derrubavam, a falta da minha família nessas horas doía demais. "Martín, seja forte!" — conversava sozinho me dando força... Passam os dias. A afinação do trompete melhorando a cada aula, minha madeira acabando, e nada de notícias de Lino e Tina. Pela localização do meu quartinho, eu podia preencher meu tempo à noite treinando no trompete. Sentia falta de um rádio para ouvir a Tupi, a Record e outras, que transmitiam meus programas preferidos de músicas sertanejas. Preocupado com a demora do retorno dos meus compadres, fui à procura de informações com o patrão de Tina. Perguntei se tinha alguma notícia deles. A resposta foi ruim: não tinha notícias e estava também preocupado, porque Tina garantiu que voltariam na terceira semana. E já terminava a quarta... Quando tomei conhecimento de que o prazo que Tina tinha combinado de voltar já se havia esgotado em uma semana, minha preocupação aumentou. Fui para meu quarto, deitei na cama e no teto começou a desfilar tudo o que aconteceu comigo nesse longo período: uma despedida, uma carona, a primeira cidade, uma colheita de feijão, um rio sem ponte, noites nas matas, um amigo Alan, uma carga de caminhão, Lino parceiro irmão, chegou Tina na vida de Lino... Lino antes de descer a serra foi ao banco e guardou as economias. Deixou comigo um valor correspondente a um mês do meu salário, seria o suficiente para as eventuais despesas nesse período. Nosso acerto maior ficava contabilizado num caderno guardado no porta-luvas do caminhão. Como eu estava ficando bom na boleia do FNM, assim dizia ele, eu já dirigia quando as estradas eram menos perigosas, para Lino poder descansar. Com o resultado vindo do último ano, o plano de Lino seria um dia comprar mais um FNM e formarmos uma sociedade. Esse projeto nos impelia para a estrada sem férias e sem descanso. Filme passando, nada de notícias de Lino e Tina...

Passou mais uma semana, nada de notícias. Agora o patrão de Tina também já estava muitíssimo preocupado, pois ela sempre fora muito responsável; se algo estivesse errado, teria ligado, disse. Muito mais, eu considerava a preocupação de Lino em nos avisar se tivesse havido um acidente. Silêncio, nenhum telefonema... O senhor Alfredo considerava muito Tina, funcionária braço direito na administração do seu restaurante; e mais, pelo Lino, como bom freguês, elegeu como prioridade ir ao encontro deles em Santos. Nessa condição, vimos que havia um erro grave, não tínhamos o endereço em que Lino e Tina poderiam estar em Santos. Refazendo o roteiro planejado, lembrei que Lino brincou quando partiram: "Se não encontrarmos um bom local e de preço bom, temos nosso FNM". Pronto, o senhor Alfredo gelou quando lhe passei essa informação.

— Martín, não temos um ponto de partida para procurá-los!

— O que faremos, senhor Alfredo?

— Vou descer a serra, procurar junto aos postos da polícia rodoviária alguma informação sobre acidentes. Vamos fazer um pequeno relatório, Martín, do dia que desceram, do modelo do caminhão, placa, que havia motorista e esposa...

— Faço tudo isso num instante, senhor.

— Algo aconteceu, filho!

— Com certeza, senhor Alfredo, pelo que conheço do Lino, ele não faria nada errado. Estranho esse silêncio!

— Digo o mesmo de Tina. Amanhã vou descer; você, Martín, aguarda aqui. Vou avisar Sandra, do caixa, que se eles ligarem te chamem para que atendas.

— Quando eu conseguir alguma informação, eu ligo informando.

— Certo, senhor Alfredo, obrigado!

Assim, o senhor Alfredo viajou para Santos, passou um dia, mais um dia, nada. Eu já não tocava trompete nem entalhava, fazia dias. Não havia clima, minha cabeça só conseguia processar um pensamento, queria notícias de Lino e Tina. Nada. Nada. Nada. Fui à igreja, mas não sabia o que dizer para Deus... Fiquei lá sentado, sabia que ELE estava lá, mas eu tinha medo de perguntar o que estava acontecendo: eu tinha medo da resposta... Voltei para o restaurante, fui até a moça do caixa, antes que lhe fizesse a conhecida pergunta, ela balançou a cabeça negativamente. Quatro dias de procura inútil foram gastos pelo senhor Alfredo: nem polícia, nem hospitais, nem bares, nem restaurantes, nada, nada... Ele chegou, estava desolado, falou que desceu e subiu a serra procurando um possível sinal de saída de pista, alguma marca, mas nada, nada...

Sem acreditar no que estava acontecendo, fiquei aturdido, não poderia haver mais um desmoronamento na minha vida tão curta! Lino e eu tínhamos um projeto! Lutamos tanto, havíamos formado uma parceria: de pai para filho, de irmão para irmão, de sonhos por sonhos: agora, o que vou fazer se Lino e Tina não voltarem? Começar de novo? Por onde?

O senhor Alfredo tinha contatos influentes em alguns meios de comunicação. Pediu socorro, mas São Paulo e Baixada Santista são extensos, e o resultado foi como procurar uma agulha num palheiro. Passaram-se mais trinta dias desde a busca do senhor Alfredo; somados os dias, estávamos há noventa dias sem notícias de Lino e Tina. Minhas reservas estavam no limite. Vendi todas as minhas peças. Paguei a escola de música, que por sinal nesse último mês houvera pouco progresso... Perdi a motivação, eu que estava me preparando para surpreender Lino e Tina com minhas conquistas... A realidade nua e crua foi se revelando, tinha que começar de novo. O senhor Alfredo foi como um *padrecito* para mim nesse período, não me cobrou refeições e estadia quando viu minha situação difícil. Falei que eu não tinha um ponto de retorno, meu destino seria seguir em frente...

— Em frente para onde? — fiz essa pergunta com muita tristeza.

Ele analisou as possibilidades de me ajudar, e até propôs um trabalho de ajudante na cozinha do restaurante, seu quadro de funcionários estava completo... Mas não era isso que eu queria, já fiz essa experiência... Outra questão: São Paulo era muito grande para meu gosto, de passagem tudo bem... Ficar para sempre, não! Agradeci de todo coração a ajuda. Mas eu já tinha tomado uma decisão, o sol nascente voltou a brilhar no horizonte, um caminho resplandeceu, eu sabia onde ficava. Não sei por quê. O que poderia encontrar naquele lugar que estava encravado dentro de mim. Não conseguia identificar outra possibilidade... Paguei a escola de música e mais algumas contas...

Capítulo 15

RUMO AO SOL NASCENTE

Contabilizei minhas economias, estavam no limite. Peguei minha bagagem, meu trompete, meus formões e estiletes, despedi-me dos funcionários, todos foram solidários, seu Alfredo não estava. Pedi que transmitissem minha gratidão por tudo o que fez por mim. Não revelei minhas intenções, pois ainda não tinha certeza de nada. Nem sabia se poderia chegar aonde meus pensamentos chegavam... Como um zumbi, fui para a rodoviária, naquele vaivém de malas e bagagens sendo arrastadas por todos os lados, encontrei um nome, um impossível ou um possível destino. Comprei a passagem; não demorou, um ônibus com um letreiro luminoso estacionou. Fui para a fila. Conferida a passagem, bagagem carregada, documentos no bolso e protegidos, abraçado ao meu trompete, procurei meu lugar. Sentei, fiz uma oração, pedindo para Deus que minha escolha tivesse sido a definitiva. O ônibus partiu e não percebi que São Paulo ficou para trás. Recostado na poltrona, fechei os olhos e fiz um balanço das minhas conquistas e dos meus fracassos... O tempo que passou, desde minha partida, já completara *años* e nada havia conseguido até aqui, a não ser mais dores do que alegrias. Houve momentos de luzes, porém, de pouca duração. Com Lino havia muita certeza de ter encontrado um meio para em breve voltar a ver *mamá, padrecito*, Ramires, Amadeu, Júlia e Anita. Desde que parti, no peito queima essa chama de conseguir vencer e voltar. Quantas noites de insônia em que eu treinava como chegar de surpresa em casa e dizer a eles: o Brasil me acolheu, venci, aqui estou para abraçar vocês e compartilhar minha vitória... Quanto teriam crescido, cada irmão, cada irmã? E *mamá* e *padrecito*, com minha ausência, quanto teriam sofrido sem notícias, quantas noites de sono perdido? Isso eles não me contariam, apenas diriam que muito rezaram e que sabiam que eu venceria!... A cada parada do ônibus, eu descia zonzo, eu procurava por Lino, não podia acreditar no sumiço dele... A ficha não tinha caído, era meu parceiro, meu novo irmão, que perda boba! Essa foi imprevista! Outras perdas tinham acontecido dentro da lógica das situações. Com Lino foi diferente, houve um "até logo, parceiro, poucos dias e estaremos juntos novamente para botar o FNM na estrada", foi assim que ele disse... Mas Lino não voltou, foi Tina que roubou meu parceiro? Droga! Ônibus partindo, alguém grita, "vamos embora, moço", parece que os motoristas conhecem cada passageiro, em tão pouco tempo. E essa estrada que não tem fim?!... Nesse sobe e desce, vai ao banheiro, dorme, acorda, come, um passado fica para trás... Será que um futuro se aproxima agora? Quando amanhece, vejo *outdoors* anunciando que estamos chegando. Pelas janelas, vejo uma grande cidade crescendo, cercando as ruas por onde o ônibus procura seu destino. O ônibus estaciona no terminal, parte do caminho concluído, retiro minha bagagem, confiro carteira, documentos, trompete firme na minha mão. Procuro informações, passo meu endereço de destino. Sou orientado que tenho que seguir de ônibus, até uma pequena cidade. Próximo ao meio-dia, chego ao fim da linha, daqui até meu destino não sei como poderei seguir adiante. Faço uma busca de informações, peço pelo endereço: "Uma pousada que há mais de ano estava em construção na Praia dos Carneiros". Poucos arriscam opiniões, ninguém me dá certeza e me deixam falando sozinho, meu sotaque torna difícil a comunicação, busquei um ponto de táxi, ninguém conhecia o caminho. O dia vai se esvaindo com o sol poente. Se não fosse minha resiliência, eu não estaria mais de pé, teria desistido pelo caminho. A fome aperta, conto meu dinheiro, faço um lanche, tenho que me manter firme no meu propósito. A noite chega quente, se procurar um local para dormir e que eu tenha que pagar, meu dinheiro acaba, não me resta alternativa, durmo num banco da rodoviária. Se alguém me interpelar, digo que espero um ônibus. A noite foi longa, o banco desconfortável, o travesseiro foi o estojo do meu trompete, minha bagagem ficou amarrada à minha perna. Quando a luz do sol brilhou, mais um cálculo das minhas reservas, umas frutas e um pão. Rezei para encontrar a pessoa certa que me levasse ou indicasse como chegar ao meu objetivo. Fui mais uma vez ao ponto de táxi, havia apenas um carro estacionado aguardando passageiros. Assim que me aproximei e desejei um *"buen día"*, fui recebido com um largo sorriso, e de pronto o taxista pediu:

— Para onde você quer que o leve?

— *Playa de las ovejas, una posada que más de año estaba en construcción.*

— Praia dos Carneiros? — o taxista pensou antes de dizer...

— *Sí, sí, usted conoce?*

— Sei, deve ser onde tenho feito algumas viagens... É um lugar quase deserto...

Pensei: começou melhor meu dia, encontrei quem pode me levar ao meu destino. Eu sabia quantos cruzeiros tinha na minha carteira; para garantir que não passaria vergonha, perguntei quanto custaria a corrida. Quando ele falou o valor, achei que ele tivesse visto minha carteira, era tudo o que eu tinha. O suficiente...

— *Podemos ir ahora, amigo?*

— Vamossimbora, garoto!

Reconheço que, sempre que precisei de ajuda, obtive bom atendimento, por isso procurei ser o mais agradecido possível, inclusive, sem querer, sempre o fazia em espanhol. Não sabia se era nervosismo, emoção, esperança de chegar ao destino, da minha boca só saíam palavras em espanhol. Senti o efeito desse modo de me comunicar; usando meu idioma pátrio, transpareceu-me surtir um ótimo efeito. Pela janela do táxi, desfilava uma paisagem da Mata Atlântica, depois os coqueirais semeados pela natureza. Era a mesma paisagem, que me cativou a bordo do FNM do Lino, trinta quilômetros de estrada de terra misturada com areia. O táxi seguiu com maior velocidade do que o FNM, quando percebi havíamos chegado. O que conversamos pelo caminho não foi além do trivial, o taxista não se portou como um entrevistador, mas, sim, como um informante das coisas de sua terra. Não pediu de onde vinha, se estava a trabalho, ou fazendo turismo. Ao me despedir, o fiz em espanhol, paguei, agradeci, não sei qual impressão lhe causei, mas depois de descarregar minha bagagem, apertou minha mão efusivamente. Batendo a porta do bagageiro, antes de embarcar no carro, esbanjando simpatia queria me passar o que sabia sobre a pousada... Entrou no carro, e pela janela continuou:

— Segundo o engenheiro que vim buscar há poucos dias me informou, está tudo pronto para a inauguração da pousada — ele me disse.

— A pousada não está recebendo hóspedes ainda? — perguntei em espanhol.

— Não. Pelo menos é a informação que o engenheiro me passou — pediu se eu tinha compreendido.

— *Sí, sí, muchas gracias!*

— Este lugar é muito lindo, com certeza receberá muitos turistas... Bom para nós taxistas. Pena que ainda não tem telefone — outra informação.

— *Otra vez muchas gracias!*

— Até outro dia!

— *Hasta la vista!*

Capítulo 16

CHEGADA AO PARAÍSO

O taxista fez a manobra de retorno, ouvi o ronco do Corcel II ser substituído pelo shuuá, shuuá das ondas... Olhei ao redor, analisei: um deserto de gente, ninguém no raio de minha visão. A revelação do taxista não foi difícil de ser comprovada. À primeira impressão, tudo estava perfeito, as obras já estavam concluídas. Jardins, calçadas, bancos, as varandas, o acesso à entrada. Como destaque, grandes vasos de flores dispostos estrategicamente, e uma rede solitária. Quando deparei com toda aquela estrutura, minha mente viu a paisagem invadida por centenas de hóspedes e crianças correndo... Voltei à realidade...

Embriagado pela paisagem e pelo cansaço, tentei me localizar. Eu não era turista... Não consegui me situar no ambiente... Seria eu um cachorro caído de alguma mudança, assim dizia Lino para os perdidos no mundo! Teria me perdido em definitivo, sem um cruzeiro na carteira, longe de tudo? Apesar da inesperada situação, pensei, "se não der certo, tenho uma certeza: acabo de pôr os pés num pedaço do céu que ao acaso um dia descobri. Vejo o mar intransponível, mas verei o sol nascente até...". Parei, olhei, nada acontecia... Por onde vou começar, se não vejo ninguém para me dar informações? Vim para trabalhar... Guardei minha bagagem com meu tesouro, o trompete, num canto da varanda atrás dos vasos de flores. Tinha que ter calma e raciocinar. Lentamente caminhei, situando-me, enquanto aos meus olhos ia se revelando a construção e estrutura da pousada. Acreditava que haveria de chegar alguém antes do anoitecer. Deve ter um responsável, para fazer guarda de tudo até a inauguração...

A pousada, uma ampla construção, o prédio central com três pisos, destaca-se por entre o coqueiral. Com as vigas de araucária que um dia trouxemos com o FNM do Lino, destacavam-se os varandões, com muitas âncoras para redes. Caminhos de areia indicavam diversos rumos por entre o coqueiral e jardins, com destaque para o que conduz para a praia. Junto ao amplo pátio de estacionamento, mais afastado, uma construção baixa, com detalhes semelhantes ao prédio principal, possivelmente para residência de funcionários. Caminhei, fiz uma busca pelos arredores, ninguém.   O tempo passando, o sol, seguindo seu trajeto, colocou-se a pino e começou a inverter as sombras do coqueiral. Se por um lado havia uma paz profunda, justamente pelo conjunto da obra formado entre construções e natureza, por outro lado, uma tristeza me invadiu. Em espanhol, falando alto, perguntei: *"Qué estoy haciendo aquí? Sí no funciona, mis búsquedas terminaron, el mar es demasiado grande, el sol naciente muy lejano... Acabado! Mi dinero se acabó... Es el final del camino!". Estaba en el punto de llorar...* O desespero bambeou minhas pernas... precisava de um contato. Nesse desespero segui o caminho para a praia. No meu último pensamento, ocorreu-me: "Antes de retornar fracassado, morrerei na praia olhando o céu. À noite vou procurar as estrelas que são meus *abuelos... Voy a buscar las mismas estrellas que contaba con Ramires, Amadeu... Si la realidad está siendo tan dura para mí, moriré en la fantasía...!* Estou tão distante de minha terra, mas as estrelas que brilham lá são as mesmas que brilham aqui... A única ligação que sobrou com meus irmãos e com meus pais é o céu estrelado. Ou pode ser que encontre forças para tocar meu trompete. Daí tocarei a "Balada para uma saudade", acompanhado pelo rumor das ondas do mar.

Pensamentos voando, teste de resistência, *hambre* me alertando, abri dois cocos, tomei água e comi parte da polpa. Sentado olhava o mar no seu balanço incansável, percebi que, aos poucos, as ondas foram se afastando, bancos de areia surgiam, uma grande faixa de areia simplesmente secou. Não entendi! Pensei que, no meu desespero e a tristeza me invadindo, até o mar se afastava de mim. Deitei exausto na areia branca, fazia calor, à sombra de um coqueiro adormeci. Com uma longa sesta, acordei quando a noite envolvia o coqueiral, e o mar havia voltado para perto de onde eu estava. As silhuetas desenhadas pelas folhas dos coqueiros me fizeram imaginar: as caídas pareciam braços cansados, as que apontavam para o céu pareciam braços que suplicavam socorro, me coloquei nas preces das que apontavam para o céu...

Voltei para a pousada, tudo silêncio, escuridão total. Peguei meu trompete e voltei para a praia. Estava ali eu, como se fosse apenas mais um grão de areia; à frente, a imensidão do mar; acima, o céu com um manto de estrelas, as eternas estrelas, como dizia meu professor. Tirei meu trompete do estojo, fiz um aquecimento, e as notas espalharam-se com a mesma intensidade do murmúrio das ondas do mar. Não sei quais foram as músicas que toquei, foi tudo de improviso, ao som do trompete, espalhei meu grito de socorro que ecoou por entre o coqueiral. Depois guardei o trompete no estojo, coloquei sob minha cabeça como se fosse meu travesseiro e olhando o céu adormeci. Acordei com os primeiros raios do sol, que já marcavam uma estrada de luz sobre o balanço das ondas. Com muita fome, num esforço coloquei-me de pé. Buscando o caminho para a pousada, abri dois cocos, aquela água foi como um bálsamo para minha garganta seca. Depois os quebrei e comi da polpa branca.

Tirando toda a areia de minha roupa, ergui meus ombros caídos, procurei impor a postura mais decente possível, apesar da situação, segui pelo caminho rumo à pousada, guardei meu trompete. A não ser pelo canto dos pássaros que também despertavam para ir em busca do seu alimento, ouvia-se somente o rugir das ondas do mar. Fiquei sentado em um banco aguardando, com o olhar tentando encontrar um sinal de vida. Encontrei... Um carro estacionado, próximo da suposta casa para empregados! Opa! Ontem não tinha. Um carro não aparece sozinho, deve estar por aqui o motorista. Não demorou, vi que uma porta se abriu, um homem aparentando vinte e poucos anos, ainda sonolento, buscava o oxigênio puro da manhã. Saiu lentamente para o estacionamento com o jeito clássico de observador, encontrou-me em seu raio de visão. Num movimento impulsivo, acenei quase como uma reverência demonstrando minha humildade de quem pede socorro. Ele veio ao meu encontro.

— *Hola! Buenos días!* — falei quase sem querer, antes do seu cumprimento.

— Olá! Bom dia! Em que posso ajudá-lo?

— *Llegué ayer por la mañana en taxi. No encontre a nadie, sin médio de volver me quedé...* — nervoso, falei em espanhol.

— Passou o dia de ontem aqui...? E a noite também?

— *Sí, sí, no tenía outra opción si no esperaba a alguien.*

— Eu cheguei de madrugada da capital... — falou calmamente.

— *Sólo has llegado de madrugada?* — pensei, "por isso não ouviu meu trompete".

— Sim... A pousada vai ser aberta oficialmente daqui a alguns dias, o patrão está para chegar a qualquer momento. Não temos condições de receber hóspedes...

— *En realidad, no vine a alojarme, estoy buscando trabajo...*

— Trabalho? Percebo que não é brasileiro. És espanhol? De onde você vem, por que e como veio a este lugar?

— *Soy argentino* — continuei falando espanhol, mas traduzo. — Há um ano estive aqui quando trouxemos uma carga de madeira de araucária para construção: aquela madeira usada como estrutura das varandas.

— Então você conhece meu patrão?

— *No, no lo conosco! A lo que sucedió de perder mi compañero, de ahí pensé venir hasta aqui.*

— O patrão vai trazer uma equipe de funcionários treinados conforme a necessidade da pousada. Teremos que aguardar para ver se haverá vagas...

— *Está bien. Si mi amigo permite aguardar, no tengo otra opción que esperar...*

— Qual seu nome?

— *Mi nombre es Martín* — creio que minha sinceridade o convenceu em me receber.

— *Puede quedarse. Lo anuciaré cuando el jefe llegue.*

— *Muchas gracias! Muchas gracias! Como puedo llamarlo, amigo?*

— *Puede llamarme de Vítor.*

Quando Vítor usou o espanhol como língua para comunicar-se, senti que a primeira barreira havia sido transpassada. Não sei por que durante todo o nosso diálogo mantive o espanhol, foi quase sem intenção, aí o Vítor arriscou também e acabamos nos entendendo. Trocamos mais informações preliminares, coloquei-me à disposição para ajudá-lo no que fosse possível. Amistosamente ele aceitou e aconteceu o entendimento como se fôssemos dois amigos. Vítor revelou a situação da pousada: "Há poucos dias, concluímos a parte civil e também a colocação de toda a mobília. Está tudo pronto"

— Vítor foi colocando como estavam os preparativos. — Já havia sido feita a divulgação da inauguração em estações de rádio da capital. Seria a primeira pousada na praia de Carneiros. Seu Francisco havia comprado já há mais de dez anos esse pedaço de terras, prevendo que seria possível tornar aqui um ponto de futuro, para o turismo. Disse-me que seu chefe investiu muito, acreditando que aqui será um lugar muito procurado, em virtude da beleza, me explicou o Vítor. Meio superficial, contei que nem sabia como fui arrastado até esse lugar, pois não sabia nada além de que uma pousada estava sendo construída. E que independentemente de encontrar ou não trabalho seria este meu destino final, depois de tanta procura. Quando decidi vir para cá, nem imaginava o que poderia acontecer, até morrer aqui pode ser uma boa opção, parece o céu... Quando fiz essa referência, Vítor achou engraçado. Rimos. Passou o dia, ajudei a fazer nossas refeições na cozinha do alojamento.

    Para passar a noite, o amigo Vítor me acolheu em um dos quartos destinado aos funcionários. Levei minha bagagem; meu trompete, dentro do estojo, não despertou a atenção. Depois de instalado, Vítor orientou-me que caberia ao patrão, quando chegasse, decidir se haveria vaga para mais colaboradores. Em seu parecer, o patrão dificilmente traria pessoas para todos os cargos. Por estar a pousada localizada longe da cidade, eu teria grande chance de ser contratado. Percebi que Vítor gozava da confiança do patrão e sabia o que tinha que fazer, quais as providências necessárias para preparar a chegada do senhor Francisco. Minha discrição não me autorizou a fazer perguntas sobre seu cargo, de onde vinha. Pelo seu sotaque, Vítor lembrava o povo do sul. Pela manhã, após o café que juntos preparamos, Vítor levou-me às dependências da pousada. Juntos colocamos decorações que ainda estavam encaixotadas, deslocamos mesas e poltronas, tornando melhor o trânsito dos hóspedes. Constatei que Vítor sabia o que fazia, organizar e decorar para que o ambiente ficasse acolhedor e sincronizado. A manhã passou rápido, Vítor comentou sobre o projeto de ampliação dos jardins, a plantação de grama, limpeza mais ao fundo. Segundo orientações, o seu Francisco queria variedade de plantas ornamentais em todas as direções. Depois do almoço, teríamos folga e, segundo seus cálculos, o patrão deveria chegar dentro de dois dias. Pedi permissão a Vítor se poderia usar esse intervalo para fazer uma caminhada pela praia. Como bom administrador e amigo, desejou-me um ótimo passeio. No caminho por entre os coqueirais, a brisa do mar trazia um gosto de sal. Caminhei sonhando, não tinha noção alguma do que esperar de real. Mas eu estava ali, mais alguns passos e senti a areia fina, olhei para a direita e para esquerda, a praia deserta... Fui me localizando, onde, da outra vez que vim com Lino, pensava ser uma lagoa, na verdade é um rio que derrama suas águas na imensidão do mar. Eu queria conhecer mais desse pedaço de céu. Com o sol brilhando, sua luz mudava as cores do mar, tons verdes e azuis surgiam no dançar das ondas. Eu queria entender por que o mar se afastava da orla em determinadas horas formando grandes bancos de areia e piscinas e depois retornava. Quando perguntei ao Vítor, ele me disse que o mar faz esse movimento todos os dias, e que se chama "maré alta e maré baixa"! Incrível, pensei que fosse um sonho, mas eu estou dentro da paisagem! Caminhei, caminhei perdido em pensamentos e reflexões. De repente avistei à beira da praia uma igrejinha por entre o coqueiral bem em frente à praia. Apurei o passo, não sabia quanto tinha caminhado desde a pousada. Cheguei, as portas da capela estavam fechadas, olhei acima do portal, havia uma inscrição, "Capela de São Benedito 1881". Construção tão antiga e não tem ninguém por aqui? Essa pergunta talvez Vítor saiba responder. Mesmo sem poder entrar na capela, fiz minhas orações... Esperando ser contratado, agradeci por estar ali. Retornei agora mais depressa, as sombras das palmeiras já se estendiam longe por sobre as ondas.

Passam dias e noites... Dois ao todo... Com Vítor no comando, organizamos, plantamos... Vítor queria deixar tudo perfeito enquanto aguardávamos seu Francisco. Assim ele se referia sempre sobre o patrão. Nessa tarde, enquanto fazia minha caminhada pela praia, seu Francisco chegou. Fiquei sabendo quando retornei. Chamou minha atenção, assim que avistei a pousada, percebi a mudança, o movimento era intenso, dois caminhões de mantimentos estavam sendo descarregados, a noite já nos envolvendo, corri a ajudar na descarga. Para os quatro jovens, Vítor me apresentou como mais um ajudante. Nos cumprimentamos sem interromper o trabalho. Enquanto seguimos as ordens, Vítor nos disse que iria para o escritório, onde seu Francisco o aguardava. Além dos dois caminhões, no estacionamento se encontravam uma Kombi e mais um automóvel. Avaliando a caravana que acabara de chegar, deveria ter chegado todo o pessoal para os diversos encargos exigidos para colocar a pousada em funcionamento, consegui contar dez pessoas no raio da minha visão. Outros deveriam estar nas dependências da pousada...

A noite chegou e pela primeira vez vi todas as luzes da pousada acesas. Na cozinha, no salão das refeições, nas janelas dos pisos superiores, nas varandas e nos postes externos, tudo ganhou vida. O que parecia ser um lugar abandonado há três dias, esta noite estava transformando-se numa imensa casa de vagalumes, as luzes brilhavam dentro da paisagem. Quando terminamos as descargas, já eram altas horas. Na sala do refeitório dos colaboradores, foi onde tivemos oportunidade de ser apresentados um a um, nomes revelados, Vítor passando instruções para o dia seguinte... Cansados: pela longa viagem e pelo trabalho de descarga, os quatro jovens, que ainda eu não havia gravado o nome, pediram licença para ir descansar. Vítor ficou organizando papéis, fazendo anotações, disse que queria, logo pela manhã, apresentar para seu Francisco o que tinha feito nesses dias. Perguntei se havia mais alguma providência a ser tomada. Vítor disse: "Por hoje está tudo bem! Pode ir descansar, Martín. Tenho que rever alguns detalhes, e tudo ficará pronto. Depois vou tomar um banho, e amanhã começaremos a dar vida à pousada".

  Amanheceu. No céu algumas nuvens foram pintadas de muitas cores, o sol, nos espaços vazios das nuvens, estendeu seus raios para se balançarem nas ondas do mar. Todos haviam levantado antes do amanhecer, todos queriam ver o primeiro dia da pousada viva, pronta para receber os hóspedes. Faltou apenas seu Francisco e Vítor para ver o espetáculo da natureza a saudar os recém-chegados nesse pedaço de céu. Após os cumprimentos de bem-vindos, e o desejo de sucesso para o patrão e à pousada, todos foram para o café da manhã, e logo aos seus postos de trabalho. Acabava de nascer a família Pousada dos Corais, Vítor tinha me dito o nome de batismo da pousada. O primeiro dia foi intenso, todas as providências, preparativos, nada poderia ser esquecido para a inauguração na sexta-feira. Não consegui ver seu Francisco. Só ouvi que ele tinha colocado Vítor a tiracolo e bem cedo no automóvel seguiram para Recife. Com certeza foram para divulgar em emissoras de rádio que na praia de Carneiros, na próxima sexta-feira, seria inaugurada a Pousada dos Corais.

Capítulo 17

CHICO É FRANCISCO

Chegou o grande dia, Pernambuco acabava de ganhar mais um empreendimento audacioso, a Praia dos Carneiros foi o local escolhido, sua primeira pousada abriria as portas. O mundo do turismo a partir de agora terá novo endereço! Um empreendedor arrojado, do sul do Brasil, acreditou no potencial do maravilhoso lugar e a Pousada dos Corais estava pronta. Lá de longe, por entre tantos convidados, ouvi todos os discursos das autoridades do município do estado. Empenhado nos preparativos, lá do meu lugar de ajudante, mantendo meu posto, na correria, não tinha tido oportunidade de ver seu Francisco. Tinha apostado toda minha confiança no Vítor, queria primeiro fazer meu melhor, aguardando com esperança de ser indicado a fazer parte dos contratados da pousada. Foi com puro entusiasmo que assisti lá de longe à cerimônia da inauguração. Quando as autoridades terminaram seus discursos, quem comandava o ato anunciou o empresário senhor Francisco para fazer uso da palavra. Meu coração gelou. Quem surgiu? Seu Chico! Meus olhos não acreditaram no que viram! Estava sendo enganado, como nessa distância encontrar seu Chico? Seu Chico do hotel, de tão longe, seria o mesmo? O mesmo que me apresentou para o Lino! Não poderia ser verdade! Num enlevo de alegria e esperança minhas pernas bambearam, não ouvi uma palavra do que seu Chico disse. Quando voltei ao normal e meu coração recuperou o compasso, o padre convidado fazia a bênção, e estava sendo cortada a fita, acabava de ser aberta para o Brasil a Pousada dos Corais, dizia o mestre de cerimônia.

Houve o almoço de inauguração, movimento intenso, um corre-corre, preocupações para atender aos imprevistos. Com certeza que as chamadas nas emissoras de rádio atingiram o objetivo, à tarde começaram a chegar os primeiros hóspedes. Assim que chegavam, pulavam dos carros, como que carneirinhos sendo libertados para o campo aberto. A paisagem cativava os recém-chegados de imediato, via-se no rosto a euforia no primeiro contato com o lugar. Seu Chico não foi mais visto, nem Vítor eu vi. A inauguração, a atenção com os convidados os mantivera ocupados. Não comentei com ninguém sobre a minha surpresa de ter encontrado o seu Chico. Minha preocupação foi estar envolvido nos afazeres urgentes que o movimento exigia. Mesmo com a cabeça a mil, tentando entender o que acabava de acontecer, estava empenhado em fazer o melhor. Nasceram os dias de sábado e domingo, não era possível entender a transformação tão grande que aconteceu, o lugar que há poucos dias era quase deserto, tornara-se num burburinho constante. Os dias quentes, o sol brilhando, quase que houve lotação total da pousada no primeiro final de semana. Quando se inicia um empreendimento, nem sempre é possível prever o que vai acontecer ao entrar em atividade. Na Pousada dos Corais, não foi diferente, na primeira semana, imprevistos surgiram, Vítor correu para a cidade em busca de provisões. Seu Chico — agora o chamo assim — com certeza estava comandando e organizando a parte interna da pousada, era prioridade o atendimento aos hóspedes.

Os dias passando, as atividades a todo vapor, eu dormia e sonhava, não conseguia imaginar o encontro com seu Chico. Meu coração disparava só de pensar na possibilidade de não dar certo, em ser dispensado e ter que partir. Dentro das noites, acordava e me via falando sozinho: "Martín, o que vai acontecer se o seu Chico não precisar de você?". Um suor frio, apesar do calor, me fazia perder o sono. Lembranças de despedidas me invadiam, medo do fracasso me desesperava. Esforçava-me para cortar esses pensamentos negativos, aí dizia: "Martín, você chegou ao limite estabelecido, no lado nascente do sol, vai dar certo. Tenha fé, Martín!".

A fé me manteve de pé, firme e forte. A convivência com todos os colaboradores da pousada estava se fortalecendo a cada dia. Meu sotaque espanhol parecia ser um motivo a mais para nosso entendimento, brincadeiras aconteciam. E todos querendo aprender a falar minha língua, o que acabou nos transformando numa grande família. Numa das noites de insônia, após o café da manhã, quando nos preparávamos para o trabalho, ouvi na entrada do refeitório:

— Martín, o senhor Francisco quer vê-lo... Por favor, pode seguir-me — foi Vítor que me chamou.

Minhas pernas tremeram, fiquei para trás, Vítor distanciou-se, depois aguardou até que eu consegui ficar ao seu lado. Depois sussurrou: "Falei de você para o senhor Francisco, ele quer conversar contigo" — levou-me à porta do escritório, e anunciou... Não sei o que ele disse. Pensei rápido ao ultrapassar o umbral da porta, e rezei: "Que seja esta a porta para o mundo que sonhei". Fiquei estático frente ao senhor Francisco de Vítor, e ao seu Chico que eu conhecia. O patrão de Vítor, o dono da pousada, o seu Chico: minha esperança. Seu Chico estava concentrado em alguns papéis. Antes que levantasse a cabeça em minha direção, perguntei:

— *Con su permiso?* — ao ouvir o "dá licença" em espanhol seu Chico despertou, elevou o olhar e me reconheceu.

— Martín... Martín... *es usted? No creo!* — seu Chico agitou as mãos para o alto.

— *Suuuuu Chico! Suuuuu Chico, aquí?* — gaguejei assustado.

— *Como así? Qué viento lo trajiste hasta aquí?*

— *Su Chico, es uma larga história!* — parei sem saber o que dizer...

O choque de encontrar seu Chico agora, frente a frente, me deixou aturdido, zonzo, emocionado, não conseguia dominar os pensamentos. Visível foi sua surpresa também. Quando questionou que ventos me haviam levado até ali... consegui com dificuldade falar que era uma longa história. Disse que não foram ventos, mas uma tempestade que me conduzira até ali. Depois minha voz embargou. Seu Chico levantou-se da cadeira, deu a volta em sua mesa, apertou minha mão, colocou a mão em meu ombro e me conduziu até um sofá. A emoção tomou conta de mim, o encontro inesperado provocou uma confusão, tentei me concentrar para contar o que me levara até aquele lugar. Seu Chico, pacientemente, aguardou eu me acalmar, serviu-me um copo de água... Ordenados os pensamentos, de ambos os lados, ainda procurando explicação para o coincidente encontro, concentrado contei o final da história interrompida abruptamente quando perdi contato com meu parceiro e irmão Lino. "Esse é o final, seu Chico, não quero lhe tomar seu tempo. Tem muita coisa boa que aconteceu antes desse final triste."

— Martín, lamento ouvir que meu amigo Lino tenha desaparecido assim, sem deixar um recado, um rastro, eu o conhecia muito bem. Fizemos muitos negócios... E agora essa notícia! Mais triste, justamente na viagem de lua de mel?

— Lino e Tina estavam tão felizes no dia da partida, eles tinham planos, seu Chico, ele me contava tudo.

— Um profissional de primeira, ele que conhecia as estradas... Saber se foi acidente... Ou o quê?

— Seu Alfredo, o dono do restaurante/hotel onde eu estava hospedado, fez buscas na serra e ao longo da estrada cheia de curvas. Buscou todos os meios de informações: infelizmente não encontrou um rastro nem do FNM, nem do Lino e sua esposa Tina.

— Realmente muito estranho.

— Lino insistiu para que eu fosse junto para assistir o Santos de Pelé jogar. Falei que não era oportuno, que naquela viagem não devia levar parceiro — brinquei.

— Martín, me conta, por que, como, depois de tudo, você resolveu vir até aqui? Mais detalhes deixaremos para depois.

— Vou contar um pedacinho da história, seu Chico, não quero lhe tomar seu tempo. Aconteceu assim, quando Lino me contratou, viemos com a carga de madeira lá de São Domingos...

— Sim, Martín, no dia que pedi para o Lino te adotar, falei que havia a necessidade da madeira de araucária. Meu primo estava sozinho e eu fazia os pedidos de madeira para ajudá-lo.

— Foi, seu Chico! Ao chegarmos aqui, achei o lugar espetacular. Simplesmente! Quem sabe um dia posso lhe contar. Já estou falando demais, seu Chico...

— Está bem, Martín, vamos por parte, haveremos de encontrar tempo para tudo.

— Só para completar, fiquei tão encantado naquela oportunidade que nem pedi para Lino a quem pertencia a construção, só comentei que aqui seria o lugar que eu ficaria para sempre. Eu tinha chegado ao fim da estrada... O lado do sol nascente... Lembro que o engenheiro falou que o proprietário queria vender quando a obra estivesse pronta.

— Engraçado, quando Vítor me avisou que havia um tal de Martín que falava espanhol me procurando, houve uma trama na minha mente com alguém que conheci. Mas não consegui fazer ligação, de onde. Faz muito tempo. A correria desses dias, os imprevistos ocuparam o primeiro lugar nos controles mais urgentes da pousada. Só depois lembrei o recado do Vítor.

— Peço desculpa, seu Chico, não quero atrapalhar. Só gostaria, se me permite, esclarecer que nada sabia sobre quem era o proprietário da pousada, o empreendedor do Sul, como falaram as autoridades no dia da inauguração. Foi no momento que o senhor foi anunciado para falar, seu Chico, eu estava lá em meio ao coqueiral quando o vi, quase desmaiei de susto. Minhas pernas tremeram tanto, meu coração disparou...

— *Mi hijo!* Não poderias saber mesmo a quem pertencia esse lugar. Nem Lino saberia! Quando a construção ficou pronta, a parte mais bruta, digamos, troquei parte de minhas propriedades no Sul com meu primo.

— Oh! *Cielos!* Compraste *el paraíso* na terra!

— A proposta foi boa, gostei muito desse coqueiral e do mar cheio de cores. Parece um pedaço do céu, mesmo.

— Maravilhoso, *su* Chico!

— Portanto, *acuéstate*, Martín. *No hay nada que disculpar. Vamos a dejar para mañana, tenemos... Dame la impresión de que tenemos... mucho que hablar...*

— *Mi história, su Chico, pienso que no es interesante, sólo no intiendo las coincidências...* — quando percebemos, estávamos falando espanhol.

— Realmente, as coincidências, Martín... Continue nos ajudando, Vítor falou que gostou da tua dedicação ao trabalho. Fica tranquilo no lugar que Vítor te colocou, depois conversaremos. E os números? Continua fazendo contas?

— *Sí, cuentas, yo las hacia todas, para Lino. Muchas gracias, su Chico!* Quanto aos números, Lino me ensinou muito! *Ahora sé hacer muchas cuentas más* — misturando espanhol novamente.

Nosso encontro foi interrompido, porque Vítor precisava ir à cidade, e queria ver o que seu Chico precisava além do que estava na relação. Com um aperto de mão e uma afirmação de bem-vindo da parte de seu Chico, saí do escritório. Durante nossa conversa, não fui questionado sobre o que pretendia, eu não consegui encaixar uma pergunta sobre o que procurava. Tudo ficou em suspense, fui para o trabalho, tinha muito o que fazer.

Depois viria a noite para sonhar, sonhar com a possibilidade de um contrato de trabalho permanente. Deus provê, Deus proverá, rezei! Já havia sido salvo outras vezes! Agora, mais do que nunca, com esse coincidente reencontro, minhas esperanças renasceram. Era questão de tempo, aquele bem-vindo soou como uma música aos meus ouvidos. Tomei um banho, peguei o estojo do meu trompete, coloquei-o sobre a cama, retirei-o, acariciei suas curvas, pressionei seus pistos, estavam livres, soltos, há dias que não tirava mais as notas musicais. Fiz um pedido e com uma promessa: caso desse certo e eu fosse contratado, queria tocar meu trompete como em São Domingos. Tornar-me-ia o fantasma da Praia dos Carneiros. Seria um meio de homenagear Simão, aqui, já que não poderei substituí-lo lá, conforme seu pedido. Guardei o trompete sentindo uma coceira nas mãos de vontade de tocar, mas não era hora. Pronto para o jantar, alguns minutos, deitado atravessado na cama, olhando o teto, divaguei pelo meu passado de incertezas, lembrei de Lino e Tina, de *mamá* e *padrecito*, Ramires, Amadeu, Júlia e Anita... Onde estariam meu parceiro e minha comadre? Como estaria minha querida família tão distante? Pensei: e se Lino e Tina voltassem, não me encontrando, com certeza, iriam pedir por mim ao senhor Alfredo. Seu Alfredo não vai saber informar meu endereço! Saí desesperado, não disse para onde iria, não deixei nenhuma informação, qual seria meu destino. Nada falei às pessoas do restaurante. Que jornada a minha!? Perdendo pedaços pelo caminho!

Passaram-se duas semanas, mais duas semanas, o ritmo da pousada a todo vapor, hóspedes de final de semana, hóspedes de semana cheia. Havia dias em que a lotação era completa; às vezes, faltando lugar na pousada, hóspedes aceitavam o improviso, eram acomodados em nosso alojamento. Amontoávamos nossos pertences no almoxarifado e dormíamos nas redes. Ninguém queria voltar sem usufruir uns dias de paz e tranquilidade no "pedaço de céu" por todos reconhecido. Nos encontros com seu Chico nas rondas que fazia fora do escritório, somente eram abordados assuntos de trabalho e organização. Um dia perguntei para seu Chico como deveria chamá-lo. Expliquei que achava estranho que Vítor sempre se referia a ele como senhor Francisco e que eu estava confuso... Seu Chico riu muito. Daí me explicou:

— Veja, Chico é o modo mais simples e carinhoso de tratar "Francisco". Eu gosto de ser chamado assim... No Brasil, para muitos nomes usamos alcunhas, para simplificar ou substituí-los no tratamento não oficial. Vou dar alguns exemplos de nosso costume, Martín...

— É, seu Chico, é bom, porque eu não estou entendendo.

— Começamos assim, com... José: nós o chamamos de Zé, de Zeca, de Zezinho. Pode ser, deixe-me ver... João: podemos chamá-lo de Toni, Toninho, Joãozinho. Tem Manoel: podemos chamá-lo de Maneco... São inúmeros, e assim aconteceu comigo, desde criança sempre os da família e os amigos me chamam de Chico.

Fiquei surpreso com a explicação do seu Chico e falei que jamais teria feito uma relação com seu nome quando Vítor assim se referia ao patrão. Contei que, no tempo em que trabalhei com Lino, havia muitos motoristas com nomes assim meio diferentes. Porém, nunca perguntei o porquê.

— *Oh! Dios mio!* Quantos homens e até mulheres tinham todos um nome pequeno! Eu nem imaginava o que significava! — exclamei perplexo.

Seu Chico riu muito, e completou:

— Talvez por isso, Martín, você não encontrou relação de quem poderia ser o proprietário da pousada!

— Com certeza, seu Chico! Agora, como devo chamá-lo? Senhor Francisco?

— *No, no! Para los amigos y hijos, seré siempre Chico!* — ele colocou a mão em meu ombro quando disse filhos.

— *Gracias, su Chico!*

Difícil o dia que não surgiam providências impensadas antes. A era pousada nova, por isso necessidades não previstas surgiam. Vítor era o responsável por todas as provisões: pelas compras na reposição do estoque para cozinha para o restaurante. Dona Alda conhece tudo, é pessoa certa, no lugar certo, então, sempre refazia a relação dos itens necessários para confecção dos pratos. Ela, dona Alda, foi quem trouxe as receitas do Sul, para serem somadas às receitas do Norte e Nordeste. Sua formação em culinária garantia o cardápio diário da pousada. Vítor disse um dia: "Ela me deixa louco de tantos condimentos que pede!". Com o passar das semanas, Vítor foi distribuindo cargos e responsabilidades, todos sabiam o que fazer e quando; eu ainda estava como um coringa, onde havia apuro, dizia: "Venha aqui, Martín...". Depois dessas semanas de apuro geral, a prática, o conhecimento, o fluxo de hóspedes, tudo começou a tomar o ritmo normal. Com a instalação do telefone, começamos a fazer reservas programadas. Por não ter uma função definida, quem a princípio ficou encarregado de agendar as reservas? "O Martín fica responsável" — foi a orientação de seu Chico.

— *Vítor va pasar a ti cómo debes hacer.*

Seu Chico usando o espanhol me dava mais confiança e esperança. Após esse meu encargo, meus ouvidos ouviram o que eu sonhava ouvir.

— *Martín, usted está contratado. De hoy en adelante eres un trabajador de la Pousada de los Corales!*

— *Muchas gracias, su Chico! Muchas gracias!*

— Quero que você ajude no que for necessário o Vítor. Daqui a alguns dias, quando tudo estiver andando normalmente, vou viajar para trazer minha esposa e meu filho Marcos.

— *Puede contar conmigo, su Chico!*

— Muita atenção nos agendamentos e reservas... Temos que ter todo o cuidado para atender da melhor maneira nossos hóspedes. Sempre atentos ao número de vagas...

— *Tomaré todo el cuidado, su Chico!*

— *Sabe, Martín, la propaganda no somos nosotros los que hacemos, sino nuestros huéspedes.*

— *Es verdad!*

— Quando estava no Sul, encontrei *Hermanos*, Martín, que ao saber que eu estava para inaugurar essa pousada prometeram vir para cá.

— *Hermanos! Su Chico, tengo miedo de llorar al revisar a mis hermanos argentinos.*

— *No pienses en eso ahora, mi niño, nosotros somos hermanos!*

Capítulo 18

UM PORTO SEGURO

A Pousada dos Corais, o empreendimento do seu Chico, com certeza estava abrindo o caminho para o sucesso. Não demorou muito e o quadro de colaboradores teve que ser ampliado, recebíamos hóspedes de todo o Brasil, que ficavam encantados com o lugar. Ao término da temporada, seus rostos transpareciam tristeza ao ter que partir. Mas todos, todos firmavam o compromisso de um dia voltar. Sempre agradecíamos pela preferência e desejávamos a todos um bom retorno, uma boa viagem.

Quando seu Chico retornou do Sul, em sua bagagem, para completar o pacote, assim ele se referiu, estava sua esposa, senhora Sílvia e o filho Marcos, com quinze anos. Mais uma parte da mudança foi descarregada, na casa que estava em fase de acabamento. Faltavam apenas retoques na pintura. Agora todos juntos, seu Chico disse: "Será mais fácil o trabalho; a distância da família nos deixa inseguros e tristes". No escritório, ele continuou abrindo embalagens que continham peças de decoração. A declaração de seu Chico dando ênfase na referência à família acabava de trazer à tona minhas lembranças sufocadas que, pelo trabalho intenso nos últimos meses, estavam esquecidas. Família! A minha família! Quando poderei juntar-me a ela novamente? Quando minha *mamá* e meu *padrecito* estiverem velhinhos, quando meus irmãos e minhas irmãs crescerem e se casarem? — esses pensamentos invadiram minha cabeça. Disfarcei minhas lágrimas, não queria ser visto chorando. Despertei para a realidade quando seu Chico retirava de uma caixa uma escultura, fazendo um comentário:

— Martín, quero que veja uma peça que comprei há muito tempo lá na tua Argentina...

— *Serán recuerdos de mi tierra, su Chico?*

— Veja que maravilha, Martín! *Quien hizo esa pieza debería conocer a mi Sílvia! Mira!* — ele abriu um largo sorriso.

Enquanto seu Chico retirava a proteção que envolvia o busto, vi a parte dos cabelos desenhados que escorriam pelos ombros, senti um calafrio na espinha. Ele continuou retirando a proteção, o cuidado era como se a peça fosse de cristal. Catou, assoprou como se estivesse retirando algumas sujeiras que estavam no rosto, deixadas pela embalagem. Dona Sílvia, que estava sentada no sofá, quando mencionada por seu Chico ficou atenta às referências... Aí ele virou a peça para mim e perguntou:

— Veja, Martín, parece ou não com Sílvia esta obra?

Gelei! Olhei, conferi, virei meu rosto, para a direita, para a esquerda, olhava a peça, olhava para a senhora do sofá... Não consegui dizer palavra para expressar a impressionante semelhança...

— *Muy hermosa* — balbuciei surpreso.

— *Entonces, Martín? Tus hermanos argentinos conocían a Sílvia, que nunca había estado em Argentina, tenían una foto de ella? Que me dices?*

— Senhor Chico! O que acontece com minha pobre vida? Por que isso está acontecendo comigo? Recordações e coincidências me fazem sofrer!? Ou serão forças para viver?!

— Martín, o que está acontecendo?

— Senhor Chico, posso lhe dizer onde o senhor comprou essa peça?

— Gostaria de ouvir, Martín. O que você tem a me dizer, conhece quem fez essa obra de arte tão perfeita... Que se parece autenticamente com minha Sílvia?

— Sim, posso dizer! O senhor comprou de um menino, ao lado da *ruta* 14, próximo à reserva de mata. Fez um pagamento maior do que estava marcado no papel. Deixou como gorjeta o saldo dos *pesos*, quando voltava de Buenos Aires!

— *Sí, sí! Exactamente, cómo sabes de estos detalles?*

— *Conozco todos los detalles! Su Chico!* — essa lembrança me deu um nó na garganta, faltou-me oxigênio...

— Martín, *no* era *usted*, recordo bem do *niño*, foi muito querido, disse que eram muitos *pesos*, que não era o que estava marcado pelos irmãos...

— *Sí*, senhor Chico, não era eu, era *mi hermano* Amadeu — quando pronunciei o nome do meu irmão comecei a chorar, houve uma explosão de recordações.

— Calma, meu menino, toma uma água — dona Sílvia já com um copo na mão tentava me consolar.

— Vamos por partes, Martín, queremos ouvir tua história. Estás entre amigos, queremos ajudar, porém, pode ter certeza, é uma grande coincidência. Martín, tem coisas que não acontecem por acaso!

— *Gracias! Muchas gracias*, seu Chico, dona Sílvia!

Depois que tomei a água, fui me acalmando, concentrado e mais forte pelo apoio que estava recebendo, tive que responder, quando Seu Chico fez a pergunta derradeira:

— Martín, aquele menino vendia as peças, certo? Chamou minha atenção, porque havia outras mais, quem era o escultor? Quem fez Sílvia?

— *Fui yo! Coincidencia demasiado, no?!*

— Martín, *usted es escultor? Has hecho* esta Sílvia?!

Minha confirmação deixou seu Chico e dona Sílvia impressionados, pela obra, pela coincidência. Com muito esforço, e com a paciência, compreensão dos meus patrões, relatei parte de minha história. Tentei resumir o máximo, havia referências, palavras, nomes que pronunciei com muita dor, que me machucavam e não podia conter as lágrimas. Confessei que estava envergonhado de tomar o tempo precioso do seu Chico e de dona Sílvia com fatos de uma história tão pobrezinha. "Não, não, não!" — seu Chico e dona Sílvia não concordaram que minha história fosse pobrezinha. Prontificaram-se a me dar maior apoio, mas, por surgirem compromissos inesperados que pediam a presença do patrão, seu Chico concluiu:

— Fica calmo, por hoje chega. Um dia você vai nos contar mais da sua história, quero ouvir com tempo tudo e mais, sobre seu parceiro e meu amigo Lino. Vamos ao trabalho! Com o movimento crescendo, preciso de alguém bom de matemática para me assessorar aqui no escritório.

Seu Chico olhou-me nos olhos, fiquei firme e ouvi emocionado quando ele disse:

— E neste momento, Martín, ocorreu-me um nome para assumir este trabalho: será *usted, mi niño*!

— *Muchas gracias! Muchas gracias pela confianza!* — desatei a chorar...

Seu Chico me abraçou, não falou mais nada e saiu, dona Sílvia me abraçou e me parabenizou pela obra, disse:

— Fiquei muito feliz no dia que ganhei esse presente do Chico. Pensei: como alguém poderia ter feito uma obra com tamanha perfeição sem me conhecer! Lógico que foi uma grande coincidência! Parabéns, filho!

— Jamais imaginei encontrar alguém semelhante às peças que eu talhei. Essa foi a minha primeira peça. No dia em que encontrei por acaso aquele refugo de madeira, vi que havia algo escondido. Perguntei para meu irmão se ele via algo naquela peça de madeira. Ele me respondeu que não estava entendendo... Depois que eu talhei, ele viu...

— És um verdadeiro escultor. Um artista!

— Obrigado, dona Sílvia!

Desse dia em diante, minha vida mudou, aconteceu, eu que sempre busquei o lado do sol nascente, quando pensei ter chegado ao fim da estrada e fracassado, eis que o sol brilhou! Coloquei em mente, "agora, meu futuro está em minhas mãos". A confiança que encontrei no patrão pode ser a chave definitiva a abrir a porta que sempre procurei. Vim para o Brasil com um objetivo, buscar o trabalho que meu país negou. Longe, muito longe de casa encontrei o que buscava. Difícil interpretar o que aconteceu, como o destino me arrastou até aqui. O meu sonho de vencer, meus desencontros, as pessoas que conheci ao longo do caminho que acreditaram em mim, sem me conhecerem, tudo convergiu, para conduzir-me até aqui. Não sei qual a causa! Porém há uma certeza, o efeito de tudo isso vai depender do meu trabalho e da minha dedicação. Sou grato ao Vítor, que foi o que primeiro acreditou, quando fui franco e verdadeiro ao informá-lo que queria trabalho, pois não tinha como voltar. As demais coincidências com seu Chico, para estas onde encontraria uma explicação crível? Não sei! Aqui a gratidão será eterna pelo acolhimento que encontrei.

    Depois da certeza do porto seguro, meu objetivo era, dentro da noite, extrapolar minha alegria, com meu trompete fazer ecoar minhas melhores notas na praia deserta. E foi o que fiz. Noite escura como breu, os coqueiros formando vultos contra o céu estrelado, às escondidas, tarde da noite, peguei meu trompete e fui para a praia. Guiado pelo rumor das ondas que vinham molhar meus pés, me afastei da pousada. Não foi possível me orientar quanto caminhei, a escuridão não permitia saber a localização. Quando achei que estaria distante o suficiente, para não ser ouvido na pousada, tirei o trompete do estojo, fiz o aquecimento e toquei todas as minhas preferidas. Olhei para as estrelas, pedindo que fossem minhas mensageiras para, através das notas das músicas, levarem aos ouvidos da minha família a notícia de que eu estava bem. Toquei em homenagem a Deus, que me protegeu até esse lugar maravilhoso que ELE fez. Toquei para *mamá*, *padrecito*, Ramires, Amadeu, Júlia e Anita. Lembrei que de dia o mar revelava-me os olhos de Júlia, verdes, azuis... Com essas lembranças, meu trompete silenciou, não pude mais tocar. Deitei na areia, olhando para as estrelas, pedi que um dia eu voltasse a vê-las junto com minha família. Voltei sem pressa, guardei meu trompete e o cansaço me fez dormir até o amanhecer. No dia seguinte, muitos comentaram que ouviram o som de um trompete misturado com o murmúrio do mar. Disfarçadamente falei que havia dormido a noite toda e que não tinha ouvido, o assunto encerrou-se.

    O sucesso da pousada aconteceu como a brisa do mar, que não para de soprar noite e dia. Seu Chico continuou investindo, comprou mais uma área, ampliou os limites. Foi necessário construir novos chalés, abrigo para mais funcionários. Tudo era planejado, com uma preocupação, a preservação dos coqueirais, e da Mata Atlântica, sem depredação. Para somar à beleza do lugar, investiu em paisagismo com jardins pontilhados de flores coloridas. Trilhas para caminhadas foram sendo incorporadas na infraestrutura. Já haviam se passado alguns anos, seu Chico tinha ainda negócios no Sul, eram comuns e necessárias as viagens de emergência. Com Vítor no comando e com a ajuda da equipe bem montada, a pousada continuava atendendo todo o fluxo contínuo de casa cheia. Meus dias tornaram-se cheios, reuniões com seu Chico e Vítor eram feitas; antes de qualquer viagem, ele queria ter a certeza de que tudo ficaria bem.

A localização, nordeste do Brasil, independentemente da estação do ano não muda seu clima, por isso torna-se um destino ininterrupto para o turismo. A fama da Praia dos Carneiros espalhou-se como uma epidemia, no bom sentido. Não demorou, formou-se uma pequena cidade, Tamandaré, distante alguns quilômetros da pousada. Os que não encontravam acomodações na pousada eram acolhidos na cidade. Como se fosse uma roda de moinho que, com sua força centrífuga, faz as coisas convergirem, não demorou para atrair mais outros grandes investidores.

Com a segurança no trabalho, comecei a me acalmar, pensar no futuro e sonhar, queria um dia não muito distante rever minha família. Nunca esqueci minhas raízes, sempre que possível buscava notícias do meu país. A saudade até me fortalecia na certeza de que em breve poderia rever minha terra. Por isso tinha que ter em mente um rumo. Com o sol, despertei para tantos dias lindos, alimentando essa esperança. Certo dia percebi que, apesar de tudo estar tão bem, eu precisava de algo mais... A princípio não identifiquei... Então começou a clarear... Assim como muda a cabeça com responsabilidades, no coração acontecem alterações inesperadas, sentimentos surgem... Chamou minha atenção a presença na pousada de lindas *chicas* filhas de colaboradoras... Acho que a estabilidade me fez ver coisas que até então eu não via... Mais atento, comecei a perceber a alegria dos casais que, de mãos dadas, desfilavam pela praia e na pousada. Eu estava sentindo falta de "alguém" que fosse minha confidente. Queria dividir minha alegria, por ter vencido.

(Aqui devo abrir um parêntese: hoje não seria como no passado. Agora, eu já tinha estabilidade. Não haveria semelhança com as idas e vindas de quando viajava com Lino, quando deixamos pelo caminho afeições sem compromissos, perdidas pelas estradas. Naquele tempo nunca aconteceu um amor sério e confidente, pois o trabalho nos conduzia por caminhos insertos...).

Mas hoje é diferente, assim, surgiu essa inquietação em meu coração. E uma questão começou a martelar em minha cabeça: Martín, você também pode cair um dia numa cilada dessas mocinhas que estão chegando. Quantas, que pareciam sereias vindas da praia, camuflavam-se entre as flores dos jardins! E meus olhos começaram a vê-las! Até então, nunca tinha tido tempo para pensar sobre o assunto, estava sempre ligado no trabalho, no meu limite, da pousada. Mas o alerta foi ligado e o coração disparou...

Capítulo 19

A FLECHA DO CUPIDO

Então Vítor, na condição de responsável pela parte da cozinha, me comunicou que viria mais uma ajudante para auxiliar na elaboração do cardápio da pousada. A expansão e crescimento demandava ampliação de todos os setores de trabalho. Até aí nada de novo, quantos funcionários já haviam sido contratados desde o início das atividades? Muitos. Por isso foram ampliados os alojamentos dos funcionários, já tinham sido adquiridos os primeiros barcos catamarãs, para levar os turistas nos passeios pelo rio Formoso, e para os mergulhos nas piscinas que se formam nas mudanças da maré. Seu Chico, visionário do crescimento turístico, não parou de investir em todas as novidades possíveis para cativar nossos hóspedes. Mais um dia, e eis que chega uma nova colaboradora, porém, ela não veio só.

Em virtude do crescimento da empresa, o escritório fora ampliado, e mais colaboradores foram contratados. Por isso, todos os que chegavam apresentavam os documentos e recebiam as primeiras orientações sobre o trabalho que deveriam desempenhar, era de praxe e rotineiro o trânsito dos novos contratados.

No entanto, em um dia que se tornou diferente de todos, quem chegou? Quem chegou foi Glória, e Glória trouxe junto sua filha adolescente, teria seus 16 anos talvez... Assim que a vi, pensei: "Mais uma flor no jardim da pousada" — chamou minha atenção como se mais um sol tivesse brilhado na Praia dos Carneiros. Um rosto angelical. Cabelos castanhos lhe desciam pelos ombros como uma cascata... Um nariz desenhado com um fino cinzel. A boca, contornada por lábios perfeitos. Quando sorria duas covinhas se formavam nas bochechas... Mesmo em sua tenra idade, seu corpo transparecia um desenvolvimento precoce e sedutor. Com uma inocência pura, seus movimentos revelavam uma obra de arte. Uma figura perfeita. Pensei quase em voz alta: "Esta figura eu não teria condições de retratá-la em uma escultura...". Olhos castanhos atentos e observadores, um rosto transparente e luminoso... Tive que observá-la discretamente enquanto se movimentava pelo escritório, simples e inocente, observando a decoração, os quadros, e as fotos que registravam a história da pousada. Agindo assim, enquanto a mãe era atendida no setor de contratação, uma escultura na mesa do seu Chico chamou sua atenção, pediu licença se poderia ver de perto. Com meu sinal de positivo, ela foi até a escultura, tocou de leve nos cabelos de Sílvia e disse:

— É muito linda!

— Você gostou? É dona Sílvia...

— Quem é dona Sílvia?

— Dona Sílvia é nossa patroa, a esposa de seu Chico...

— Ela deve ser muito linda...

Enquanto estávamos elucidando a informação, e saciando a curiosidade que a escultura havia despertado na menina, sua mãe, pronta para sair, nos interrompeu:

— Vamos, Betti...

— Olha, mamãe, esta é dona Sílvia, olha que linda!

— Que linda! E os cabelos, Betti, parecem os teus!

— É verdade, mamãe!

— *Bienvenidas!* Betti e...

— Glória, sou Glória...

— *Glória y Betti, yo soy Martín...*

— Não entendi, mamãe, o que ele disse?

Antes que a mãe de Betti explicasse, não sei se ela havia entendido meu espanhol, apesar de ter dito apenas poucas palavras, consegui falar em português:

— Bem-vindas, eu me chamo Martín...

— Martín! Obrigada, Martín! — disse a mãe.

— Martín! Nunca ouvi esse nome! Diferente, né, mãe!? — disse Betti.

— *Es um nombre muy común em mi país...*

Pronto! Meu espanhol, em algumas oportunidades, não mais tão comum, volta. Os olhos de Betti, suas curiosidades me deixaram um tanto nervoso e por isso, quase que gaguejando, saíram sem querer as palavras. Percebi que, ao falar em espanhol, Betti arregalou os olhos, olhou para a mãe e para mim, sem entender nada. A mãe entendeu que eu não era brasileiro, agradeceu, e colocando a mão carinhosamente no ombro da filha, a conduziu à saída. Ouvi a observação de Betti, que disse para a mãe: "Ele se chama Martín...". Enquanto o som dos passos das duas se perdia no corredor, fui despertado pelo Edson, o responsável pela contratação de funcionários, quando me passou a ficha que acabava de preencher. Nunca prestei muita atenção nos cadastros de novos funcionários, mas hoje, saindo do normal, fiz uma revisão minuciosa. Vejamos: Glória Costa, viúva, data de nascimento... residência anterior Recife, nutricionista, observação: diversos cursos de culinária, etc., etc., etc. Espera... aqui... filha: Elizabete Costa, nascida em... — matemática na cabeça, ela tem dezessete anos! Betti, Betti, Betti, aqueles olhos... aquele rosto suave e inocente, como as esculturas que eu via escondidas dentro da madeira bruta. Aquela imagem ficou gravada na minha mente. Quando Betti saiu, sussurrou para a mãe, "ele se chama Martín", eu ouvi. A ficha do cadastro da mãe me diz: ela se chama "Elizabete", mas a mãe a chamou de "Betti"! A comprovação de como tratar as pessoas com "carinho"! Meu coração disparou. Por sorte meu colega de trabalho já tinha saído do escritório quando pronunciei em voz alta: "Betti, Betti... você despertou o urso que hibernava dentro de mim!". Pelas minhas jornadas, já havia encontrado tantos outros olhos, e quantos outros rostos belos e suaves, mas os meus olhos não os viram como os viram *hoy! Martín: hoy tus ojos viron lo que aún no habías visto, viste los ojos y el rosto de* Betti!

Inútil e perda de tempo seria contar como aquele encontro desencadeou um fogo intenso dentro de mim. Como na pousada o espaço não é de grandes dimensões, os encontros foram acontecendo sem muito esforço. O trabalho continuou sendo prioridade, mas, para cultivar as amizades dentro da "Família Pousada", como seu Chico queria que fôssemos, tudo facilitava. A ocasião faz os acontecimentos, a localização, no tempo e no espaço são fundamentais para os encontros, até de dois corações. Morar num lugar encantado, fazer parte da paisagem que tivemos a sorte de pisar e conviver no dia a dia, tudo somou para nos aproximarmos e nos conhecermos. Detalhes de um encontro de dois jovens que descobrem sentimentos, que podem ver juntos o nascer e o pôr do sol em um lugar mágico como este, não vou contar hoje. Mesmo que eu quisesse descrever, acho que seria impossível, poderiam faltar as palavras exatas para descrever detalhes. E, para os que estão fora da paisagem, não entenderiam. Lógico que não aconteceu nada de sobrenatural, extraordinário ou incompreensível, apenas o essencial dentro do mundo de dois corações feitos um para o outro.

 Os dias iam se somando, trabalho, descanso, tocar trompete em segredo, a pousada a todo vapor, roteiros, construções e ampliações, e viagens do seu Chico. Marcos foi estudar no Recife, dona Sílvia desdobrando-se, ajudando na administração e no acompanhamento do filho. Vítor correndo, o corpo de funcionários crescendo, hóspedes que retornavam para nova temporada... Minha reponsabilidade no controle financeiro exigia sempre mais, solicitei que seu Chico trouxesse para mim livros, todos os que pudessem me ajudar na formação e orientação para o desempenho da minha função. Havíamos planejado cursos na capital, mas o tempo e a distância os inviabilizaram, por isso nos livros busquei tudo o que era possível. Lendo sobre história descobri o porquê do nome de "Praia dos Carneiros". Não havia nenhuma ligação ou referência ao animal, carneiro, e sim ao sobrenome da família que foi proprietária das terras da região.

 O tempo passando, vinham notícias de que a ditadura militar no meu país havia acabado. Com muito descontentamento e tristeza pelas atrocidades cometidas no período, o povo queria Perón como presidente, mas sua candidatura foi barrada, e quem saiu vitorioso foi Hector José Cámpora. As notícias vinham pelos meios de comunicação. Os anos podem passar, mas a saudade da minha família e da minha terra não se acalma. Meu idioma, o espanhol, muitas vezes parece soar distante, tenho medo de esquecer palavras. Apenas com seu Chico recordo mais intensamente, parece que ele tem prazer em conversar comigo em espanhol, isso mantém mais viva minha língua natal. Quando estamos juntos, Betti e eu, conto apenas partes da minha história, não tenho pressa em lhe revelar tudo de uma vez. A impressão que tenho é que, se lhe contar tudo de uma vez, fico temeroso de que poderei esquecer meu passado. Com esse sentimento, acho melhor pular passagens e deixar lacunas em aberto; isso vai manter-me vivo e esperançoso de que um dia eu possa voltar a encontrar minha querida família. Continuo ouvindo rádio. Ele me faz recordar de Alan e Lino, ouço futebol, e músicas. Tenho tido pouco tempo, mas ainda faço minhas esculturas, só que minha matéria-prima são os troncos dos coqueiros derrubados pelo tempo. Descobri novos modelos de esculturas, produzi novas caricaturas, que muitos turistas as levam como lembranças da Praia dos Carneiros.

O regime militar do Brasil já completou mais de dez anos. Seu Chico diz que é um tempo de segurança e acredita ser oportuno fazer novos investimentos. Até o Raul Seixas canta feliz, que está tudo muito bom e que ele conseguiu comprar seu "Corcel 73". Com Betti, canto todas as canções do Raulzito. Por tudo ser propício para o turismo, na Praia dos Carneiros, como era previsto, foram surgindo novas pousadas. O segmento tornava-se assim uma grande porta para ocasiões de empregos e trouxe incrementos para a cidade de Tamandaré.

Com o tempo, a Pousada dos Corais tornou-se uma referência. Com a visão do seu Chico, empreendedor arrojado, mais a assessoria do Vítor, a pousada já proporcionava o máximo de entretenimento aos hóspedes. De todo o Brasil, os que tinham vindo uma vez retornavam. Um dia seu Chico disse: "Não percebemos que se passaram tantos anos de intervenção militar e o Brasil vive em paz, e o progresso pode ser testemunhado do Sul ao Norte", e relatou sua intenção:

— Creio que devemos aproveitar o crescimento do turismo. Essa garantia de paz e progresso me propõe mais um desafio: que façamos mais um empreendimento — assim disse seu Chico.

— Qual sua intenção, Seu Chico? — questionou Vítor.

— Com as vendas de uma propriedade no Sul, vamos construir outra pousada, e faremos uma divisão de responsabilidades. Como tenho dois assessores competentes, um fica aqui, você Martín, e você Vítor vai ser o administrador da nova pousada.

— Obrigado pela confiança, pode contar comigo — falei emocionado.

— Pode contar comigo também! — exclamou Vítor.

— Muito bem! A partir de amanhã, vamos iniciar a limpeza do terreno, será naquele perto da Igreja de São Benedito, daremos outro nome à nova pousada.

— Ótima ideia, poderemos fazer como sendo uma parceira da Pousada dos Corais, poderemos dividir os hóspedes quando necessário — sugeriu Vítor.

— Vítor, deixamos aqui o Martín e você está encarregado de colocar de pé a nova pousada. Você sabe como fazer. Veja com o engenheiro todas as providências para que, no próximo verão, possamos inaugurá-la. Combinado?

— *Sr. Chico, puede contar com nosotros!* — Vítor e eu respondemos. Saiu tão espontâneo, como se tivéssemos combinado. Rimos muito. Seu Chico aplaudiu.

Meu trompete fazia sucesso e causava até romantismo quando seu som se espalhava pela orla da praia. Não sei como, mas ainda minha camuflagem entre as folhas de três palmeiras que se entrelaçaram e se debruçaram sobre a praia continuava sendo um lugar seguro. Em uma reunião, um dia fiz uma sugestão, construir uma torre de observação, bem ao fundo da pousada que sobressaísse às copas do coqueiral para observar a paisagem. Seria uma atração a mais da pousada. Seu Chico e Vítor gostaram da ideia, e imediatamente fiquei encarregado do projeto. Mãos à obra. Com o engenheiro da pousada, troquei as primeiras ideias do que nós queríamos e, em poucos dias, recebi a planta da torre. Escolhemos um pequeno elevado longe da pousada, próximo à trilha de caminhada. Determinamos o material para a construção, madeira especial tratada; peça por peça, ultrapassamos toda as copas da vegetação. Lá do alto, ampliou-se o horizonte por sobre o mar, o nascer do sol. Visto da plataforma, possibilita ver uma estrada sem fim de luz que balança sobre as ondas. Ampliou a visão do rio Formoso, e da Mata Atlântica com seu verde; tudo somado dá um encanto especial no horizonte do sol poente. A torre tornou-se um atrativo a mais da pousada. Todos os hóspedes pelo menos um dia de sua estadia sobem à torre para ver o amanhecer e o pôr do sol.

Capítulo 20

UM SEGREDO REVELADO

Pensando no trompete, quando da construção da torre, projetei um assoalho duplo onde seria possível me esconder quando fosse tocar à noite. O segredo do acesso ficou entre mim e os construtores, os quais, quando o trabalho ficou pronto, voltaram para a capital. Com a visão privilegiada, comecei a tocar alternadamente meu trompete, praia e torre. Na torre, se eu visse alguma luz aproximando-se pela trilha, eu parava de tocar, e me escondia, já que sempre toquei somente em noites sem luar. O som dentro da noite continuou confundindo os ouvintes, que arriscavam acertar a noite em que haveria trompete. Sempre dei ênfase aos comentários do dia seguinte sobre o segredo da pousada. A fama da pousada cresceu, e muitos usavam esse segredo como referência à pousada. Certa manhã, seu Chico comentou comigo:

— Martín, estou intrigado com o tocador de trompete! Nunca tentei investigar quem é o fantasma que nos brinda com esse som maravilhoso. Tenho medo de descobrir e quebrar a magia, e que o som do trompete cesse; poderemos perder essa especial alusão à nossa pousada.

— Realmente dá para sentir que todos nos encantamos, e que foi criada uma expectativa para adivinhar quando será a próxima noite mágica!

— Não vamos nos preocupar em descobrir o segredo da nossa pousada. É formidável ouvir nossos hóspedes nas manhãs após a noite do trompete fantasma.

Enquanto seu Chico fazia seus comentários, minha consciência martelava. E surgiu uma questão: seria justo eu continuar guardando esse segredo, justamente para a pessoa que me deu a oportunidade única, longe da minha pátria? A resposta foi não. Então, sem saber quais seriam as palavras para revelar minha história, falei:

— Seu Chico, se alguém soubesse a história do trompete, o senhor gostaria de que lhe fosse revelada?

— Segredos sempre despertam a imaginação, criam fantasias, muito mais neste caso. Mas...? Sinceramente, como o trompete tornou-se uma marca da pousada, essa história... Sim! Gostaria de conhecer! Justamente, para quem sabe, dar a merecida importância e o que isso significa.

— Seu Chico, sou grato por tudo o que fez, desde aquele dia em que, pela primeira vez, me recebeu e acreditou em mim. As coincidências, Lino, as estradas, amigos, um trompete...

Quando o assunto se tornava mais interessante e particular, seu Chico falava em espanhol.

— *Martin, no estoy comprendiendo, dónde quieres llegar? Conoces el secreto de la trompeta?*

— *Sí. Pido disculpas por no haberle contado antes!*

— *Como así? Guardar este secreto, conocer la historia es...*

Olhei para a porta do escritório, estava fechada. Então, com a voz embragada, e num sussurro, pois não sabia a reação do meu grande protetor, continuei em espanhol:

— *Soy el fantasma trompetista!*

— *Usted, Martín, usted, mi hijo?! Nuca me engañan tus ojos, desde aquel día muestran que tú eres! Tus ojos siempre reflejan la verdad y la confianza. Ahora, jamás pensé que este argentino tenía tantas cualidades...*

— *Quién soy yo, su Chico? En las pruebas que la vida me puso, aprendí que para vencer tengo que ser correcto. Y busqué en la escuela del mundo tomar las mejores opciones!*

— *Mui bien! Ahora cuéntame de dónde vino esa maravillosa idea? Cómo es posible convertirse en un fantasma famoso?*

— *Su Chico, eso será nuestro secreto? Continuaremos hasta cuando sea posible mantenerlo, sólo entre nosotros?*

— *Pido permiso para dividirlo solamente con otra persona de extrema confianza. Con mi amada Sílvia! El secreto en tres puede no ser más secreto, pero mi Sílvia quedará orgullosa de saber quién es el fantasma de la trompeta!*

Ficou combinado que dona Sílvia conheceria o nosso segredo, considerando ser a esposa do meu chefe e mais, minha sempre protetora, não era justo deixá-la fora da minha revelação. Contei para seu Chico toda a história do trompete. Como e quando foi meu primeiro contato, como aquele som despertou minha paixão pelo instrumento, lá na pequena São Domingos e depois na capital do Paraná. Depois minha dedicação no aprendizado, mais a história do FNM e o trompete. Revelei o que aconteceu da última vez que estive com Lino em São Domingos, quando Simão, o fantasma, queria que um dia o substituísse. Por não poder voltar ao passado, veio-me a ideia e, em homenagem ao meu amigo, comecei a fazer a experiência aqui... E, assim, nasceu o fantasma da Praia dos Carneiros. Revelei. Seu Chico achou a história incrível, agradeceu minha dedicação à pousada. Falei da minha gratidão pela confiança e que jamais esqueceria tudo o que fizera por mim.

O tempo não para, voa... Seu Chico prometeu que um dia queria, numa de suas viagens para o Sul, levar-me até onde adquirira a escultura de dona Sílvia, para uma visita à minha família. Eu gostava de alimentar minha esperança. Era um motivo, um estímulo para manter-me ligado ao lugar de meus pais e de meus irmãos. Quando ele tocava no assunto, lembrava de cada um e não tinha como não chorar. Sonhava e, em minha mente, eu formava as imagens de cada um, com perguntas sem resposta: *mamá*, como estaria: rezando por mim todo dia? *Padrecito* esperando minha volta vitorioso? O que estaria fazendo Ramires já com vinte e cinco anos, como estará meu irmão, meu amigo? E Amadeu, aquele perspicaz negociante? Ele está com vinte e três já! Ah! Júlia deve ser moça linda, será que encontrou seu príncipe? *El mar me recuerda sus ojos todos los días. No puedo hablar el nombre Anita, mi corazón se parte, tan linda, tan tierna, tan dulce! Anita era la más protegida, era nuestra pequeña piedra preciosa. Cómo estará mi querida Anita?*

Assim é a vida de Martín hoje. Estabilizado, apaixonado por Betti, continua com sua rotina, pensa sempre na família, nos amigos que deixou pelo longo caminho até chegar ao lado que o sol nasce. Tem dois amigos que mais marcaram, e que não esquece: Lino e Alan. Ele chegou, muitas vezes, a estar arrependido de não ter anotado junto com a meia nota de cinco *pesos* o telefone do seu Alfredo, poderia ter ligado. Poderia pedir se o Lino e a Tina voltaram para procurá-lo ou apenas para deixar seu endereço. Mas, lamentavelmente, não tinha o telefone do Alfredo, dono do restaurante de São Paulo. O tempo passando e nada de ser possível viajar com seu Chico para sua terra. Cada vez mais, sua responsabilidade aumentava, conforme os negócios iam sendo ampliados. Seu Chico delegava autoridade total, a ponto de tornar-se seu braço direito. Marcos dedicava-se aos estudos, nunca quis se envolver nos negócios da pousada.

"Por consequência dos fatos, eu, Martín, tive que me adaptar e exercer um determinado papel na estrutura administrativa... Não vou esquecer que Vítor exercia as mesmas funções, na filial. Por falar o espanhol, fiquei encarregado de preparar colaboradores para recebermos turistas não brasileiros. E sem perceber lá estava eu, um verdadeiro "sênior" na propaganda da pousada. Com o passar dos anos, somando a beleza do lugar, a localização e o atendimento, a cada temporada recebíamos mais que hóspedes, recebíamos amigos. Tornei-me assim, por deferência, na visão de seu Chico e dona Sílvia, um verdadeiro *"caballero"* no modo de recepcionar nossos hóspedes: com sorriso amistoso e com as palavras certas: boas férias, *sean todos bienvenidos*. Seu Chico e Sílvia tinham tantos compromissos, viagens e preocupações extras, mais o cuidado com o filho Marcos, já cursando a faculdade.

Lembro um fato importante: um dia, uma emissora de rádio tocou uma música executada no trompete, que chamou minha atenção, ao ponto de sentir um arrepio na espinha ao ouvi-la. Prestei atenção, queria ouvir o nome da música. Quando a música terminou, o locutor do rádio disse: "Acabamos de ouvir o lançamento de *Concerto para um verão*, composta exclusivamente para ser executada no trompete". Fiquei extasiado com aquelas notas. Imediatamente localizei dona Sílvia, que estava na capital, para trazer-me o disco. Foi mais uma música que acrescentei ao repertório do fantasma do trompete na Praia dos Carneiros.

Trabalho, muito trabalho, as pousadas a cada temporada consolidavam o sucesso. Seu Chico, que permitiu que o chamasse de *padrecito*, a meu pedido, desde que me contratou, e dona Sílvia deixaram as pousadas ao nosso encargo; de Vítor, a filial e a matriz sob minha responsabilidade. Como aconteceram alterações na administração das pousadas, também houve alterações nas redondezas. O progresso chegou como uma avalanche na Praia dos Carneiros. Todos os terrenos dos herdeiros, por meio de uma imobiliária, foram sendo vendidos e foram ocupados. Mais pousadas e também mansões surgiram.

    O tempo passando, Marcos formou-se e montou sua empresa de exportação. Poucas vezes vinha para a pousada, alegava que não se acostumaria a ficar preso em um único lugar, por isso buscou outro caminho. Com o apoio dos pais, estava tendo sucesso em seu empreendimento. O tempo nos empurrava para frente, cada um no seu mundo particular: Vítor se casara com Mirian, e dois herdeiros haviam sido acrescentados, formando uma linda família. Depois, nós, Betti e eu, também nos casamos em 1980. Nasceram nossos filhos, primeiro Mateus, depois, Violeta. Minhas responsabilidades aumentaram. As noites do trompete foram ficando cada vez mais esparsas. Chegou o dia em que, de comum acordo com meu *padrecito* e dona Sílvia, revelamos o segredo. Houve um espanto geral, todos ficaram surpresos ao saberem quem era o trompetista fantasma. Houve quem revelasse tristeza por saber que se acabava para sempre a fantasia da Pousada dos Corais. Apenas nas noites de show na pousada, quando possível, para manter vivo meu trompete, eu fazia pequenas participações, tocando minhas favoritas.

    Todos na vida temos, em nossos caminhos, subidas, descidas, planícies. Temos vitórias, e provações. Seu Chico, meu *padrecito*, em uma de suas constantes viagens, enfrentou sua grande provação. Foi para o Sul, prometendo-me que, ao retornar, eu estaria liberado para a viagem dos meus sonhos, e disse: "Martín, quando voltarmos você poderá ir ao encontro de sua família". Lembro-me bem a alegria que me causou aquela possibilidade tão aguardada. Porém, ninguém jamais poderia imaginar que aquela viagem interromperia os sonhos de meu *padrecito* e os meus sonhos. Um acidente levou minha *mamá* Sílvia para sempre. Quem poderia narrar com palavras a consequência dessa tragédia? A perda da esposa, o filho não pôde vir em tempo para a despedida. Estava fora do Brasil, o mundo de *padrecito* desabou... Marcos chegou no primeiro voo possível para chorar com o pai a perda da mãe. Ninguém, ninguém consegue traduzir a dor sentida por uma família nesses momentos. Só quem já passou vai entender. Deixo assim esse triste fato, todos sabemos a dificuldade para traduzir os sentimentos nessas horas... Basta a tristeza em si, não tem por que narrar uma tragédia. Descrever com palavras é fazer com que o coração venha a doer ainda mais. Apenas somos gratos pelos amigos, que nesses momentos terríveis tornam-se condolentes e solidários. Tivemos muito apoio para com nosso *padrecito*, seu Chico, e para com toda a família da Pousada dos Corais.

Não foi fácil a rotina da pousada voltar ao normal; na verdade, não voltou ao normal, apenas assimilou-se a perda irreparável. Meu *padrecito* não foi mais o mesmo sem sua Sílvia, sua amada, sua parceira. Marcos, engajado em seus negócios que exigiam mais estar fora do Brasil, corroborou a solidão do seu Chico. Minha viagem para encontrar-me com minha família foi sendo adiada, adiada, adiada... Eu não podia abandonar meu *padrecito*... A tristeza de meu *padrecito* talhou todas as suas perspectivas. Nunca mais pensou em viajar. Ir até a capital, quando era inadiável, tornara-se para ele um suplício. Dizia que tinha medo da estrada. Desde o acidente em que perdeu a esposa, ficou traumatizado. Em cada curva, tinha medo de encontrar um carro na contramão, igual àquele do fatídico dia. Esse medo o enclausurou, e ele passou a viver única e exclusivamente para nossos hóspedes. Com o passar dos anos, muitos hóspedes tornaram-se tão assíduos que se transformaram em verdadeiros amigos. *Padrecito* passou a considerá-los como tais e os hóspedes lhes eram recíprocos. Um dia seu Chico surpreendeu-me dizendo que iria para Recife, disse que tinha um negócio inadiável, por isso enfrentaria a estrada. No escritório, vi que ele pegou alguns papéis que estavam no cofre, colocou-os em sua pasta, chamou nosso motorista Zeferino e, antes de partir, disse:

— Martín, se eu não voltar hoje, amanhã eu volto.

— *Buen viaje, padrecito.*

— *Hasta la vuelta, hijo mio!*

— *Que Dios lo proteja!*

— *Amén!*

Lá se foi seu Chico e eu fiquei, com meus pensamentos, olhando o carro sumir na curva por entre o coqueiral. E falando sozinho fiz esta pergunta:

— O que estará levando meu *padrecito* para Recife?

Essa pergunta ficou no ar, porque Violeta me despertou, dizendo: "Papai, a mamãe está lhe chamando". Fui ao encontro de Betti, que me conduziu para o escritório. Betti estava preocupada, e não sabia qual decisão tomar em relação ao insistente pedido de um guia de excursão. Disse que já havia ligado duas vezes solicitando reserva para o final de semana. Implorou para uma resposta positiva, e disse que voltaria a ligar em meia hora...

— Betti, vamos pensar numa solução...

— Pensando... Martín, poderemos como outras vezes o fizemos usar o alojamento dos funcionários. Quando ele me ligar, vou pedir quantos são. Nos alojamentos, sabemos quantos lugares podemos disponibilizar. O que ultrapassar nossa capacidade vamos nos socorrer com o Vítor — Betti já tomara a decisão.

— Está bem! Já deu certo outras vezes, desta vez também vai dar. Liga para o Vítor, e daí, dependendo da sua resposta, se for o caso, confirme a reserva.

— Ok. Vou resolver já — disse Betti.

— Combinado. Eu tenho mais algumas pendências para resolver — Martín deu-lhe um beijo e se foi.

O relógio foi marcando as horas, como todos os dias normais, toda a equipe da pousada envolvida para fazer o melhor, quanto ao atendimento aos hóspedes que iam chegando. Falando com meus botões, passei em frente ao painel que mandei fazer para expor os "perdidos e achados" no recinto da pousada. Tudo o que era encontrado, e cujo dono não fosse localizado, ficava ali, um vidro protegia a coleção e a chave ficava no escritório. Fiz uma parada, olhei para cada objeto preso ao feltro verde. Ali havia muita história: brincos, óculos de sol, óculos de grau, relógios, correntes quebradas, prendedores de cabelos, medalhas... Já havia uma bela coleção. Muitos hóspedes ao retornarem em outras temporadas identificavam seus perdidos... Interessante, ninguém jamais quis a devolução de qualquer objeto. Não foram poucos os que disseram: "O lugar é tão lindo que vale a pena deixar uma lembrança de minha passagem por aqui". Bem ao meio do painel, estava lá, plastificada, metade de uma nota de cinco *pesos* argentinos... Abri o painel, retirei a metade da nota, tateei de leve, recordei meu amigo e irmão Alan... Fui, e voltei num instante... Esta nota é testemunha de um combinado... Poucos, além do meu *padrecito* e dona Sílvia, conheciam a história, e o que significava aquela meia nota de *pesos*. Recoloquei-a no lugar, fechei o painel e fui para meus compromissos, de final de tarde. A noite chegou, o calor era intenso, mas atípico, porque, de madrugada, um vendaval açoitou o coqueiral e um dilúvio despencou. Parecia que o mar tinha ultrapassado a barreira da praia, tamanha a quantidade de água que caiu, chegando a ilhar os alojamentos. Foi uma correria, mas nada demais. Assim que a chuva cessou, aos poucos, a água drenou e todos conseguimos algumas horas de descanso. O dia seguinte amanheceu lindo. O sol surgiu no horizonte, desenhou a estrada de luz sobre o mar calmo, e nuvens pintadas com cores exuberantes completaram nossa magnífica paisagem. Mais um dia sem novidades... Seu Chico retornou com Zeferino seriam 16 horas, não consultei o relógio. Assim que ele chegou, chamou-me para o escritório.

— Como foi a noite de ontem, Martín? O que aconteceu? Fique sabendo que caiu um dilúvio?

— Foi um dilúvio. Nunca tinha visto tanta água cair do céu, em tão pouco tempo, *padrecito*.

— Interessante, nessa época quase nunca chove. O tempo está louco!

— Mas não deu nenhum prejuízo. Foi um teste de resistência, os coqueiros vergaram, mas não quebraram.

— Eu amo nosso coqueiral, Martín! Contra as intempéries da natureza, nada poderemos fazer para protegê-lo! Mas, da minha parte, quero proteção para cada um deles, sempre. Não podemos permitir que alguém destrua essa obra da natureza.

— Com certeza, temos de ser guardiões dessa obra maravilhosa de Deus!

— Bom! Martín, quero te passar alguns detalhes sobre alguns documentos que fui refazer no cartório em Recife. Documentos de direitos. Vamos guardá-los no cofre neste envelope lacrado. Aqui está a história da pousada, e as escrituras de todos os terrenos, com a averbação de todas as benfeitorias.

— Compreendo, *padrecito*.

— Fazia tempo que queria regularizar algumas pendências. Agora está tudo ok.

— É, *padrecito*, quando está escrito, é melhor... — eu nem sabia o que dizer... me parecia que ele queria minha opinião... e eu não conseguia terminar meus pensamentos...

— Veja, se um dia eu não estiver por aqui e lhe pedirem os documentos da pousada, você sabe onde estão. *Cierto, Martín, hijo mio?*

— *Pero... Padrecito...* — eu pensei em questionar, por quê?

Padrecito me fez um sinal com o dedo nos lábios, pedindo silêncio. Fiz de conta que entendi. As palavras que haviam se formado na minha cabeça não chegaram a ser pronunciadas. *Padrecito* mudou rapidamente de assunto. Levantou-se de sua cadeira de trás da sua mesa de trabalho, colocou a mão no meu ombro e conduziu-me para o *hall* de entrada da pousada. O relógio marcava o final de mais um dia de luz do sol, muitos hóspedes descansavam nas redes aguardando o jantar. Outros estavam ao longo da varanda em cadeiras, lendo, outros com seus aperitivos formavam as rodas de papo. Assim que nos viram, alguns vieram ao nosso encontro. *Padrecito* entrou numa roda, eu pedi licença e fui ver com Betti se tudo estava normal. Com a confirmação, falei que iria até a praia, eu precisava caminhar um pouco, fiquei perturbado com aquele segredo de *padrecito*. Cumprimentando a todos que encontrava, segui o caminho da praia por entre o coqueiral.

Capítulo 21

PASSADO DISTANTE

Caminhei até um banco que ficava a poucos metros da praia, uma bifurcação das trilhas. Da praia para a pousada com caminho paralelo do mar. O barulho das ondas que quebravam na praia foi sumindo dos meus ouvidos... Parecia que parte de mim estava ausente daquela paisagem... *Pero... Sí, soy yo, Martín! Tengo que hablar solo! Acá donde estoy, a mirar el mar, mis ojos buscan en el horizonte mi passado distante. Mucho distante! No me conteño, apesar de haver sufrido já tanto, apesar de haber llorado tanto, mis ojos ainda tienen muchas lágrimas! Quanto tiempo está haciendo? Las ondas que quebran a la playa son las mismas, además, los hombres cambian. El tiempo hay conseguido cambiar nosotros, eso todo aconteció per motivo del longo camiño percorrido. Mi camiño junto al camiño de mi padrecito. Padrecito* que me permitiu a possibilidade de criar raízes aqui onde vejo todos os dias o sol nascente que busquei desde que saí de minha terra. Aqui, o sol nasceu para mim! Aqui encontrei o Brasil que procurei. Aqui, encontrei trabalho. Aqui, encontrei Betti. Aqui, nasceram meus filhos: Mateus e Violeta. Aqui, onde posso dizer que sou feliz. Feliz por tudo o que consegui aqui. Triste por tudo o que perdi pelo longo caminho...

E os pensamentos viajavam: eram os momentos em que Martín se ausentava, perdido em seus pensamentos, próximo à praia. Já havia algum tempo que, quando dispunha de uma folga, ele sentava-se no mesmo banco. Às suas costas, ficava a pousada, à sua frente, a imensidão do mar. O lugar é encantador. A praia de areias brancas. O coqueiral, com mais de dez metros de altura, estendia aos poucos suas sombras, sobre toda a praia. A noite sempre vem muito rápida quando o sol se põe. O mar no seu vaivém sem cessar que sempre embriagou Martín, hoje parecia estranho. O mar, nesse dia, enquanto ainda havia luz, mudava de cor, a todo instante. Ondas mais bravias quebravam bem próximo aos coqueiros. Não era mais hora de maré alta, porém hoje o mar estava rugindo feito monstro bravio e o trouxe de volta à realidade. É noite de lua cheia, por isso talvez fosse impressão, "pode não ser real a mare alta, é só minha visão..." — pensou Martín. À direita e à esquerda, toda a orla está coberta por coqueirais. Trilhas desenhadas demarcam um roteiro de leves ondulações, onde caminhar faz esquecer todos os problemas do dia a dia. O caminhar por essa paisagem transforma o cansaço e o estresse em puro prazer, relaxante e revigorante. Sob a densa folhagem, embalada pela brisa constante que sopra do mar, a temperatura fica agradabilíssima, independentemente do horário, seja dia ou seja noite.

 Era a tarde de mais um dia de verão que estava se despedindo, Martín ali, totalmente absorto em seus pensamentos. Hóspedes voltavam da praia e das caminhadas. A caminho do hotel, muitos passavam bem próximo de Martín, e ele cumprimentava a todos. Como sempre, em espanhol, *"um buen regreso"*, *"bienvenidos"*, sempre agiu assim. Ele não conseguiu mudar, um costume, que sempre adotou, e ficou sendo sua marca registrada, seu modo de cumprimentar as pessoas. Assim ele aprendeu, lá na sua longínqua infância, um professor assim o ensinou, ele continuou, autêntico. *"Como estás, señor? Como estás, señora? Bien?"*

 O sorriso de Martín era marcante, e não importava o que se passava lá no fundo do seu coração, ele não mudava nunca. Nunca mudou. Poderia ser tempo ruim para ele, sempre soube superar-se. Poderia estar passando momentos difíceis, mas lá estava Martín, o mesmo, mantinha-se fiel. Só sabia ser assim, atencioso e simpático. Era um dia diferente. Mas Martín, apesar de não estar bem, não negou nenhum cumprimento, não faltou com o respeito para com nenhum dos hóspedes. Porém, naquele momento, estava agindo mecanicamente. Estava sentado no banco, apenas de corpo. Porque seus pensamentos haviam-lhe fugido do controle e estavam muito longe. Uma saudade profunda lhe roubava o presente, e o transportava em imensas asas para um passado distante.

Martín olhou o mar novamente. A lua parecia grande, parecia emergir das águas, refletindo sua luz. Pensou: "Desde que aqui cheguei, o mar é o mesmo. Porém, eu não sou mais o mesmo. Meu *padrecito* e minha *mamá* não serão mais os mesmos, com certeza. E os irmãos, Ramires, Amadeu, Júlia e Anita, o que será que aconteceu com eles depois de tantos anos? Não são mais os mesmos, já todos adultos, casados com filhos...". "Será que Alan conseguiu encontrar Júlia?" — se perguntou em voz alta. Martín divagava, em seus pensamentos, que são como o vento. Você não os vê, não os domina, e eles podem voar mundo afora. Havia muitas gaivotas e outras espécies de pássaros que planavam sobre as águas, antes daquele prenúncio do escurecer. Como ele desejou ter asas também. Ah! Ah, se pudesse voar igual às gaivotas! Ele iria empreender uma longa viagem com certeza.

Capítulo 22

SU CHICO, UM SUSTO

Quanto? Poderia ter sido uma hora, ou mais? O tempo que Martín se perdeu em pensamentos vagando para bem longe... Nem percebeu, a lua cheia camuflou a escuridão que, silenciosa agora, invadira a praia. Quantas vezes ultimamente, depois que a jornada de trabalho acabava, ele buscava esse isolamento... No seu íntimo, surgiam perguntas, sobre o tempo, e sobre o passado distante, e nesse dia ele estava vivendo esse dilema, mais uma vez. Betti procurava não interferir quando Martín se afastava, ela conhecia sua história, mais do que ninguém. Porém, nesse dia, não teve como, Martín foi chamado à realidade por antecipação:

— Martín! Martín! — uma de suas colaboradoras o chamava aflita.

— O que foi Nina? O que aconteceu? — foram as perguntas de Martín.

Ele assustou-se ao ver a aflição estampada no rosto de Nina, que, além de estar ofegante, balançava os braços, como pedindo socorro, sinalizando e convocando sua presença com urgência na pousada.

— O seu Chico! O seeeuuu Chiiiico! — gaguejou Nina.

— O seu Chico, *mi padrecito*, o quê? Fala, criatura?!

Nina não conseguia juntar as palavras. Quando Nina ficava nervosa, sua gagueira a tornava incompreensível. Como ele a conhecia bem, pois já trabalhavam há muito tempo juntos, não esperou respostas às suas perguntas, e a seguiu em desabalada carreira. Nina à frente, um pedaço do caminho, depois ele a ultrapassou. Nina não reduziu sua corrida e chegaram juntos à pousada.

Nina indicou para Martín onde o seu Chico estava. Assim que entrou no saguão, notou que havia uma correria no hotel todo. Betti, sua esposa, ligava para o hospital. Telma, com a ajuda de um hóspede, vinha do pequeno pronto-socorro da pousada, trazendo um aparelho de oxigênio. Outros, assustados, queriam ajudar, mas não sabiam o que fazer. Ao entrar no escritório, Martín levou um choque, pois seu Chico estava estirado sobre uma poltrona. Um hóspede conhecido, o doutor Augusto, fazia massagem cardíaca e lhe ministrava os primeiros socorros. Martín aproximou-se temeroso pela situação caótica que havia presenciado. O doutor Augusto, cardiologista que há muito se hospedava ali, bem conhecido, vendo o desespero no rosto de Martín, antes que este lhe fizesse qualquer pergunta, disse:

— Seu Chico está reagindo, creio que o pior já passou.

Martín então chamou:

— *Padrecito Chico, vuelva para nosotros!* Não nos deixe, *padrecito!*

— Vamos depressa. Vamos colocar oxigênio no seu Chico! — disse o médico.

— O que aconteceu *con mi padrecito?*

— Considerando as reações que pude observar até o momento, seu Chico sofreu um enfarte — disse o doutor Augusto.

— Como está, *padrecito?* Está me ouvindo, *padrecito?*

Martín, segurando a mão de seu Chico, o chamou por diversas vezes, enquanto o médico lhe colocava oxigênio. Parecia que o tempo passava depressa demais, enquanto não se via nenhuma reação positiva. O médico, com conhecimento de causa, pediu calma. E disse que tudo estava sob controle, que seu Chico já estava respirando no compasso. Mais uma vez, Martín chamou seu Chico, e então ele sentiu um leve aperto na mão. Seu Chico estava ouvindo, devia estar recuperando os sentidos.

— *Padrecito* está me ouvindo! — disse Martín emocionado.

Após a reação positiva e por orientação médica o escritório foi deixado por todos. Ficaram o doutor Alfredo e Martín para monitorar as reações de seu Chico. Logo após os ajudantes práticos deixarem o escritório, já deram entrada os profissionais e paramédicos com a maca para transportar seu Chico para o hospital.

    Como os profissionais se entendem, num instante, o doutor Augusto, que havia atendido seu Chico até então, informou aos socorristas o ocorrido. Seu Chico, que reagiu bem aos primeiros atendimentos, foi colocado na maca, direto para a ambulância, que, seguida por Martín com o carro da pousada, partiu rumo ao hospital.

    Depois da partida da ambulância, houve uma aparente calmaria no saguão e nas dependências da pousada. Ficou um burburinho entre os colaboradores de seu Chico, pois já haviam entrado em desespero. Agora, o hóspede bem conhecido, porém, que poucos sabiam de sua especialidade, conversava com Betti. O doutor Augusto explicava preliminarmente, com um diagnóstico provável, o que poderia ter acontecido com seu Chico. Ressaltou, em sua opinião, que, em virtude do atendimento imediato, tão logo seu Chico sentiu-se mal, o enfarte não deveria deixar sequelas.

    O doutor Augusto relatou todo o ocorrido e a coincidência que o retardou. Ele contou que estava pronto para fazer sua caminhada, que era o horário de que mais gostava, na boca da noite, quando o telefone tocou. Nina atendeu, o chamou, e lhe passou o fone dizendo que era para ele. Quando atendeu, a ligação estava ruim, demorou para identificar quem estava falando e, de repente, o fone ficou mudo. Disse que há poucos minutos havia comentado com seu amigo Chico, pois há anos que passa férias na pousada, que iria fazer sua caminhada. Quando devolveu o fone para que Nina o colocasse no lugar, dirigindo-se para a saída, passando pelo saguão, ouviu que seu Chico deu um grito, levou as mãos ao peito e debruçou-se sobre a mesa em que estava. Seu gemido estranho lhe chamou atenção e percebeu que havia algo errado. Chamou seu Chico e ele não respondeu. Foi uma reação imediata, conclamou ajuda de atendentes e hóspedes e o transportaram para o escritório. O atendimento rápido, a massagem, o oxigênio, foram fundamentais para o controle da situação. Todo esse relato foi feito para acalmar Betti e os demais funcionários.

    Depois da explicação, com um clima levemente mais calmo, o doutor Augusto falou que deveriam aguardar boas notícias do hospital. Betti agradeceu e disse que foi muita sorte ele estar ali justamente naquela hora.

    — Doutor, se o telefone não tivesse chamado, o senhor já teria saído?

— Sim! Eu já estava a caminho! — o doutor falou pensativo.

— "Alguém" o deteve, doutor! — Nina disse como uma oração.

— Há momentos em que não compreendemos como as coisas acontecem, Nina! — o doutor sabia de quem estavam falando. (Deus).

Como o hospital estava a poucos quilômetros do hotel, seu Chico já deveria, se não por pouco, estar sendo atendido com todos os procedimentos necessários. Assim concluiu o doutor Augusto.

A noite já envolvera os coqueirais, os caminhos estavam demarcados por sinalizadores. O doutor Augusto, agora, foi para a caminhada. Estava feliz, em parte, por cumprir sua missão. Mesmo estando em férias, fora mais uma oportunidade em que, por sua profissão, por qual motivo não sabia (?), estivera no lugar certo na hora certa. Essa pergunta surgiu. Caminhava pela trilha, ouvindo o rugido das ondas do mar quebrando na praia. A brisa com gosto de sal soprava; só, com seus pensamentos, analisava o acontecimento recente. Avaliava a fragilidade da nossa existência. Basta um momento para alterar todos os projetos e planos de uma vida. Lembrou-se da esposa, que tinha ido à cidade com uma amiga e deveria chegar logo. Haviam combinado jantar após a caminhada. Lembrou-se dos dois filhos, que ficaram no Sul, por ser um período escolar, não puderam viajar desta vez. Sempre passavam férias juntos, esta vez não fora possível. Bateu uma saudade no peito. Chegou a pensar alto, numa exclamação: "O tempo passa depressa demais!".

O doutor Augusto caminha sem pressa, mas seus pensamentos viajavam em alta velocidade. O acontecimento imprevisto com seu Chico, que num instante estava bem e, em questão de segundos, sua vida ficou por um fio. Essa situação o fez refletir sobre a fragilidade do ser humano. Com certeza, se ele não estivesse presente, quando seu Chico passou mal e sofreu o enfarte, a tragédia haveria se confirmado. Refletindo, fez todo o percurso e, quando deu entrada no saguão da pousada, Betti correu ao seu encontro transmitindo a ótima notícia em relação a seu Chico.

— Doutor Augusto, Martín acabou de avisar que seu Chico está bem. Recuperou os sentidos. E queria saber por que estava no hospital.

— Que ótima notícia, Betti! — exclamou o doutor.

— Doutor, será que seu Chico não percebeu o que aconteceu? — quis saber Betti, preocupada.

— Betti, com a falta de sangue no cérebro, os sentidos deixam de registrar os acontecimentos. Às vezes, depois da recuperação total, acabam sendo lembrados. Fomos agraciados com o atendimento rápido, massagem e oxigênio, assim, não faltou irrigação sanguínea por muito tempo no cérebro e, por isso, creio que não sofreu nenhum dano.

— Graças a Deus, doutor Augusto! Agora está tudo bem!

— Isso mesmo, Betti. Agora está tudo bem.

— Martín disse que deverá voltar dentro de uma hora. Seu Chico vai passar a noite na UTI em observação com acompanhamento médico.

— Esse procedimento é o correto. Betti, você viu se minha esposa já voltou?

— Sim, doutor Augusto. Há poucos minutos, a senhora Leia e a senhora Elvira subiram. Ficaram consternadas quando souberam o que aconteceu com seu Chico.

— É, Betti, essas notícias não fazem nada bem. Vou subir, tomar um banho, depois desceremos para um café. Hoje, o apetite sumiu.

— Obrigada, doutor Augusto! Que bênção foi sua presença, digo mais uma vez, o senhor estava no lugar certo, na hora certa! Graças a Deus!

O doutor Augusto concordou com aquela observação e o reconhecimento de Betti. Pediu licença e subiu para o quarto. Betti, por sua vez, com a ausência de seu Chico e de Martín, tinha que assumir a responsabilidade de orientar seus colegas de trabalho, para que o atendimento aos hóspedes acontecesse como de costume. A pousada estava lotada. Enquanto o jantar estava sendo preparado e servido, o acontecimento tão inesperado com seu Chico fazia parte do assunto entre todos. Havia muitos hóspedes que, mais que isso, eram amigos de seu Chico, pois muitas férias se repetiam na pousada. Com as boas notícias, houve alívio, o clima de férias já se restabelecia entre todos.

Martín chegou e foi direto ao escritório pela porta privada. Na correria, ninguém se lembrou de ligar para Marcos.

Marcos estava no exterior, cuidando de seus negócios. Ele não gostava de ficar num único lugar, não se adaptou na administração da pousada, mesmo que seu Chico lhe tivesse revelado seu cansaço, ainda mais, sendo filho único. Nada o convenceu. Por isso buscou alternativas diferentes. Seu

Chico não tolheu suas aspirações; pelo contrário, o incentivou, e o abençoou, deixando que ele seguisse seu instinto na busca de seus sonhos. Por isso o ajudou, quando optou por montar sua própria empresa, uma exportadora de frutas originárias do norte e nordeste do Brasil. A empresa deu certo e já havia cinco anos que trabalhava de forma independente.

Martín chamou Betti no escritório, analisaram juntos a situação. Confirmando que ela tinha providenciado para que tudo estivesse a contento no atendimento aos hóspedes, conseguiram relaxar. Betti voltou para o trabalho, Martín pegou a agenda, encontrou o telefone de Marcos e discou automaticamente.

O telefone chamou até cair, ligou novamente, chamou, chamou, caiu... Ligou pela terceira vez... nada...

— Pode ser o fuso horário e Marcos não está nesse endereço — Martín falou sozinho.

Cansado pelo dia de trabalho, pela correria, e considerando que seu Chico estava em recuperação, que o pior já havia passado, decidiu deixar para o dia seguinte tentar ligar para Marcos. Guardou tudo o que ficara sobre a mesa do escritório. Organizou a mesa de trabalho do seu Chico, pois tudo ficara desorganizado, já que fora um dia de trabalho inacabado. Depois, antes de apagar as luzes, olhou para todos os lados, verificou se nada havia sido esquecido fora do lugar. A foto da família do seu Chico, Sílvia e Marcos chamou sua atenção. Ali, estava tudo o que seu Chico dizia ser sua motivação para viver. Sempre confessou isso, desde o primeiro dia em que chegou para ficar na Praia dos Carneiros. O quadro mostrava dona Sílvia, sua paixão, seu Chico e Marcos no meio dos dois, quando tinha 12 anos, talvez. Martín pegou o porta-retratos nas mãos, quis tirar algum pó invisível, lembrou-se de dona Sílvia, que o chamava de filho, e que já fazia anos que fora embora, que havia sido transformada em estrela.

Marcos! Ah! O Marcos... cresceu, virou homem de negócios, mas não quis ficar preso à praia dos sonhos do pai e da mãe. Marcos casou, montou um apartamento em Recife, mas dificilmente ficava uma semana na capital, pois seus negócios exigiam contatos com seus clientes, com seus representantes, e estava sempre voando por toda a Europa. Sua esposa quase sempre o acompanhava. Dificilmente era encontrado quando a iniciativa das ligações partia do seu Chico. Mas Marcos ligava em intervalos de dois dias. Martín encerrou sua viagem diante do porta-retratos, torcendo para que, no dia seguinte, Marcos ligasse.

Já era tarde da noite, ou melhor, madrugada quando Martín e Betti foram para a cama, cansados, preocupados com tudo o que ocorrera naquele dia.

— Betti, *mi* amor, quando perdemos nossa *mamá* Sílvia repentinamente, foi muito triste. *Hoy casi perdemos nuestro padrecito!*

— Martín, *mi* amor, se o doutor Augusto não estivesse na hora que aconteceu... *nuestro padrecito ya se había convertido en una estrella...*

— Gostaria que o Marcos viesse passar uns dias com seu Chico, assim que ele retornar do hospital. Já seria tempo de Marcos e Rita fazerem uma visita... Temos que localizá-lo com urgência. O tempo passa tão depressa, parece que os projetos e sonhos estão longe para serem alcançados... porém, quando a gente vê, estamos dentro deles... Betti, eu vim de tão longe, tinha um sonho e um projeto. Um sonho de ir para o lado do sol nascente. Assim aconteceu, cheguei aqui neste paraíso. Tinha um objetivo, que era encontrar trabalho no Brasil, já que meu país não me deu oportunidade: eis, aqui estou estabilizado. Digo, estabilizados, Betti, você, eu e nossos filhos!

— *Usted ganó, mi castellano amado!*

— *Sí, gané todo lo que buscaba, cuando te encontre, mi eterno amor!*

— Se não tivesse buscado essa aventura tão distante, Martín, o que teria sido minha vida?

— Interessante, Betti, nascemos em lugares extremos, e Deus nos conduziu por caminhos estranhos até fazer nosso encontro.

— É. Quem pode dizer "sou eu que faço minha história"? Ninguém... Ninguém pode afirmar que faz sua história!

— Acho que você disse uma verdade. Quando eu pensava: cheguei no lugar que tanto procurei, acontecia uma mudança brusca... E... bem, você sabe de tudo... foram esses percalços que me empurraram até você.

— *Es verdad!*

— *Para completar mis búsquedas, Betti, mi amor, me diste más dos tesoros, nuestros hijos, Mateus e Violeta.*

— Martín, nossos tesouros cresceram, nossos sonhos tornaram-se realidade.

— Isso! Te amo, Betti, vamos dormir, o cansaço me venceu.

— Boa noite, meu bravo sonhador! Te amo!

Quando Martín e Betti acordaram, o sol já brilhava sobre a Praia dos Carneiros e sobre a Pousada das Ostras. Nunca haviam perdido a hora, como essa manhã após o susto com seu Chico. Betti assumiu o posto de comando da pousada e Martín ligou para o hospital para saber do seu Chico. O telefonema lhe trouxe boas notícias. Seu Chico já podia deixar a UTI, mais um dia e poderia dar alta. Rotina na pousada lotada, o doutor Augusto gostou do que ouviu, Martín lhe contou sobre a recuperação do seu Chico.

— Que ótimo, Martín! Antes de partir, poderei dar um abraço no meu amigo!

— Já vai nos deixar, parece que chegou ontem, doutor?

— O tempo voa, foram quinze dias que pareceram dois, e um que nos pareceu quinze. Mas tudo vai ficar bem! Leia e eu estamos com saudade dos filhos, é a primeira vez que viemos para a Pousada sem eles.

— Os filhos, né, doutor Augusto, nossa razão de viver e lutar.

— Verdade, Martín! Vi como cresceram os teus, Mateus e Violeta. Já são muito responsáveis, pela sua idade.

— Nós corremos, eles crescem, doutor Augusto, parece que chegaram há poucos meses...

— A vida tem seu ciclo, uma sequência, sempre se renovando, tem os que chegam, e os que vão embora. Ah! Martín, quando seu Chico voltar para casa e, antes de partir, quero ouvir, para comemorar, mais um show de trompete. Mas tem que ser lá do alto da torre! Como quando não sabíamos quem tocava. Você faz história com seu trompete! Conseguiu deixar marcas indeléveis na lembrança de tanta gente. Vai me dar esse prazer?

— Que é isso, doutor! Mas com toda certeza! Seu pedido é uma ordem. Teremos lua cheia; se seu Chico concordar, e se estiver em condições, faremos uma bela serenata.

— Combinado! Ao luar, fica mais emocionante! Agora, vamos aproveitar mais um dia da graça por estarmos neste paraíso.

— *Tenga un buen día, doutor Augusto!*

— *Buen día, Martín!*

Martín trouxe seu Chico para casa, parecia que nada tinha acontecido, de tão grave. Ele ficou feliz ao reencontrar o doutor Augusto.

— Oh! Doutor Augusto, meu anjo protetor! Quem bom revê-lo! Minha mente não tem muito claro o que aconteceu. Martín narrou, enquanto voltávamos do hospital, parte da história.

— É, meu amigo! Foi apenas um teste para provar sua grande resistência. Importante que tudo terminou bem! Vejo que está bem, corado e alegre! Bem-vindo para casa, Chico!

— Obrigado, doutor Augusto, pelo que sei, "essa" lhe devo! Minha eterna gratidão! — os olhos se encheram de lágrimas.

— Não tem que agradecer, apenas fiz o que qualquer médico faria se estivesse no meu lugar — seu Chico deu um forte abraço no amigo.

— Obrigado mais uma vez! Essa estadia será por conta da casa! Permaneça conosco até quando quiser.

— Nada disso. Estou feliz porque retornou antes da minha partida. Mais alguns dias e nós, Leia e eu, vamos para casa para ver nossos pimpolhos.

— A pressa é sua, doutor Augusto!

— Só tem uma coisa importante, seu Chico! Não sei se o Martín já lhe contou? Mas, antes de partir, nós queremos ouvir o trompete do Martín lá da torre!

— Não, Martín não me contou nada sobre isso. Mas com certeza ele vai atender seu pedido! Vai?

Martín pouco ouvia da conversa dos dois amigos. Estava viajando nos seus pensamentos. Queria falar com Marcos. Havia comentado com seu Chico sobre tantas tentativas infrutíferas para encontrá-lo nos endereços da agenda. Estava ansioso esperando que alguém o chamasse, dizendo que Marcos estava ao telefone... Quando seu Chico o interpelou sobre o trompete...

— Martín? Você vai tocar para nós, não vai?

— Com todo o prazer! E quero tocar como jamais toquei! Pela alegria de termos nosso *padrecito* de volta, firme e forte!

— Viu, seu Chico? Martín aceitou, vai atender meu pedido. Mas ele quer e faz questão de que esteja conosco, sob a luz do luar, para ouvi-lo — completou o doutor.

— Que bom! Que bom! Com certeza, estaremos todos juntos. Confesso que estou com saudade de ouvir o trompetista fantasma da Pousada das Ostras! — todos riram com a observação de seu Chico.

Passou um dia e mais outro dia. Rotina, gente que transitava para todos os lados. Praia, barcos, caminhadas, redes cheias. Enquanto muitos se esparramavam pelas sombras do coqueiral, alguns cochilavam fazendo a sesta. Outros liam... Todos aguardavam a hora de ir à praia. Seu Chico intercalava seu tempo, entre repousar e depois na cadeira de balanço, na varanda, passava conversando com os hóspedes. Todos os que iam à praia, ou que voltavam, encontrando com seu Chico, faziam questão de trocar umas palavras com ele. Por diversas vezes, nesses dois dias, seu Chico pediu para que Martín tentasse localizar Marcos. Todas as tentativas foram frustrantes. Ele chegou a comentar que gostaria de, mesmo agora já recuperado, que Marcos estivesse ali para compartilhar esses dias de convalescença. Já fazia alguns meses que ele não o visitava, lembrou, ligava dizendo que estava bem, pedia notícias do pai, mas continuava ausente.

A tarde do dia combinado para o show do trompete no alto da torre chegou. Foi anunciado no almoço e no jantar que, às dez horas, o fantasma do trompete faria uma apresentação. Havia hóspedes que já conheciam a história, outros não. Havia outros que já tinham ouvido o trompetista fantasma, os quais comentaram sobre a emoção de ouvir aquele som mágico dentro da noite. Todos ficaram entusiasmados pela oportunidade. Como já fazia algum tempo que o trompetista não mais tocava, muitos não sabiam quem fora, por tanto tempo, o intérprete daquele papel. Nem sabiam que o fantasma do trompete circulava por entre os hóspedes.

Capítulo 23

UM SHOW ESPECIAL

Quando a tarde caiu sobre a Praia dos Carneiros, mais um automóvel chegou ao estacionamento da pousada. Um casal saltou do carro...

— Caramba, meu amor, parece que a pousada está derramando gente pelas portas! Veja o tamanho do movimento!

— Que lindo de se ver, minha Rita, é altíssima temporada e o povo realmente gosta desse lugar.

Pelos caminhos que vinham da praia, pelos caminhos que vinham do meio do coqueiral, casais de namorados, famílias, caminhavam alegres rumo à trilha oposta à pousada. Antes que os dois recém-chegados entendessem o que estava acontecendo, um casal jovem os interpelou...

— Boa noite! Onde é o melhor lugar para ouvir o trompetista da pousada? Ouvimos falar que, depois de muito tempo, ele vai tocar hoje. Nós tomamos conhecimento da história, estamos hospedados na outra pousada, mas gostaríamos de ouvir... — o casal falava em sintonia, de tão afoitos que estavam. Marcos levantou a mão, pedindo calma.

— Ok, ok, um momento, um momento! Nós acabamos de chegar, olhem ali, o carro está ainda com as portas abertas...

— Também vocês vieram para ouvir o trompetista fantasma?

— Se vocês dizem que vai ter um trompetista fantasma que vai tocar hoje, então nós também queremos ouvi-lo... Só que não deve ser fantasma, já que ele avisou que vai tocar. Mas... — e todos riram com a observação.

— Ok, é que contaram uma história. Quando ficamos sabendo, lá onde estamos hospedados, houve um alvoroço geral, muitos comentários... E todos diziam: eu vou, eu vou... Ver, não sei se vou, mas pelo menos quero ouvir, diziam... — e todos riram novamente.

— Rita... Entendeu? — como eles sabiam do que se tratava, reconheceram a expectativa criada.

— Sim! Agora entendi que algo aconteceu de muito importante para que o trompetista volte a tocar, Marcos!

O casal não entendeu a observação de Rita, e Marcos indicou o caminho para a torre.

— Olhem — Marcos apontou —, vão por ali... Sigam aqueles...

— Marcos, será que nosso querido Chico está comemorando algo especial? Depois que revelaram o segredo, poucas vezes Martín tocou na torre... Isso é o que nós sabemos...

— Também, minha Rita, demoramos demais para vir visitar meu amado Pai Chico. Depois que mamãezinha foi embora, eu errei em não vir mais vezes...

— É, Marcos, o tempo passa, e nós sempre voando pra lá e pra cá... Muitas vezes falei que estamos longe das pessoas que amamos, e que nos deram tanto amor. Longe do seu Chico, longe da minha irmã, do meu pai, e de minha mãe...

— Teremos que consertar isso, minha Rita. Agora, quero ver seu Chico... Estou curioso por saber qual o motivo para esse evento!

— Marcos, meu amor, tranca o carro, depois pegaremos as malas. Já estou com fome e sede.

Teriam que ultrapassar todo o estacionamento, que estava lotado, para ir em direção ao acesso principal da pousada. Enquanto caminhavam de mãos dadas, as luzes, os refletores chamaram sua atenção. Nos arredores da pousada, havia um espetáculo de cores. Era perceptível, todos os que chegavam pelos caminhos admiravam-se do palco formado pela natureza.

A brisa que vinha do mar era suave, as folhagens pareciam bailarinas que dançavam diante dos refletores. Assim que Marcos e Rita acessaram o saguão da Pousada, Betti os viu e correu ao seu encontro...

— Que maravilha! Que bom que vocês estão aqui! Faz dias que... — Betti segurou seu pensamento, abraçou os dois. — Como estão vocês?

— Estamos bem! — disse Rita enquanto a abraçava.

— E você, Marcos? Como vai?

— Bem, tudo bem, Betti!

— Venham, seu Chico está no escritório. Ele vai ficar muito feliz com a surpresa. Ele... — Betti fez reticências.

— Vamos — disse Marcos conduzindo Rita, seguindo Betti.

Quando ultrapassaram a porta do escritório, seu Chico deu um grito de alegria. Martín colocou o fone no gancho. Ambos não acreditaram no que viam. Estavam, pela enésima vez, tentando localizar Marcos pelo telefone. E agora ele estava ali à sua frente. Seu Chico foi quem falou, enquanto caminhava ao encontro do filho.

— Filhos queridos, há quantos dias estamos tentando falar com vocês! — e enquanto os abraçava, acrescentou: — Quase fui embora sem poder abraçá-los mais uma vez!

— Como ir embora, meu querido pai?

— Aconteceram fatos esses dias, filho!

— O quê, pai? Você está tão bem!

— Depois te conto... Deixa abraçar minha querida Ritinha! — seu Chico abraçou a nora querida.

— E você, meu irmão Martín, como vai? — Marcos sempre o chamou de irmão.

— Bem-vindo! Estou bem, meu irmão Marcos! E você, como vai? Andou se escondendo? Não conseguimos encontrá-lo! Faz dias, ligamos para todos os seus endereços e nada... — na confusão efusiva de abraços, Martín cumprimentou também Rita.

— Estamos voando mais que beija-flor, Martín. Os negócios... Mas está tudo bem!

— Meus filhos! Que boa surpresa! Vocês não sabem a alegria que me dão ao revê-los neste dia! Mas venham, vamos nos sentar. Quero saber de vocês, estão bem? E os negócios, as exportações? A saúde? Tudo bem?

— Nós estamos bem, pai! Fiquei preocupado com essa procura intermitente que Martín me falou... O que aconteceu? Ou o que está acontecendo? Vi gente chegando, e perguntaram-me onde o fantasma do trompete tocaria... — Marcos olhou para Martín com um sorriso questionador. — Foi o que me pediram quando desci do automóvel lá no estacionamento...

— Realmente, tem um combinado por aí... E olhem para o relógio: são 9 horas, não temos muito tempo, filhos... às 10 horas, se o fantasma não se atrasar, deve fazer seu trompete calar a natureza para ouvi-lo... — seu Chico olhou para Martín com um sorriso, e continuou: — Vocês devem estar com fome, vamos tomar um café. Depois do trompete, poderemos conversar, vai saber das novidades, e mataremos a saudade... Virá o amanhã, quando estaremos mais descansados... — seu Chico fez reticências.

— Pai, meu querido, não sei se vou conseguir ouvir o trompete com todo esse suspense, algo aconteceu?... Estou preocupado! Meu pai...!

— Vamos, minha Ritinha. Ah! Quero fazer uma pergunta: quando vou ganhar mais um neto? Tenho os filhos de Vítor e de Martín, agora espero os de vocês... — seu Chico ficou emocionado ao lhe fazer essa indagação.

— Meu querido sogro, estamos pensando que já está na hora de pedirmos um filho para a cegonha... — e todos riram.

— Está bem, não demorem... Agora vamos, vocês devem estar com fome — e pela mão, conduziu à frente Ritinha.

— Vamos, seu Chico, na verdade estou com fome, já havia dito para o Marcos. Será que dá tempo para um café e uma salada de frutas?

— Claro que dá tempo, Ritinha... Você, Martín, pode deixar tudo aí e vai... Você tem algo muito importante a fazer... E ninguém sabe fazer igual...

— Bom, *padrecito, muchas gracias...*

— Martín! — exclamou Rita. — Esta noite promete, eu quero matar a saudade do trompete fantasma — e todos sorriram.

Marcos quase teve que correr para alcançar o pai e a esposa. Assim seguiram, abraçados, pai, filho e nora, rumo ao restaurante. Os três falando ao mesmo tempo, e se entendiam... Havia muitos fatos para serem contados de ambos os lados. Enquanto seu Chico, Marcos e Rita fariam lanche, Martín foi se preparar para o trompete. Teria que conferir alguns detalhes além dos que já tinha providenciado. Pediu para o Casquinha isolar as proximidades da torre, deixar encoberta a entrada camuflada para a subida, e deixar todas as luzes da torre apagadas. Apenas as luzes indicativas dos caminhos e a luz do luar seriam suficientes; estas desenhariam a paisagem por entre os jardins e o coqueiral. Pediu também que fosse checado o amplificador, e tudo o que já tinha sido instalado para o show. Mesmo que muitos soubessem quem fora o trompetista fantasma, Martín queria sentir a reação dos que nunca ouviram seu trompete. Por isso tinha pensado em inovar, mesmo para os que já conheciam a história. Há muito que, nos shows na pousada, com a sonoplastia do Casquinha, ele usava *playback* para seu trompete, depois que parou de tocar às escondidas. Pela primeira vez, fora da pousada, usaria esse recurso com a ajuda do seu parceiro Casquinha, e ele faria o solo em todas as músicas. Hoje seria o dia mais especial de todos os que ele já havia tocado, por isso, usaria esse recurso, atendendo a um pedido particular de um hóspede especial, o doutor Augusto. Havia ainda a presença de Marcos, de Rita, que deixaram seu *padrecito* muito feliz com sua repentina chegada. Havia a presença de seu amigo e irmão Vítor com toda a família. E, como destaque especial, seu *padrecito* Chico, o motivo mais relevante, considerando que estava se recuperando do enfarte. Seu *padrecito* foi o admirador de carteirinha do seu projeto e patrocinador da ideia da torre, lá dos tempos idos, quando ainda tinham a companhia de dona Sílvia.

Às dez horas, Martín subiu à torre pela passagem secreta, que só ele e Casquinha conheciam. Chegou ao tablado, onde a visão era de 360 graus; essa noite, ele não se esconderia para tocar. Ficaria bem ao centro do palco, o amplificador com quatro alto-falantes espalharia o som pelos quatro pontos cardeais. A lua brilhava soberana no límpido céu. O coqueiral balançava suavemente, parecia que, mais uma vez, a natureza estava pronta para ouvir, como tantas outras vezes ouviu, o som de seu trompete amado. Martín não olhou para os jardins que circundavam a torre, para identificar quantos estariam aguardando para ouvir o que viria lá do alto da torre. Na penumbra, e pelo silêncio que reinava, fez de conta que tocaria somente para a lua. Mas no coração Martín guardava muitos nomes de pessoas queridas; muitas estavam longe, e outras estavam ao pé da torre... Entre elas, sua amada Betti e seus tesouros: Mateus e Violeta.

Ao seu sinal, Casquinha ligou os amplificadores e o microfone. Uma tênue luz iluminava no seu pedestal onde se encontrava a sequência da seleção especial para a noite. Martín tocou, como nunca havia tocado. Dentro de sua cabeça, lembrou o primeiro dia que ouviu um trompete, lá naquela noite distante, em São Domingos. Uma após a outra, ele tocou, acompanhado da sonoplastia do Casquinha: *Jesus Nazareno, Soleado, A Ti me consagrei, Grandioso és Tu, T'em vas, I have a dream, Tema de Lara, Mississipi, Santa Maria de la Mar, Canção por Adeline, Dolannes melodie, Conserto para um verão, No llores por mí, Argentina, Balada para uma saudade* e *O silêncio*.

Enquanto Martín tocava *Conserto para um verão*, ele ouvia as gaivotas... Enquanto tocava *No llores por mí, Argentina*, era ele que chorava... Quando tocou *Balada para uma saudade*, lembrou de toda a sua família... E por fim, cansado pelo esforço, e para encerrar o show, numa concentração total, tocou **O silêncio**. Assim que terminou sua seleção, tudo ficou em silêncio... Seus espectadores, por segundos, esperaram a próxima música. Porém, quando perceberam que o espetáculo havia terminado, ecoou pelo coqueiral a vibração, os aplausos e os gritos de bravo, bravo... Ele não fazia ideia de quantos estavam ao pé da torre. Martín exausto deitou-se no tablado, olhando para o céu, onde a lua brilhava soberana entre milhões de estrelas. Não disse uma palavra. Casquinha, por sua vez, olhou para o amigo, bateu palmas, aproximou-se, apertou-lhe a mão, deu-lhe um abraço, e disse:

— Amigo, acabo de testemunhar um ato bravíssimo!

— Obrigado, amigo Casquinha! *Gracias por tu ayuda!*

Casquinha desligou os aparelhos e sentou-se recostado ao parapeito da plataforma. Não havia necessidade de acrescentar qualquer comentário. Olhando para Martín, imaginou a viagem que ele fizera nessa noite memorável, pois conhecia bem sua história... Martín deslizou para o tablado... Os dois acordaram quando o sol surgia no horizonte distante, pintando nuvens que eram refletidas na dança das ondas do mar.

— Bom dia, Casquinha! Você dormiu aqui?

— Bom dia, Martín! E você, onde dormiu?

E os dois riram muito.

— Casquinha, veja a grande estrada que o sol marca no oceano! Fico lembrando a longa estrada que me trouxe até aqui! E o que mais quero é um dia fazer a estrada invertida para reencontrar: *mí mamá, mi padrecito y mis hermanos!*

— Esse dia vai chegar, você vai ver...

— Tá bom! Agora vamos, Betti deve pensar que voei com as gaivotas...

— Quanto a mim, meu amigo, a não ser o trabalho, hoje ninguém me espera, ninguém sentiu minha falta esta noite... — disse Casquinha.

— *Tu hora llegará, amigo, tu corazón va a caer por una niña...*

— *Cada cosa en su teimpo, mi hermano!*

Desceram da torre, e foram para seus postos de trabalho. A pousada estava fervendo. Primeiro foi ao encontro de sua Betti, abraçou-a e beijaram-se. Foi abraçar os filhos que estavam despertando para ir ao colégio. Betti disse que não dormiu, porque o trompete ainda ecoava em sua cabeça.

— Amor, aguardei impaciente que você chegasse para descansar.

— Eu estava esgotado, estirado no relento, acordei quando o sol apareceu. Casquinha, tadinho, dormiu também no tablado da torre. Preciso de um banho para me refazer.

— Parabéns, meu trompetista! Te amo!

— Também te amo! Vamos que o dia vai ser longo — um beijo, e cada um foi para seu lado.

De cada colaborador que Martín encontrava, recebia elogios... Bravo... E aí? O fantasma apareceu... Batiam palmas. E assim foi o dia todo, com todos os que o conheciam... Dos que não o conheciam, assim que era apresentado, recebia os melhores elogios sobre o show da noite. Foi emocionante ouvir aquele som, vindo do alto, alguns diziam... Apesar do reconhecimento pelo seu dom, nada disso alterou a rotina de Martín, que continuou com sua tradicional simpatia, desejando um bom dia para todos. No escritório, encontrou seu Chico, Marcos e Rita, que estavam numa conversa animada. Assim que Martín entrou, todos vieram para lhe dar os parabéns; deram-lhe um abraço e revelaram a emoção de ouvir aquele som que parecia vir das alturas... O fantasma fez um espetáculo, produzido com muita qualidade e perfeição... disseram.

— Obrigado! É que o fantasma não estava sozinho — riram. — Devo muito ao nosso sonoplasta Casquinha! Tentamos fazer o melhor, a plateia era muito especial...

— Meu filho Martín, foi sensacional, o doutor Augusto me segredou que vai voltar feliz para casa, e que vai guardar no coração essa noite... Dona Leia disse que chorou quando ouviu *Não chores por mim, Argentina*, ela sabe de sua história. Ela lembrou que um dia minha Sílvia lhe contou tudo, inclusive sobre a escultura... — seu Chico se emocionou, pegou a escultura na mão, acariciou-a e a colocou ao lado do porta-retratos.

— Ah! Meu querido pai! — Marcos deu a volta na mesa do escritório, abraçou-o — ninguém conseguiu dizer mais nada. Depois de um silêncio de meditação, Rita disse:

— Gente, vou caminhar um pouco...

— Eu tenho que ver com Betti, a lotação da pousada está esgotando nosso estoque, temos que correr para manter a máquina funcionando... Tchau, gente, fui...

— Vai, filho, enquanto eu e Marcos vamos colocar em dia nossa conversa.

— Vai ser de pai para filho, né. seu Chico! Ainda tem coisas que estão meio camufladas... — Marcos disse.

Os cinco dias passaram correndo, Marcos ficou preocupado quando lhe foi contado tudo o que aconteceu com seu pai. Fizeram reuniões, com Vítor, com Martín, com os gerentes de cada setor. As duas pousadas haviam crescido, a estrutura de opções de lazer exigia cuidados de manutenção e providências repentinas. Por isso, a responsabilidade particular de cada setor exigia a máxima atenção. Os hóspedes tinham que ser atendidos com esmero, e não era aceitável que algum dos serviços oferecidos nos pacotes não fosse cumprido à risca. Foi a preocupação com a saúde do seu Chico que alterou alguns comandos. Martín e Vítor foram nomeados como responsáveis para tomar todas as decisões, eximindo seu Chico de qualquer envolvimento na administração. Foram providenciadas, inclusive, procurações para que seu Chico fosse representado em todas as instâncias.

— Então, Martín e Vítor, eu não posso voltar atrás, meus negócios estão indo de vento em popa. Meu pai sempre soube que meu mundo é maior do que este, apesar de aqui ser um paraíso, não consigo ficar preso aqui. Vocês sabem disso...

— Fico feliz que você está se realizando no seu negócio, filho. E eu, de minha parte, tenho toda a confiança nesses outros dois filhos que o mundo me trouxe... Eles sabem o que fazer, e como fazer.

— Obrigado pela confiança. Da minha parte, seu Chico, lhe garanto, pode ficar tranquilo, minha gratidão é eterna. Conte comigo para tudo... — disse Vítor.

— Quanto a mim, *padrecito*, o que seria da minha vida se não o tivesse encontrado? *Padrecito*, lhe devo tudo o que sou! Desde o dia que o senhor se propôs a fazer os documentos para me tornar um cidadão brasileiro, senti que tinha encontrado o caminho certo e a segurança de que precisava. Obrigado e podem contar comigo — disse olhando-o nos olhos.

— Bem, senhores, creio que em dois dias poderei retornar para meus compromissos tranquilo. Tenho certeza de que meu querido pai, que se recuperou do susto, está com os melhores assessores do mundo.

— Absolutamente certo, filho!

— Então, pessoas de palavras não fazem documentos, apenas se apertam as mãos para selar um contrato — disse Marcos.

Quatro pessoas, de palavra, no centro do escritório, apertaram-se as mãos, e selaram um compromisso mútuo de colaboração. Com o objetivo de manter firme e forte o empreendimento denominado "Pousada das Ostras" em seus dois endereços. O primeiro dia, após tudo formalizado e organizado, estava anunciando o entardecer. E, como todo entardecer sempre nos leva algo, de ruim ou de bom, também este não seria diferente. Hoje levaria um dos hóspedes mais queridos do seu Chico: o doutor Augusto fizera as malas, e encerrava sua temporada de férias. Com as malas prontas, enquanto ele aguardava o táxi que o levaria para Recife, fez mais uma inspeção pelo saguão da pousada, parou diante do mural dos perdidos e achados. Sempre mais objetos se juntavam à coleção: crucifixos, relógios e pulseiras, entre os demais, e lá estava a histórica "metade da nota de cinco *pesos*". Depois de olhar tudo atentamente, foi até Martín para se despedir.

— Martín quanto tempo faz que você guardou a metade da nota de pesos?

— Doutor Augusto, já se passaram vinte e seis anos, se não errei na conta. E eu nunca esqueci a outra metade da nota. Espero um dia reencontrar meu amigo.

— Um dia vocês se reencontrarão, Martín.

— Confesso, doutor Augusto, que, se não fosse a confiança e o crédito que me foi dado por Alan e sua família, naquele distante dia, não sei se estaria aqui hoje.

— Tem muita gente boa neste mundo...

— Eu estava desesperado e com fome... Não quero lembrar... Desculpa, doutor Augusto.

— Recordar é viver, Martín! Tem passagens da vida que a gente recorda e, por elas, nos mantemos de pé, firmes para continuar. E desta vez vou levar comigo, daqui, além da saudade deste lugar maravilhoso... Uma lembrança a mais...

— Doutor Augusto, somos gratos pela confiança e pela escolha da Pousada para passar suas férias. Esperamos tê-lo atendido a contento. Muito obrigado. Ficaremos sempre aguardando sua volta.

— Até a próxima vez, se Deus quiser, deixo meu abraço para Betti e a todos os que nos atenderam tão bem nestes dias. Vou abraçar meu amigo Chico.

— Aqui estou, meu amigo — enquanto se despedia de Martín, seu Chico estava chegando. — Gostaria que ficasse mais alguns dias conosco, doutor.

— Tem hora de chegar e hora de partir, hoje é dia de partir. Até um dia, que Deus te proteja, seu Chico. Cuide-se, faça uma caminhada por dia, sempre aumentado o trajeto. Esse coração precisa ficar forte.

Capítulo 24

UMA DESPEDIDA

Antes do abraço de despedida, o doutor Augusto bateu levemente no peito de seu Chico, como se dissesse, "força, coração". Dona Leia também se despediu, enquanto as malas eram carregadas no táxi. Seu Chico não conseguiu dizer mais nenhuma palavra, pois estava muito emocionado. Mais recomendações da parte do doutor, e o táxi partiu. Esse táxi não levaria apenas dois hospedes, mas levaria dois grandes amigos. Nunca houve lágrimas nos rostos dos que se despediam na pousada, pois eram tantas as despedidas, mas essa vez elas rolaram...

No dia seguinte, haveria mais uma despedida, Marcos e Rita voltariam para Recife e, mais um dia, voariam para a Espanha. Num momento, seu Chico pedira ao filho que se demorasse mais um pouco na pousada. A princípio, Marcos não disse nem que sim nem que não, por um instante ficou calado e pensativo... Enquanto o pedido para se demorar mais, antes da partida, martelava na cabeça, Marcos e o pai, juntos, lentamente um ao lado do outro caminharam pelas trilhas em meio ao coqueiral. Pai e filho, filho e pai, sem palavras, respiravam o ar puro. Só a presença um do outro parecia suficiente... Estava visível e sensível que ambos necessitavam da companhia um do outro. Enquanto caminhavam, um colaborador da pousada que fazia limpeza, ao vê-los, preparou dois cocos para que sorvessem sua água. Os passos eram lentos, nada de pressa, quem os via, pai e filho caminhando lado a lado, poderia ter pensado: como seria bom se pudéssemos parar o tempo agora...

Era um momento que lhes pertencia, integral e exclusivo. Eles não sabiam, mas se soubessem, pai e filho, o que estava para acontecer, eles tentariam parar o relógio, congelariam o tempo, para ficarem um pouco mais juntos... Mas não existe poder humano que possa deter o tempo... E ninguém sabe o que vai acontecer nos próximos minutos... Seu Chico confessou ao filho que sentia o corpo pesado... Para descansar, sentaram-se em um dos bancos mais próximos do mar. As ondas calmas vinham acariciar a areia, a poucos metros de onde estavam. O mar mudava de cor, diversos tons de azul, verde-esmeralda, isso acontecia todas as tardes, a paisagem era mágica. Seu Chico comentou:

— Isso é lindo demais! Não parece um pedaço do paraíso, filho? Há tantos anos que descobri este lugar, e nem um dia deixei de amar esse presente de Deus!

— É lindo demais, pai! Tens razão, paizinho, é lindo demais!

Tomaram toda a água de coco, recordaram o passado. Da infância de Marcos, dos sonhos realizados e dos sonhos interrompidos. Seu Chico confessou para o filho que sentia muita falta de sua Sílvia; que, apesar do tempo, a lembrança estava viva demais e a saudade era sem fim... Marcos tentou consolar o pai, porém, sabia que as palavras eram como a brisa que vinha do mar, suavizavam, mas não curavam a dor. Marcos percebeu que o pai estava cansado. Ele mirava com os olhos fixos lá no horizonte. Havia algo estranho... O pai levantou a mão, como se quisesse acenar, como se alguém estivesse se aproximando da praia... E disse:

— Filho, é miragem ou é real? Aquele barco branco que vem balançando suavemente em nossa direção?

— Qual barco, pai? Não vejo barco, paizinho!

— Olha, filho, é um barco!

— São apenas as gaivotas que estão voando diante de nós... — Marcos apertou os olhos para ter certeza de que não via nenhum barco. — Paizinho, são gaivotas...

— Não, não, olha! Marcos, é um barco e tem uma mulher acenando... Parece ser minha Sílvia... Sim, é Sílvia! — seu Chico levantou a mão e acenou, depois sua mão caiu...

— Pai! Pai! Paaaiiiii! — e seu Chico teve que ser amparado pelos braços do filho.

O mundo desabou. Num instante pai e filho estavam juntos, no mesmo plano da natureza, em segundos foram separados. Há pouco um falava, outro ouvia. Segundos depois, um não falava e não ouvia. Marcos entrou em desespero. Gritos foram ouvidos pelos que caminhavam alheios por entre o coqueiral. De todos os lados, acorreram; há pouco tempo, ali estavam apenas um pai e um filho; agora, dezenas de pessoas vieram prestar socorro... Um correu para a pousada... Outro fazia massagem cardíaca... Massagem cardíaca... Massagem cardíaca... O filho tentou respiração boca a boca... O tempo passou... Nenhuma reação do pai do filho desesperado... E a luta estava perdida. Seu Chico, o homem de coração de ouro, estava morto.

E o entardecer desse dia, na Praia dos Carneiros, levou consigo uma vida, a vida de seu Chico...

Como de praxe, o corpo do seu Francisco foi levado ao hospital da cidade para fazer um exame de causa-morte para emissão da certidão de óbito. Quando o sol se escondeu no horizonte, a Pousada das Ostras vestiu-se de tristeza, o patrãozinho Chico, como era tratado com carinho por seus colaboradores, partia definitivamente, sua voz doce e amiga calar-se-ia para sempre. A Tamandaré toda também já sabia da morte de um dos seus cidadãos honorários mais queridos. O prefeito imediatamente entrou em contato com a pousada, oferecendo a Câmara Municipal como local para o velório. Betti foi quem atendeu, e logo levou ao conhecimento de Marcos a intenção do chefe do poder executivo. Marcos aceitou; no momento de tamanha dor, não chegou a imaginar por que aquele ato de solidariedade. E assim foi feito, quando eram onze horas da noite, o caixão de senhor Francisco foi colocado no auditório da Casa de Leis de Tamandaré. Marcos, Rita, Martín, Vítor e todos os colaboradores, das duas Pousadas dos Corais ficaram impressionados com a fila de pessoas que aguardavam o velório do Pai e Patrão. No princípio, não entenderam a repercussão que o passamento teve entre a população.

Porém, no dia seguinte, entenderam. As homenagens que foram prestadas pelas autoridades e por todos os clubes de serviço social deixaram atônitos os que trabalhavam para o senhor Francisco. Marcos e Rita, Martín e Betti, Vítor e Lara, ao verem essas homenagens, sentiram-se pequenos diante da grandeza do seu Chico, que escondera tão secretamente a bondade de seu coração. Ninguém da pousada sabia do seu altruísmo. A cidade toda vinha dar as condolências pela perda irreparável. Todos o travavam com muito respeito pelo seu nome, não se referiam a ele pelo apelido. Num discurso de despedida, emocionado, o prefeito exaltou o altruísmo do senhor Francisco, fez uma relação infindável das suas obras em prol do progresso de Tamandaré. Foi lembrado como o primeiro empreendedor, que acreditou no potencial turístico da Praia dos Carneiros. Foi seu Francisco que abriu o caminho para o progresso da região. "Já se passaram tantos anos desde que aqui chegou", enfatizou o prefeito. "Tamandaré não vai esquecer o senhor Francisco Valverde!" Se a perda do pai, do *padrecito*, do patrão, causara tanta dor à família; por outro lado, esse reconhecimento os confortava pelo tamanho amor que todos lhe tinham. Acabara de se confirmar, não como surpresa para os que conviviam diariamente com ele, que sua bondade ultrapassara as fronteiras das pousadas.

Assim terminou a trajetória, na Praia dos Carneiros, do *padrecito* de Martín, do pai de Marcos, senhor Francisco para a cidade de Tamandaré. "Seu Chico", para todos os que passavam e para os que se hospedavam na Pousada das Ostras. Semeou a boa semente, e os frutos estavam sendo colhidos. Após o sepultamento, na tarde do dia mais triste da pousada, todos reunidos ao pé da torre fizeram uma prece. E, quando as estrelas já pontilhavam o céu, Martín, lá no alto, tocou em seu trompete mais uma vez, *Uma balada para saudade*. Antes de descer da torre, ele olhou o céu demoradamente até encontrar duas estrelas, bem juntinhas, que as identificou como sendo dona Sílvia e seu Chico, que agora ficariam para sempre juntos novamente. E falou sozinho:

— Que as estrelas que brilharam aqui continuem brilhando no céu! Mesmo que pareça fantasia, tudo isso me traz recordações... — e chorou sozinho.

Houve uma mudança repentina nos projetos da pousada. As reuniões feitas há poucos dias tornaram-se sem efeito. Marcos adiou seus compromissos, se reorganizou para ficar até o sétimo dia na pousada. Nesses dias de tristeza, pós a perda do seu Chico, houve um empenho de todos para manter a pousada em pleno funcionamento. A dor tinha que ser superada. Nem Marcos nem Martín tiveram tempo para pensar sobre o futuro da pousada. No sétimo dia, aconteceu uma celebração em memória de seu Chico na capelinha da praia. No oitavo dia, Marcos disse que não podia mais adiar seus compromissos, que teria que viajar. Estavam no escritório os três: Marcos, Martín e Vítor.

— Meus irmãos, vocês sabem que eu nunca quis me prender aqui, agora que meu pai se foi, acho que ficou ainda mais desolador... — ele chorou.

— Calma, irmão Marcos, a vida continua, a pousada não pode ser abandonada, agora dependemos de sua orientação — disse Martín.

— Aqui existe todo o sonho do seu Chico... — disse Vítor, com a voz embargada, sem completar o pensamento.

— Marcos, você é o único herdeiro da pousada. Você vai nos dizer o que deve ser feito — Martín falou.

— Meus irmãos, eu tenho meu negócio, meu pai sabia, eu já tinha lhe falado que não queria mais nada disso daqui.

— Só que agora houve essa triste e repentina mudança, Marcos... — Vítor observou.

— Não, não, não vou mudar meu projeto, meus irmãos... Vamos fazer o seguinte... — Marcos entrelaçou as mãos, cotovelos sobre a mesa, e ficou pensativo.

— *Mi hermano, ahora recuerdo, padrecito guardó em la caja fuerte un sobre sellado. Dijo que, sí um día no estaba, para abrirlo. Seria a eso que se refria? En el día que dijo, no entendí...* — ainda, em casos de estresse, Martín, sem querer, usa o espanhol...

— Ah! *Su Chico!* Vamos lá, *hermano, tírelo para nosotros...* — pediu Marcos.

— Um momento... Aqui estão as chaves... — em segundos, o envelope estava nas mãos de Marcos.

Marcos pegou o envelope, era uma capa rígida, mais para lona do que papel. Não havia nenhum nome ou referência, apenas no fecho um barbante com diversos "nós" e sua pontas cobertas por uma camada de cera e um carimbo em relevo: Pousada das Ostras. Ele acariciou o envelope, com certeza imaginando como seu querido pai o havia lacrado e se perguntando por que o lacre. Três pessoas no escritório, um envelope e uma expectativa...

— Faremos a vontade de nosso *padrecito...* vamos tirar o lacre e ver o que contém... — e assim Marcos fez, depois retirou o conteúdo, havia escrituras e duas folhas datilografadas... — *Sin secretos para mis hermanos... Aqui dice...* — e começou a ler:

****

De: Francisco Valverde

Para: Marcos Valverde

Marcos, meu filho querido, sei que você vai abrir este envelope. Sei que, você não estando aqui, e talvez demore em vir, no dia em que EU não estiver, sei que nenhum dos meus filhos, Vítor e Martín ou Martín e Vítor, os dois são da mesma importância para mim, nenhum deles o abriria. Meu filho, há muito você abriu mão da Pousada. Todas as vezes que conversamos sobre o assunto, e que lhe pedi para ficar, você deixou claro que aqui não é seu lugar. Sempre me deixou feliz por saber que você está bem com seus negócios. Sempre demonstrou sua gratidão pelo apoio que lhe dei na construção de sua independência financeira. Garantiu que tinha o suficiente, para você, Ritinha e para os filhos que vierem. Não sei se, quando abrir este envelope, já tive a graça de ver meus netos de sangue... se até então não os tiver, com certeza outros eu já os tenho, que são os filhos de Martín e de Vítor... por enquanto sou feliz assim... apesar da falta que me faz tua mãe, minha esposa amada Sílvia... Fazer o quê, meu filho querido? A vida é assim: de um em um, viemos! De um em um, vamos embora! Sabe, meu filho: sem ter que repetir, sempre amamos você, Sílvia e eu, desde o dia em que soubemos que viria fazer parte de nossa vida.

Marcos, você sempre foi claro quanto à consideração que tem para com meus outros dois filhos: Vítor e Martín, e isso me enche de orgulho. Você sempre disse que os considera seus irmãos, e que os elegeu como meus esteios fortes na sustentação das pousadas. Não vou me estender mais sobre nossa convergência sobre os assuntos inerentes à família, a negócios. Temos criado uma consciência de que dinheiro não é prioridade, e que isso tem pouco valor perante nossos princípios.

Filho, não vou escrever nada nem fazer qualquer referência à atitude que deve tomar neste dia. Confio em você... Aqui tem os documentos de todos os nossos direitos de propriedade, deixei o testamento. Portanto, dê-lhe o destino que bem lhe convier. Adiantei-me ao tempo... Marcos, meu filho, se dissesse o que deve fazer, isso significaria que não confio em você, então que nosso Deus o abençoe... Sempre o amei e continuarei amando-o de onde eu estiver. Como diria Martín:

Que Dios los bendiga!
De tu Padrecito,
Francisco Valverde

****

Assim terminou a carta de seu Chico para o filho Marcos. Assinatura com firma reconhecida num cartório de Recife, dia, mês e ano.

Fez-se um longo silêncio, lágrimas foram secadas, ninguém queria ser o primeiro a falar; pelo sim, pelo não, a decisão do futuro de Martín e Vítor estava nas mãos de Marcos. Mas, em nenhum dos dois, surgiram dúvidas quanto ao risco de perder seus empregos. Marcos já havia dito antes da leitura que queria partir urgentemente e que por nada permaneceria na Praia dos Carneiros. Foi Marcos que falou:

— Então, vocês ouviram o que nosso *padrecito* deixou escrito?...

— Ouvimos, Marcos! — os dois, respondemos em uníssono.

— Então, *mis hermanos*! Enquanto eu lia, já fui tomando a decisão, não posso me demorar.

— Marcos, pode viajar, nós daremos continuidade na condução das pousadas, exatamente como fazíamos quando seu Chico viajava. Não é mesmo, Vítor?

— Com certeza, Martín! Nada mudará quanto à nossa responsabilidade. Hoje estamos juntos, com Marcos! — Vítor confirmou sua lealdade.

— *Muy bien! Yo ya sabía que podría contar con ustedes, mis hermanos! Pero, antes de viajar a Europa, voy a quedarme dos días em Recife. Voy a pedir al inventariante que haga todos los documentos... Cómo dices, Martín?* — e todos riram, sabiam de quantas vezes sem conta que Martín usava o espanhol.

— *Puedes* viajar tranquilo, Marcos... Enquanto pensas, nós cuidaremos das pousadas... Né, Vítor? — disse Martín.

— Com certeza, Martín! Seremos os guardiões das pousadas! — Vítor falou.

— Ok! Tem um problema, antes de viajar para a Europa, vocês terão que assinar os documentos que pedirei para serem preparados lá na capital. Com documentos teremos a garantia de que o que agora vamos combinar será cumprido. Talvez até façamos um contrato de trabalho...

— Você que manda, Marcos — os dois responderam juntos.

Marcos ficou mais uma hora em reunião com seus irmãos adotivos. Recomendou que, para que o sucesso tivesse continuidade, a prioridade seria o atendimento aos hóspedes. Não esqueceram de enaltecer a consideração que seu Chico nutria por cada colaborador. Depois de tudo combinado, Marcos e Rita partiram.

Na capital, Marcos foi até o inventariante, recomendou tudo o que deveria ser feito. Mais um dia e tudo estava pronto, leu e releu os documentos, tudo estava conforme sua solicitação. Com Rita assinaram e reconheceram as assinaturas. Depois, Marcos ligou para Martín e Vítor, passou o endereço onde deveriam assinar os documentos, e informou que estavam embarcando. Despediu-se, com as recomendações de Rita, desejaram-lhes ambos sucesso na administração das pousadas. E prometeram-lhes que quando retornassem os visitariam.

Capítulo 25

UMA SURPRESA

Conforme combinado, Vítor e Martín deslocaram-se para Recife. No endereço indicado, foram assinar os documentos segundo as orientações do *hermano* Marcos. Durante a viagem, recordaram seu Chico sobre seu altruísmo secreto. Consideraram que foi ótima a intenção do Marcos

— Agora que Marcos vai ficar por muito tempo ausente, mais do que seu Chico ficava, é bom fazermos um contrato de trabalho — disse Vítor.

— Sabemos que não vai alterar nossa reponsabilidade, mas concordo plenamente, Vítor.

Ao chegarem ao endereço, após identificação, a recepcionista os encaminhou para uma sala de reuniões. O inventariante mais o advogado os receberam com um sorriso largo nos lábios. Cumprimentos de praxe, e poucas palavras fora do protocolo foram ditas. Imediatamente, o advogado lhes entregou os documentos para que fossem assinados. Ambos, imediatamente, reconheceram que os documentos não representavam nenhum contrato de trabalho, e sim tratava-se de escrituras públicas.

— Tem algo errado, doutor? Não tenho poder para assinar uma escritura! — reclamou Martín.

— O que está acontecendo? Estamos no lugar errado? — disse assustado Vítor.

— Não, vocês estão no lugar certo, na hora certa... Marcos nos ditou todas as palavras, seguimos à risca sua orientação. Marcos e a esposa Rita já assinaram e reconheceram a assinatura, vejam: eles tiveram que viajar. Podem ficar à vontade, e fazer a leitura de todos os documentos, depois poderão assinar se tudo estiver de acordo.

Uma escritura pública lavrada e registrada, conforme a lei, transferia todos os direitos de propriedade das Pousadas das Ostras para Martín Gonzáles e Vítor Castanha, com porcentagem igual, de cinquenta por cento para cada um. Vítor e Martín tornavam-se assim legítimos proprietários das Pousadas da Praia dos Carneiros. Ao terminar a leitura, quase tiveram um enfarte. Não acreditavam no que tinham acabado de ler. Porém, com a confirmação de que esses documentos representavam a vontade irrevogável e irrestrita de Marcos e esposa, eles poderiam dar seu ciente, e reconhecer as assinaturas. Assim, cumpriram o ritual conforme orientação do inventariante e do advogado. Agora, as escrituras seriam encaminhadas para as devidas providências da expedição das matrículas no registro de imóveis. O advogado prometeu que avisaria quando tudo estivesse pronto e ainda salientou que todas as custas estavam satisfeitas.

Os dois fiéis escudeiros agradeceram ao advogado pelas orientações e providências. Agora, retornavam para a Praia dos Carneiros, meio que anestesiados, eles não estavam entendendo o que havia acontecido na capital. Jamais pensaram que poderiam tornar-se um dia herdeiros do seu Chico. Sempre o consideraram como um pai, mas essa agora fora demais... E da parte de Marcos, que atitude!

— Que desprendimento de Marcos, Vítor!

— Tal pai, tal filho, Martín!

— Martín, jamais sonhei que um dia isso poderia acontecer!

— Nem eu, Vítor! Nem sei como vou contar para Betti.

— Também não sei como direi para minha Lara. Saber que hoje somos donos das duas Pousadas! É demais, hein, Martín?

— *Vítor, ahora seremos más que hermanos, seremos socios.*

Martín e Vítor combinaram que não revelariam aos seus colaboradores por enquanto que se tornaram os legítimos proprietários das Pousadas. Deixariam para o futuro, e em tempo oportuno. Prometeram que em nada seria alterada a rotina, nem o modo de administrar. Sabiam que, a partir de agora, poderiam delegar responsabilidades diferentes e contratar um gerente para o caso de um dos dois ter que se ausentar. Todos entenderiam, pois a falta de seu Chico abriu uma lacuna na hierarquia das Pousadas. Assim aconteceu. Em poucos meses, cada um ajustou a falta do seu Chico. Não tinha como esquecê-lo, nem como substituí-lo, mas os negócios tinham que seguir... Os bons ventos traziam turistas de todos os lados do Brasil, a fama das belezas da Praia dos Carneiros multiplicava-se e as Pousadas estavam sempre lotadas. Tudo estava bem, as crianças crescendo, a segurança e a estabilidade financeira.

Tudo o que aconteceu jamais passara pela cabeça do aventureiro Martín. Depois de cair a ficha, com muita conversa com Betti, foi decidido, chegara o momento de realizar o velho sonho, fazer o caminho de volta. Chegara a hora de Martín fazer o retorno ao passado. Deixaram tudo encaminhado, e com a garantia da supervisão do irmão Vítor para alguma emergência, viajariam para o sul.

Malas prontas, despediram-se dos filhos, deixando todas as recomendações. E Zeferino os levou para Recife. A primeira etapa da viagem ao passado teria como destino São Paulo, endereço: o restaurante do senhor Alfredo. Entre voo, translado de táxi, quando eram dezoito horas, estavam no estacionamento do restaurante. Martín estava emocionado. A paisagem da cidade havia mudado, o estacionamento fora ampliado e quase uma centena de caminhões estavam estacionados. Não se via mais nenhum FNM, somente outras marcas. Havia em quantia Cavalos, como se diz hoje, atrelados a carretas com quatro eixos que possibilitavam transportar até três vezes a carga dos potentes FNMs, que o tempo retirou das estradas. Ao entrar no restaurante, Martín sentiu um frio na espinha, seu Alfredo estaria ainda por lá? Perguntou-se quantos anos teria, noventa ou mais? "Ah, como eu quero que seu Alfredo esteja ainda por aqui" — Martín sussurrou para Betti. O olhar percorreu todo o recinto em busca do seu antigo amigo. Se estivesse, ele o reconheceria com certeza, falou para esposa. Havia muitos motoristas circulando. Foi para a área de atendimento, nada do seu Alfredo, não sabia que pergunta fazer... As luzes acesas anunciavam o anoitecer... Betti ficou com as malas em uma mesa do salão.

— *Buenas noches, señorita!*

— Boa noite, senhor! Sim?!

— *No sé cómo decir! O cómo preguntar... Hace muchos años conocí aquí un señor... Señor Alfredo... Lo conociste?*

— Senhor Alfredo? Sim, o vô Alfredo! Claro que o conheci e ainda o conheço. Ele...

— Quando a garçonete disse "o conheci e ainda o conheço", Martin na afobação a interrompeu.

— *Que bien! Qué bueno! Donde puedo encontrarlo?*

— Está por aí, deve estar na cozinha...

— *Me gustaría mucho si es posible hablar con él...* — Martín, nervoso, como sempre, falando espanhol.

— Um momento, vou ver se o encontro.

Martín correu até onde estava Betti, esfregando as mãos de emoção e disse:

— Seu Alfredo está! A moça o chamou de vô Alfredo... Betti, meu amor, aqui vamos começar a achar o fio...

— Olha lá — apontou Betti —, a moça está te acenando, vai...

Ele correu e a garçonete lhe informou que logo, logo o vô Alfredo viria, que ele poderia aguardar lá na mesa, e que ficasse à vontade... Não deu tempo de trocar muitas palavras de recordações de sua passagem por ali com Betti, quando um senhor de cabelos brancos, com uma bengala, e com um sorriso no rosto marcado pelo tempo, a passos lentos, aproximou-se da mesa de Martín e Betti.

— Boa noite, amigos! Como posso ajudá-los? Verinha me chamou, disse que um espanhol queria *hablar conmigo*!

— *Señor Alfredo! Sí, un argentino, que desde hace muchos años ha passado por aquí...*

— Não, não acredito! Há quanto tempo esperava esse dia! Martín, Martín voltou! — seu Alfredo o abraçou. — Nunca esqueci aquele menino... Hoje encontro um *hombre*... — seu Alfredo ficou emocionado.

— Senhor Alfredo, que alegria revê-lo! Sonhei muito com esse dia! — agora mais calmo, Martín esqueceu o espanhol. Estava muito emocionado também.

— Quem é essa senhora? Sua esposa com certeza! — enquanto falava a abraçou. — Bem-vinda!

— Quanto tempo passou, seu Alfredo? Eu queria voltar...

— Martín, eu não queria morrer sem encontrar o menino do trompete... Quando vou repousar, ainda ouço aquele som que vinha lá do seu quarto...

O passado de ambos se misturou numa enxurrada de recordações, tantos anos de espera e de procura. Todo esse tempo represou um volume considerável de perguntas que aguardavam respostas...

— Senhor Alfredo, mil vezes me arrependi de não ter levado o número do seu telefone. Apesar de que, aonde fui, não havia telefone, na época. E mais, seu Alfredo, nem sabia se chegaria, aonde queria chegar!

— Para onde você foi, Martín?

— Fui para muito longe, na verdade não sabia qual seria meu destino, pensei que seria minha extrema aventura... Preciso saber de Lino e Tina, depois lhe conto...

— Meu menino! Te digo, Lino ficou desesperado quando não o encontrou ao retornar da lua de mel. É bem verdade que demorou muito para voltar... Mas...

— Lembra, seu Alfredo, após ficarmos sem notícias do Lino e Tina, entrei em desespero, vi que mais uma porta se fechava, então, fiz minha última tentativa. Fui lá onde um dia com Lino levamos uma carga de madeira, na Praia dos Carneiros em Pernambuco.

— Foi tão longe, meu menino? Nunca fui nessa praia, mas conheço a fama... Dizem ser um lugar maravilhoso...

— Com certeza, é um pedaço do paraíso. Espero que o senhor venha nos visitar...

— É longe, mas acho que ainda tenho forças... Apesar dos meus pesados noventa anos...

— Combinaremos, seu Alfredo, levarei alguns dias para retornar, estou viajando para minha terra, irei ao encontro de minha família... Agora, sim, levarei anotado seu telefone. E quando estiver em casa ligarei, será um grande prazer recebê-lo lá na Pousada das Ostras...

— Quem sabe? Já sei quem me levaria até você, Lino e Tina!

— Estou aqui justamente por eles, Lino e Tina! Já senti um alívio por saber que tem notícias. Por isso que fiz minha primeira parada aqui. Diga-me, seu Alfredo, onde posso encontrá-los?

— Eu lhe direi. A cada poucos dias, Lino e Tina estão por aqui. Tina é como uma filha, por isso eles não passam em São Paulo sem me visitar.

— Como estão eles? Durante todo esse tempo, deve ter acontecido tanta coisa... Filhos... Mas uma coisa me perturba... O senhor poderia me contar sobre a volta da lua de mel deles, quando voltaram? Por que demoraram? Lino me procurou? O que aconteceu?

— Martín, apesar do tempo, posso te contar tudo o que aconteceu. Por isso eu não queria morrer antes de te encontrar. Pelo Lino, pela Tina, e por você, que ainda o vejo o menino trompetista...

— Não quero cansá-lo, nem lhe tomar seu tempo, mas gostaria de tirar esse peso que carrego por tantos anos. Por que Lino não voltou? Por que Lino não ligou para o restaurante?

— Meus filhos! Vamos para o jantar e eu lhe contarei. Tudo está aqui guardado. — seu Alfredo colocou o dedo na têmpora.

Durante o jantar, sem pressa o senhor Alfredo contou tudo o que aconteceu com Lino e Tina:

= = = = = =

— Foi assim: quando retornaram, perguntaram por você, então lhes foi revelado que você tinha partido. Após a informação, queriam saber para onde. Ao saber que não deixou endereço, entraram em desespero. Então tive que, primeiro, contar a eles tudo o que se passou quando ficamos sem notícias. Relatei que desci até a Baixada Santista, e que deixei endereço para a polícia me informar sobre qualquer detalhe que encontrasse. Concluí informando para Lino e Tina que você estava muito triste, e sem saber o que fazer, e que um dia partiu sem dizer para onde iria. Contei que você vendeu as últimas peças de suas esculturas e se foi. Contei que aconteceu numa manhã em que eu não estava no restaurante. E que você não revelou aos meus funcionários qual seria seu destino. Daí, Martín, lembro como se fosse hoje tudo o que conversamos. Lino me fez uma pergunta assim:

— E agora, seu Alfredo, o que vou fazer para encontrar meu parceiro? Será que ele voltou para o Sul?

— Vejam: contei tudo para eles, assim... — seu Alfredo parou, pensou, como se buscasse preciosas lembranças, depois continuou: — Naquele período em que Martín ficou esperando por vocês, ele continuou fazendo e vendendo esculturas, e não parou com seu curso de música.

E seu Alfredo disse que iria reproduzir por completo o retorno de Lino e Tina, recordando inclusive toda a conversa que tiveram.

— Martín era um garoto sensacional, jamais encontrarei outro parceiro igual, seu Alfredo, eu tinha plano de formar uma sociedade... — seu Alfredo informou que Lino começou com essa referência.

— Lino e Tina, pelo pouco que o conheci, não tenho dúvida sobre o que você me diz de Martín! Bom menino ele! Confesso que fiquei até com saudade de quando o ouvia tocar o trompete, lá no fundo do restaurante. Já estava tocando muito!

— Sim, Alfredo, o trompete, uma longa história, sua paixão. Quantas vezes durante nossas viagens ele colocava o trompete na janela do FNM e fazia ecoar pelas estradas aquele som emocionante... Já estávamos conhecidos por entre os motoristas que nos faziam referências como: o FNM do trompete... Martín, Martín, *mi hermano, mi amigo, dónde estás?* — exclamou Lino, uma observação que seu Alfredo disse não ter esquecido.

— Alfredo, foi muito difícil o tempo que ficamos isolados, Lino não dormia pensando na situação. Dizia que ele poderia pensar que o tínhamos abandonado — Tina disse quase em um lamento. Seu Alfredo reproduzindo o passado fielmente. E segue contando detalhes...

— O que aconteceu? — eu lhes perguntei impaciente. — Podem me contar para que eu possa entender?!

E Lino e Tina contaram-me toda a história, desde o dia em que, recém-casados, deixaram a cidade de São Paulo, rumo à Baixada Santista em lua de mel. Lino foi contando. Ainda eu ouço, palavra por palavra, meus filhos...

— Alfredo, quando casamos, tínhamos proposto para o Martín vir conosco, pensamos que ele poderia assistir "seu Santos", conhecer o Pelé... Mas ele muito gentil não quis descer com a gente, achou que não era oportuno e queria que nós tivéssemos toda a liberdade. Pois bem, Alfredo, foi assim... O tempo que ficamos sem comunicação foi muito difícil, estávamos isolados do mundo, foi por isso que tudo aconteceu... A história é esta, Alfredo: descemos a serra, eu sempre evitei esse caminho, é muito perigoso para caminhões, mas, com uma carga reduzida, descemos em segurança. Logo que descarregamos, fomos nos hospedar em um hotel em frente à praia. O FNM ficou em um estacionamento próximo ao porto onde contratavam frete. Estávamos deslocados, e o terceiro dia amanheceu chovendo, então fomos até o FNM; quando lá chegamos, apareceu uma proposta de frete lá para o Rio Grande do Sul, no Porto de Rio Grande. Foi oportuno, porque sairíamos da Baixada sem ter que subir a serra. Como o tempo estava ruim, falei para Tina: nosso FNM é nossa casa, vamos aproveitar essa viagem e, depois, na volta, vou apresentar você para minha família. Seu Alfredo, meus pais moram bem no interior, entre as montanhas da serra gaúcha, com acesso muito difícil para um FNM. Tina topou a sugestão imediatamente. Curtiríamos nossa lua de mel pelas estradas, ela não conhecia a aventura de viajar livre... Nossa intenção era descarregar, passar na volta lá no interior, na casa de minha mãe e logo retornar para São Paulo. Foi tudo bem, a primeira parte da programação. Porém nem tudo acontece como a gente quer. Quando chegamos na casa de minha família, lá nos confins, o tempo mudou. Três dias de chuvas intermitentes, o senhor deve ter ouvido no rádio sobre as inundações, lembra?

— Claro que lembro de tudo, eu disse.

Então Lino continuou:

— As chuvas fizeram os rios transbordarem e as águas levaram diversas pontes, deixaram as estradas intransitáveis. Só passavam carroças, para nosso FNM tornou-se impossível atravessar os rios sem pontes e transpor as íngremes estradas, que foram destruídas por tanta chuva... Ficamos isolados do mundo. Distante de cidades, distante de qualquer meio de comunicação, e do telefone. Passaram-se muitos dias para refazer as pontes e recuperar as estradas. Os estragos das chuvas foram de grandes proporções, ocasionando um estrangulamento total na infraestrutura do município. Isso nos manteve presos na casa de minha família. Tentei a cavalo encontrar um ponto de telefone para ligar, mas todo o esforço foi infrutífero, porque árvores foram derrubadas pelo vento sobre os fios de transmissão. O tempo foi nosso maior inimigo, parecia que estávamos numa prisão. Isolados, assim, não encontramos um meio de comunicarmos nossa localização, e informar que estávamos bem e que, em breve, voltaríamos. Mas jamais nos ocorreu que Martín poderia partir. Sabíamos que ele estava aqui, em um lugar seguro. Alfredo, quando conseguimos sair do atoleiro, passei na serraria, em São Domingos, para trazer uma carga de madeira. Não ligamos, porque queríamos fazer uma surpresa. Inclusive, a noite que lá passamos, o trompete tocou. Tina, que já conhecia a história, se emocionou, e as lembranças de Martín reavivaram. Completada a carga, viemos direto para cá. Na viagem, parecia que até o FNM tinha pressa em chegar... E agora, esta notícia triste...

— Onde estará Martín? — Tina questionou.

— Não sei, Tina! Depois de esgotados os esforços para obter notícias de vocês, Martín ficou muito triste. Por alguns dias mais, tocou seu trompete lá no quarto, porém suas músicas mais pareciam um lamento... Depois foi embora... Sinceramente não sei qual foi seu destino!

— Teria voltado para sua terra? Prometo, seu Alfredo e Tina, não descansarei, procurarei meu *hermano*, meu amigo! Não descansarei até encontrá-lo! — Lino chorou.

— Meu amor, sei quem é Martín para você! Por isso seremos incansáveis em procurá-lo. Haveremos de descobrir seu paradeiro — Tina disse, e estava muito triste também.

— Contei... No período que os aguardava dedicou-se ao seu trompete incansavelmente, pois queria surpreendê-los com suas novas músicas — lembro que contei para eles, daí Lino falou:

— Sem Martín, com Tina agora minha companheira de viagem, haveremos de cortar todas as estradas do Brasil. Com nosso FNM, levaremos nossas cargas e nossa esperança, em cada curva e em cada reta, em cada subida, em cada descida, procuraremos por Martín! No sentimento, a busca incessante do meu *Hermano* — essa declaração ainda soa aos meus ouvidos, meu menino.

Martín e Betti, dois ouvintes da narrativa de seu Alfredo percorrendo o passado...

— Lembro-me do que eu disse... Conhecendo o menino, mesmo pelo pouco tempo de convivência, entendo seus sentimentos! Prometo que serei colaborador na missão de buscar notícias do paradeiro do trompetista.

Ainda o senhor Alfredo continuou, lembrando o que Lino dissera:

— Confesso, amigo Alfredo, que aprendi muito com esse menino corajoso. Em busca de um futuro incerto, deixou sua terra e sua família e partiu para terras estranhas. Martín me contou seus sonhos... Da lealdade desse *hermano* desprotegido, aprendi a ver a vida com outros sentimentos e elegendo valores... Aprendi a identificar, pelas estradas do Brasil, que são muitos os que caminham e viajam, individualmente, em busca de seus ideais... Aprendi por que sonhos são sonhados, desafios superados, e que a esperança é que mantém lutadores firmes e fortes. Nos caminhos que se cruzam, nas montanhas e planícies da vida, vamos nos moldando e acumulando marcas permanentes e inesquecíveis. Quantas vezes o destino confronta personagens fora de qualquer contexto e roteiro previsível. Depois que o tempo passa, e tudo o que se extraviou lá distante volta a se reencontrar novamente, formando uma história difícil de ser concebida. Martín é uma história!

Seu Alfredo confessou que doeu ao ouvir isso da parte de Lino e lembra o que disse:

— Lino, você me deu um choque! Essa sua declaração de experiência de vida de caminhoneiro mostrou-me que você não só transporta cargas, mas muitos sentimentos e lições para a vida. Estou emocionado, falei aquele dia para eles...

— Desculpa, Alfredo, muitas vezes extrapolo, e acabo dizendo bobagens — Lino estava emocionado.

— Vai, Lino, vejo que tenho um cliente muito autêntico, acabei reconhecendo que você é muito mais do que um simples freguês.

— Pelas circunstâncias da vida, vou lhe comunicar que tenho que levar Tina comigo, e gostaria de pedir-lhe que a dispensasse do trabalho. Pode considerar por justa causa, abandono de emprego... — foi um momento de descontração, parece que ainda ouço Lino. Rimos muito com sua observação.

— Foi assim que aconteceu, tudo contra a vontade e por motivo de força maior que vocês se perderam... E seu Alfredo voltou ao presente:

— Claro que eu entendi a situação, dispensei Tina, e em reconhecimento à sua dedicação ao trabalho, além de seus direitos, prometi um belo presente de casamento. Enquanto Lino foi descarregar sua carga no centro de São Paulo, foi feito o acerto e liberação dos documentos pertinentes. Quando Lino retornou, Tina já estava com as malas prontas, alguns pertences ficariam guardados no quarto em que ela morava, anexo ao restaurante. Desde que começou a trabalhar, lhe reservei um cômodo, já que ela tinha vindo do Nordeste e não tinha onde morar. Pelo vínculo criado, como se Tina fosse da família, prometi que aquele quarto seria uma reserva permanente para quando eles necessitassem. Assim parte de suas coisas ficaram ali guardadas, hoje ainda eles têm seu quarto reservado. Quando Lino retornou, já confirmada uma carga para o FNM, despediram-se. Tina chorou, recordo: ela disse que eu fora como um pai. Tina não conhecera o pai. Com minhas bênçãos, partiram. Naquele dia, segundo Lino e Tina disseram, iniciava a longa viagem para encontrar você, Martín... Esse é o pedaço da história até o dia em que eles voltaram da lua de mel... Conclusão: até hoje, cada vez que eles passam por aqui, perguntam de você e confirmam a esperança de um dia reencontrá-lo!

    Martín secou as lágrimas, Betti também chorou ao ouvir aquela história. Ele, sempre que recordava Lino, contava para Betti que não acreditava que fora abandonado. Agora, a prova, o senhor Alfredo.

Capítulo 26

EM BUSCA DA FAMÍLIA

Parte do passado de Martín começava a ser recuperado. Na manhã seguinte, após tomar um café na companhia do seu Alfredo, deixar endereço, e mais outras informações para serem repassadas para Lino e Tina, eles partiram para Foz do Iguaçu. Foz do Iguaçu seria um ponto estratégico para ir ao encontro da família. Com pesquisas, viram a existência de uma ligação interna pela Argentina, que vai de Puerto Iguazú até Bernardo Irigoyen. Puerto Iguazú faz fronteira do Brasil com a Argentina, e Paraguai, chamam de a tríplice fronteira. Uma ponte atravessa o rio Iguaçu depois das cataratas. Bernardo Irigoyen faz fronteira com Barracão, onde Martín entrou no Brasil, no começo de sua aventura. São cento e cinquenta quilômetros aproximadamente da *ruta* 101, que corta o parque nacional de Iguazú.

O avião que os levou até Foz do Iguaçu pousou às 21h30. Com um táxi, seguiram para o hotel Bourbon Cataratas, que, por informações, ficaria bem próximo à ponte que dá acesso à Argentina. No hotel, Martín e Betti não esqueceram a gratidão que sentiam por seu Chico e Marcos, foi pela graça deles que já estavam muito próximos de rever a família. Comemoram, fazendo como se fosse essa sua noite de lua de mel. Recordaram que, no dia do casamento, apenas conseguiram fazer um jantar à luz de velas, numa mesa da pousada, isso por insistência do seu Chico e de dona Sílvia. Betti recordou... Não sabia quantas vezes já tinha sussurrado ao ouvido do "seu Martín" esse segredo: que antes do casamento ela sempre sonhava que ele pulava a janela do seu quarto... Naquela noite, que Martín e Betti passaram no Bourbon Cataratas, guardou o seu segredo... Pela manhã, tomaram café e depois solicitaram um carro para locação. Pela impossibilidade de prever um número exato de dias necessários em sua busca, tiveram que fazer um contrato, o que ocasionou um atraso para o início da viagem. Por não conhecer o caminho, optaram por viajar no dia seguinte bem cedo.

Já que teriam que passar mais uma noite em Foz, conseguiram encaixar uma visita às cataratas do Iguaçu, uma das grandes maravilhas da natureza. Também fizeram uma visita rápida ao Paraguai, passando pela ponte da Amizade, depois, concluíram o passeio visitando a maior usina hidrelétrica do mundo, a Itaipu Binacional, construída no leito do rio Paraná.

Pela manhã, iniciaram a jornada. Assim que ultrapassaram a fronteira e Martín se localizou, teve o primeiro contato com gente da sua terra. Ao ouvir sua língua-mãe, no diálogo com os agentes alfandegários, Martín ficou emocionado. Depois de tanto tempo, estava de volta à sua pátria. Betti o acalmou e ele conseguiu narrar um pouco de sua história ao *hermano* atendente da alfandega. Pediu informações sobre a *ruta* 101 e, assim, iniciavam o que deveria ser a última etapa para chegar ao lugar gravado na lembrança. A cada quilômetro rodado, encurtava a distância do seu passado, tantas vezes sonhado. Três horas e Martín e Betti entraram na cidade fronteiriça de Bernardo Irigoyen. Hoje estava tudo muito diferente do passado distante. Por informações, ficaram sabendo que a *ruta* 14 há muitos anos havia sido toda asfaltada igual às ruas da cidade. Martín lembrou e fez um comparativo para Betti, que houvera um aumento significativo do âmbito comercial, resultado do fluxo de brasileiros que atravessam a fronteira em busca de vinhos, produzidos no Chile e Argentina. Dirigindo lentamente, ultrapassaram as últimas casas da cidade, uma placa indicava, "RUTA 14 BUENOS AIRES", "bons ares", disse Martín, buscaram a planície e, antes da descida, fizeram uma parada para admirar o tapete verde da mata pertencente ao Parque Nacional. Iniciaram a descida e, com o asfalto, parecia que o declive era mais suave do que no tempo em que era domínio do pó ou da lama. Seguiram, lentamente, em silêncio. Betti não falava, Martín não falava, o coração disparado; a cada curva, mais emoção. Quando a descida acabou, mais mil metros e à sua esquerda encontrariam a casa de onde Martín saíra há tantos anos. O coração parecia lhe sair pela boca, a *ruta* 14 estava muito mais ampla, parecia uma cobra rastejando sobre a planície. A faixa de domínio parecia que tinha engolido seu passado. A árvore sob cuja sombra Amadeu vendia as esculturas não estava mais lá... Surgiu, então, uma pergunta na cabeça de Martín: "Será que a *carretera* engoliu nossa casa?". E foi o que aconteceu, o carro numa marcha lenta, foi, foi, foi, Martín olhou, olhou, Betti olhou... Martín disse: "Deveria estar aqui! Aquela árvore ali, é a mesma, só que está muito mais alta. Recordo dela, estava atrás da casa e nossa casa estava mais próxima da *carretera*... A árvore está tão grande! Sim, ali nós tínhamos nosso balanço! Vamos ver a fonte, tínhamos uma fonte...".

— Martín, tem certeza? Você me descreveu tantas vezes... Eu tinha formado na cabeça a paisagem... Será que não está mais adiante?

— Não, minha Betti, essa árvore eu conheço, cresceu, mas é a mesma. Vamos ver, deve haver uma fonte, deve haver água por aqui! — ele parou o carro no acostamento e pulou.

Martín estava apreensivo, queria encontrar os pedaços do seu passado, queria encontrar sua família, tinha que encontrar o início do fio que o levaria ao objetivo de sua tão sonhada volta. E nem mais casa havia... E foi vasculhando, até que, enfim, encontrou. Quando fizeram a *carretera*, acima da faixa de domínio, uma galeria captava as águas da fonte, pronto, isso renovou suas esperanças, um sinal. Mas a fonte era pouco, ou quase nada, a água não lhe contaria o que acontecera, marcava apenas um ponto, nada mais. Martín não queria entrar em desespero. Pelo jeito, a preservação da mata não deu lugar para moradores, continuava a natureza soberana. Ouvindo apenas o silêncio, disse para Betti:

— *Tengo que encontrar algo, una marca, para ir al encuentro de mi família.*

— Onde, meu Martín? Não tem nada além dessa árvore e da fonte?

— Betti, quando a *carretera* os expulsou daqui? Sei que eles esperavam minha volta. E que aqui seria minha referência. Luz, luz... Onde?

— Martín! Onde vocês faziam as esculturas? É longe daqui?

— Betti, Betti, você é minha luz! Por que não pensei antes?! Temos que voltar. Agora fica à esquerda da *carretera*. Lá onde falei que deveria estar a árvore debaixo da qual Amadeu vendia nossas esculturas. A entrada é bem próxima. Bingo!

— A mata deve ter crescido e escondido tudo, veja aqui, onde você me contou que plantavam, o mato tomou conta de tudo... — Betti apontou para todos os lados com o braço estendido.

— É verdade. Mas eu acho o caminho. Betti, vamos de carro até lá. Deixaremos o carro no acostamento com um bilhete, dizendo que estamos fazendo uma pesquisa. Vou colocar a data também. Se acaso a polícia passar, para não pensar que é um carro abandonado, visto que a placa é do Brasil.

— Não podemos ficar a pé e sem as malas, meu amor.

Martín deu uma volta de 180 graus e retornou, parou onde achou que deveria ser a entrada para o passado. Estacionou o carro... Ali, três *niños* foram à procura de um trator, conforme relato de seu *padrecito*. Betti via a angústia do marido, com os pés, amassava ali, amassava acolá o mato pequeno. Ele reclamou a falta que lhe fazia um facão para poder abrir caminho. Mas não desistiu, foi nesse desespero à procura do começo que encontrou o terreno que desenhava um caminho... Gritou para Betti:

— Ééeé... Aqui! — foi como se tivesse encontrado um tesouro perdido. — Betti, vem. Passo a passo, vou te levar ao lugar que você conhece. Eu sempre desenhei, agora você vai viver a realidade. Vamos...

Seguindo o terreno rebaixado, ele afastava galhos, espinhos, lentamente foi avançando. Betti o seguia, ela dividia a emoção, seu coração batia descompassado, torcendo para que nesse precioso lugar ainda encontrassem resquícios da história de Martín. Nesse frenesi, não viram quanto tempo passou até chegarem ao ponto exato. Eis que de repente, entre as árvores frondosas, um cipoal formava um desenho estranho na paisagem.

— A máquina, Betti, a locomotiva, olha, está oculta sob os cipós!

— Martín... E agora?

— Agora, agora, deixe-me ver se consigo tirar todos esses cipós. Aqui, deste lado, deve estar a porta da fornalha, lembro bem.

— Vamos lá, puxa para lá que eu puxo para cá... — Betti ajudando a descobrir o passado do seu Martín.

— Força... Olha a porta! Está bem trancada... Aqui, vou tentar levantar a tranca.

— Está muito enferrujada, não vamos conseguir abrir, Martín!

— Vamos, a primeira vez que a abrimos também foi difícil...

— Parece que vejo você e Ramires, bem do jeito que sempre me contou...

— Então, Betti, recordando o passado... Com este pedaço de galho, vou refazer o que fiz com Ramires... Assim... Puxa... Está teimosa... Força... Ãããããã, força... Vai, vai abrir...

E num esforço a tranca cedeu um pouco... Mais uma pegada, e a porta escancarou... Cansado, Martín caiu de joelhos diante da porta aberta, Betti o amparou. A mata que, após tantos anos passados, cresceu em volta da máquina fazia tanta sombra que não foi possível ver de imediato se havia algo dentro da fornalha. Os olhos foram se acostumando com a pouca luz, as pupilas se adaptaram e um pacote foi se revelando. Com o coração aos pulos, Martín estendeu a mão para dentro da fornalha, sentiu nos dedos um volume, segurou firme e puxou... Apalpou, em cima do pacote a ferrugem se acumulara, como se houvesse risco de machucar o conteúdo, muito suavemente suspendeu, e do escuro da fornalha, para a sombra da mata, trouxe para fora um tesouro... Após a limpeza da ferrugem, eles constataram que a embalagem estava muito bem conservada e resistente.

— O que tem aqui, Betti?

— Só abrindo saberemos, meu amor!

— Aqui, um pedaço de arame lacrando a boca, vamos ver... Assim, devagar... Parece que vejo as mãos que colocaram esse arame, Betti...

— Estou imaginando... Isso, agora, dentro, o que tem? — também Betti estava curiosa.

— Vamos lá... Olha! Um caderno... Meu Deus! Isso deve ser coisa de Ramires e Amadeu... Só pode! Tcham, tcham, tcham... — disse Martín.

— Abre logo! Uma capa dura... Bem pensado — disse Betti.

E Martín, com cuidado, abriu o caderno, e a surpresa... Entre a capa e a primeira folha, um bilhete em espanhol, desenhado com muita pressão nas letras...

"Martín sabemos que un día vas a regresar, y como nuestra casa ya no existe, vas a venir hasta aquí. A continuación, dentro encontrarás parte de los acontecimientos después de tu partida."

Depois que Martín e Betti leram juntos aquele bilhete, não deu, o choro, que fora contido até aquele momento, não foi possível segurar, um turbilhão de sentimentos aflorou, e abraçados permaneceram sem dizer palavras. Um pouco refeito, Martín falou para Betti que conhecia a letra de

Ramires, mas, com certeza, as palavras saíram da cabeça dos dois, dele e de Amadeu. Ah! Como os conhecia bem, sabia quem eram aqueles meninos, mas não sabia como estavam no dia em que escreveram essas duas frases.

— Betti, isso deve ser um diário, no bilhete diz que dentro estão registrados acontecimentos que ocorreram depois da minha partida...

— Parte dos acontecimentos!?... — observou Betti.

— Betti, não tenho coragem de abrir e ver a primeira página, quanto mais... Veja, eles tiveram o cuidado de lacrar a chaminé da locomotiva para não entrar a chuva. Até quando eles vieram aqui? Faz muito tempo, Betti! Será que aqui deixaram o endereço para onde todos foram?

— Teremos que ler! Quem sabe lendo já saberemos para onde ir, devem ter deixado um endereço!

— Aqui não vou ler uma linha... Já é tarde, nós não temos nem água...

— Coragem, amor, você sempre foi forte, é um vencedor. Você saiu daqui deste fim de mundo, percorreu muitos caminhos e venceu. É uma hora difícil, é, mas, para seguir adiante, vamos ter que seguir as pegadas...

— Tem razão, Betti, não posso adiar, procurei algo, encontrei... Agora vamos ver o que virá...!?

Martín respirou fundo, Betti estava abraçada a ele meio que de lado, sentados sobre o monte de cipós que haviam arrancado da máquina. Assim, nessa posição, ficava possível para eles fazerem a leitura juntos. O bilhete estava em espanhol, logo imaginou que todos os escritos deveriam estar também em espanhol. A convivência com Martín lhe dera uma bagagem para acompanhar a leitura. Um pressentimento lhe dizia que Martín não teria condição de ler em voz alta o que estaria naquelas páginas. Por isso deu-lhe um beijo, se recostou bem, e ele, como se estivesse sendo transportado ao passado, virou a primeira página... A data chamou atenção, no início do diário...

Hace cinco días que Martín partió.

Um dia... Já faz cinco dias que Martín partiu. Ele não disse para onde foi, nem quando vai voltar. Nem *padrecito* nem *mamá* nos contaram. Estamos esperando que ele volte logo. Nossa casa ficou mais vazia sem Martín. Amadeu e eu dormimos *más holgados*. Mas o lugar de Martín ficou vazio. Estamos vindo aqui para talhar, mas as peças não ficam perfeitas, ele dava sempre o último retoque. Enquanto vínhamos nesses dias passados, pensamos que deveríamos deixar registrada a ausência inesperada de nosso irmão. Assim, decidimos usar o caderno novo de Amadeu...

Outro dia... Nada do Martín voltar. *Padrecito* foi, e já voltou de *Posadas*. E Martín ainda nada. Amadeu e eu nos perguntamos por que *mamá* e *padrecito* nos enrolam e não nos contam aonde Martín foi, e nem quando vai voltar... Você viu, Ramires? Quando perguntamos aonde foi Martín, eles ficam tristes e mudam de conversa. O que aconteceu, por que ele não volta?

Outro dia... Já conseguimos fazer muitas peças. Mas eu não posso ir para a *carretera* vender, porque Ramires quer que o ajude lixar e dar acabamento. Desde que Martín se foi, não vendemos mais nada. Está faltando um soldado. Martín era nosso comandante. Será que vamos chamar Júlia para nos ajudar? Não, Júlia tem que ajudar *mamá*.

— Aqui quem escreveu foi Amadeu... — e Martín secou as lágrimas.

Outro dia...

Outro dia...

Outro dia...

Outro dia... E muitos registros intercalados, espaçados...

A leitura concentrada e entre soluços, quase que a noite os surpreendeu, lá no meio da mata.

— Temos que sair daqui antes que a noite venha por completo.

— Sim, Betti! E vamos para onde?

— Não sei, vamos até a cidade de Bernardo ou Barracão, procurar um hotel. Lá poderemos continuar a leitura...

— Vamos! Estou exausto, Betti.

Voltaram para a *carretera* aos trancos, os espinhos lhe deixavam marcas físicas, o diário, marcas psicológicas. O diário voltou para dentro do envelope, estava protegido dos espinhos. No carro, voltando à cidade, enquanto subiam a serra, Martín olhou para os lados e relembrou suas aventuras com Ramires. Parecia-lhe que, apesar do tempo passado, a mata era a mesma e quase conseguia ouvir seu irmão cantando.

— Sabe, Betti, nós talhávamos e cantávamos — secou as lágrimas. Mais, recordou do histórico socorro que *padrecito* fez... — Nunca saberemos se o tal trator existiu, Betti...

Primeiro, procuraram em Bernardo, depois, em Barracão, encontraram um hotel, quando já a noite cobria a cidade de ruas tortas. Após um banho e um jantar rápido, voltaram para o quarto, estavam ansiosos para continuar a leitura. A mobília do quarto era simples, uma cama, um guarda-roupa com duas portas, uma pequena mesa e uma cadeira. O diário, o diário era o bem mais precioso que haviam encontrado. Ao olhá-lo fechado, parecia que ele tinha pressa para contar a história. Emoção à flor da pele... Para poder continuar a leitura juntos, puxaram a mesa e sentaram na cama.

O diário de Ramires e Amadeu foi reaberto, na folha dobrada, que marcava até onde já haviam lido lá no meio da mata. Continuava, no alto de cada folha: outro dia... outro dia... outro dia... E Martín disse:

— Vejo Ramires escrevendo e Amadeu ditando... Olha, aqui, Betti, neste dia foi que Ramires e Amadeu ficaram sabendo que eu não voltaria tão cedo... Ai, ai, ai!

Doeu demais a realidade revelada...

— Martín, teus irmãos te amam... E sofreram muito quando souberam que não voltarias tão cedo...

Depois de refeitos da leitura, daquele dia... Folhas foram sendo devoradas, continuou rotina. A saudade constante. *Padrecito* dividia seus dias entre *Posadas* e casa, nada de novidades, esperança alimentando a família. Continuava a leitura. Reinava um silêncio no quarto, um ouvia a respiração do outro... Os olhos liam, o cérebro gravava... Lágrimas escorriam, o nariz assoado a cada folha virada... E o diário revelando acontecimentos... Os dias marcavam com velocidade o passar do tempo. Assim passou um ano, dois anos e até chegou ao fim da ditadura no país... E o diário de Ramires e Amadeu preencheu folhas e mais folhas...

Outro dia... Hoje, com o final da ditadura há mais de dois meses, *mamá* e *padrecito* viajaram para *Posadas*. Muito cedo. Ainda escuro, deram um abraço em cada um de nós. *Padrecito* falou que agora seria hora de procurar em *Posadas* um lugar para morar, haveria mudanças, o novo governo prometeu. *Padrecito* disse que tinha que correr atrás dos sonhos... Disseram que nos amavam e que iriam em busca de dias melhores para todos. Eu Ramires fiquei responsável geral, Amadeu segundo responsável. Júlia, que já sabe cozinhar, cuida da casa com a pequena Anita, que também já pode ajudar. Acho que está bom, Amadeu. Foram essas as recomendações de *mamá* e *padrecito*...? Espera aí, Ramires, escreve que: não podemos esquecer de rezar juntos, para que possamos nos mudar para *Posadas*... Escreve: que *Dios los bendiga* nossos *padrecitos*... Vamos voltar, que já demoramos demais. Vamos levar essas peças que estão guardadas na fornalha. Agora que talhamos e vendemos lá em casa, não precisamos deixá-las aqui.

— Betti, não sei por quê, mas, nessa despedida de nossos *padrecitos*, me parece que eu estava lá também me despedindo.

— É porque você lembra o dia da tua despedida, Martín!

— Sim, eu sinto seus abraços! Fico imaginando o que passa na cabeça dos pais numa hora dessas? Mesmo sabendo que em poucos dias estarão de volta? Vamos continuar...

— Eu também penso... Nós deixamos Mateus e Violeta faz poucos dias, estou morrendo de saudade. Vira a folha, Martín. Amanhã vou ligar pra eles.

Outro dia... Dois dias se passaram e não conseguimos vir até nosso quartel general. Temos que cuidar da casa enquanto Júlia e Anita vão para a escola. Não temos notícias dos nossos *padrecitos*. Por isso Amadeu ficou, e eu vim correndo. Combinamos que esse diário é nosso segredo, então ele fica aqui na fornalha das recordações. Assim batizamos nosso esconderijo... Só escreveremos aqui.

Outro dia... Mais três dias se passaram. *Padrecito* e *mamá* não voltaram. Anita chora, pede pela *mamá*. Júlia não sabe mais o que fazer. Amadeu segura seu medo. Eu corri aqui... Rezei durante todo o caminho.

Outro dia... Mais cinco dias se passaram... Não sabemos... Júlia e Anita não querem mais ir para a escola... Contaram para a professora o que está acontecendo... Hoje eu vim, e Ramires ficou. Ramires é o responsável geral, ele me deu a ordem para escrever. Não sei o que escrever, além disso... Tchau.

Outro dia...

Outro dia...

Outro dia...

Trinta dias... Estamos desesperados... Ninguém consola ninguém... O que vou escrever além do que escrevi todos esses dias? Amadeu não quer mais vir sozinho, ele disse que não adianta escrever sempre a mesma coisa: que *padrecito* e *mamá* não voltaram... Escrever o quê?

— Betti, algo aconteceu? Vou pular as folhas para descobrir. Nossos *padrecitos* não abandonariam...

— Não, Martín, meu amor! A próxima folha deve relatar a volta... Passaram-se tantos dias...

Viraram a página e estava escrito...

Outro dia e mais outro e mais outro...

Outro dia... O que aconteceu? Conversamos e decidimos: amanhã vou para *Posadas*, procurar por nossos *padrecitos*. Temos *pesos* das vendas das esculturas, parte levarei comigo, e parte Amadeu vai até lá onde está a escola, e na bodega vai comprar o que for possível trazer. Júlia e Anita vão com ele. Assim combinamos. Vou dizer um tchau, e em dois dias volto com nossos *padrecitos*... *Que Dios nos bendiga*.

Outro dia... Depois de dias...

Vim correndo e vou voltar correndo. Eles devem estar chegando com Ramires. Quero estar em casa para ver eles descendo do ônibus. Júlia e Anita passam os dias chorando. Olhando para a *carretera*... Os olhos de lago de Júlia quase secaram de tantas lágrimas, ela é nossa santinha, não reclama do trabalho, faz uma oração emendada na outra. Anita continua sendo nosso anjo de cabelos cacheados, mas muito triste. Quantas vezes a encontramos chorando escondida... Eu continuo entalhando em casa. Muitos viajantes nos encontram chorando quando param para comprar uma peça. Relatamos parte do que está acontecendo, eles nos consolam, desejam força, e vão embora.

Outros dias...

— Veja. Amadeu só colocou as datas e foi virando as folhas.

— Sem notícias, com certeza.

— Aqui. Olha a data, passaram vinte dias, Ramires voltou, é ele que escreve.

Outro dia...

Martín, sei que você está lendo nosso diário. Aqui estamos todos. Nosso diário não é mais segredo, meu e de Amadeu. Aqui estão Júlia e Anita também. Martín, depois de vinte dias, voltei, voltei sozinho. Triste, abatido, mas tinha que ser forte. Sabia que tinham seis olhos esperando que três pessoas saltassem do ônibus, assim que ele fizesse a parada em frente de casa. E foi.

Pulei do ônibus, as pernas fraquejaram, lá estavam os seis olhos marejados, aflitos esperando... Eles ficaram olhando... esperando mais dois passageiros pularem... Eu estava sozinho... O ônibus foi embora... Lentamente nos aproximamos... Parecia que minha mochila às costas estava pesada demais, mas não era o peso da mochila. As notícias que trazia para nossos irmãos eram pesadas, as mais cruéis, não tenho condições de escrever. Só conseguimos nos abraçar... E chorando disse que *mamá* e *padrecito* não voltariam... Que tinham virado estrelas... Minha mão não consegue segurar a caneta... Você vai entender... Depois de procurar por toda *Posadas*, por nossos *padrecitos*, como última opção, fui a uma casa onde fazem sepultamento de pessoas que morrem...

  Pensei que não deveria ir, mas passando em frente dessa tal casa entrei. A pessoa que me atendeu perguntou se tinha morrido alguém da família. Respondi que não! Só disse que estava à procura de meus *padrecitos*. Contei a história, o tempo que já havia passado, que, por eles não voltarem há tantos dias, tinha vindo procurá-los. Ele perguntou o nome de *mamá* e *padrecito*. Quando lhe falei, ele foi até uma gaveta, pegou um livro e começou a folheá-lo da frente para trás. Quando numa folha encontrou a data de trinta dias passados... O homem colocou a mão em cima da escrita, me olhou nos olhos... Pensou... disfarçou... depois levantou-se, colocou a mão no meu ombro e me abraçou... Até ali não estava entendendo... Aí ele me disse: meu menino, você é forte... Seus pais morreram num acidente... Ficamos com eles por tantos dias, procurando familiares, mas não encontramos ninguém... Eles não tinham endereço... Então por conta do Departamento Municipal foram sepultados... Foi como se eu tivesse sido atingido por uma paulada na cabeça... Eu perdi as forças; quando estava para cair, o homem me amparou... Quando me recuperei, estava estirado numa espécie de cama, uma mulher de branco estava do meu lado... Chamei: *mamá, mamá...* Onde está *padrecito*? Na verdade não era *mamá*, era uma enfermeira, ela falou que estava esperando que me acordasse... Martín, não vou contar como foi, como passei dois dias... Digo apenas que fui protegido, amparado... Levaram-me até onde estão sepultados nossos *padrecitos*, um ao lado do outro, num cemitério de *Posadas*... Lá estão dormindo sob uma árvore do lado direito do portão... Só consegui falar para as duas pessoas que me confortaram: "Temos mais duas estrelas no céu". Lembrei que *mamá* tinha nos mostrado onde estavam nossos *abuelos*... Pensei, quando eu voltar para casa, com Amadeu, Júlia e Anita, vamos achar nossos *padrecitos*. Estamos dia e noite chorando sem saber o que fazer. Júlia diz sempre: "Ah! Se Martín voltasse...". Anita quase esqueceu de você, ela fica com o olhar à tua procura... Vamos para casa... nosso grande segredo ficará aqui até o dia em que você voltar. *Que Dios nos bendiga.*

Quando Martín e Betti terminaram de ler esse longo relato, a dor era tanta, que eles foram transportados ao passado distante. Demoraram para voltar para o tempo presente, deitaram atravessados na cama e abraçados choraram a perda irreparável. Uma das partes importantes de sua busca tragicamente foi revelada. Sem volta. Agora a certeza, não voltaria a sentir o abraço de seus queridos *padrecitos*. O diário ficou em cima da mesa, aberto, marcando esse triste dia. Cansados, exaustos, não viram o sol nascer no novo dia. Quando acordaram já era meio-dia, nenhuma palavra. Tomaram um banho e foram procurar algo para comer. Depois voltaram para o quarto e reiniciaram a leitura do diário. A tristeza os envolveu a ponto de fazê-los pular páginas e mais páginas...

— Outra hora faremos a leitura dessas, quero ver onde Ramires colocou seu endereço, nós precisamos encontrá-los.

— Sim. Onde eles estarão, Martín?

Viraram muitas folhas com datas sucessivas, puladas, algumas palavras lidas com uma leitura dinâmica. Descreviam a luta pela sobrevivência... Seguiram até onde uma frase chamou atenção logo após a data.

Outro dia... Hoje foi outro dia de **decisão**, homens do Departamento vieram medindo as laterais da *carretera*, disseram que vão ter que tirar nossa casa. Nos informaram que estamos dentro do limite onde a *ruta* 14 vai ser asfaltada e teremos que nos mudar. Argumentamos que não temos para onde ir. Um homem que deveria ser o chefe pediu nossos nomes e idades. E há quanto tempo morávamos ali. Contamos tudo... Vi que o homem disfarçou para secar uma lágrima. Ele olhou ao redor da casa. Pediu para que os homens fizessem mais umas medidas. E os mandou seguir em frente. Depois preencheu um documento e disse que em dois dias voltaria. Mais choro. Se desmancharem nossa casa, para onde iremos, perguntou Júlia? Anita, depois que ficamos sem *mamá* e *padrecito*, nunca mais sorriu seu sorriso lindo, os olhos ficaram tristes. Ela pediu: "*Qué van hacer con nuestra casa?*". Não respondi. Amadeu e eu não choramos mais perto delas. Vamos aguardar as notícias...

Outros dois dias...

Os homens da estrada chegaram... O chefe se apresentou como responsável, disse *su nombre*: Ruan. Em poucos minutos, nos explicaram o que iria acontecer. O novo governo da Argentina quer o desenvolvimento, e esta *ruta* 14, que liga o Brasil, é uma obra preferencial. Já está concluído o levantamento para o início das obras. Perguntei o que deveríamos fazer. Não temos para onde ir... O homem que secou as lágrimas há dois dias sorriu, e pediu se tínhamos parentes em algum lugar. Respondi que não. Só temos nossos *padrecitos* sepultados em *Posadas*... Ele pediu se queríamos mudar para *Posadas*. Pedi se encontraria trabalho lá. Ele pensou... Talvez... "Mas, se vocês querem trabalho, vocês dois, apontou para Amadeu e depois para mim, vocês podem ser contratados para o trabalho na construção da *carretera*... Estamos precisando de trabalhadores" — concluiu. Consultei Amadeu com um olhar, e perguntei onde iríamos morar com nossas irmãs. Ele disse que *Corrientes* seria uma opção. "*Es lejos, pero allí es matriz de la empresa de construcción.*" "Como faremos, não conhecemos ninguém..." — perguntei aflito. O homem respondeu: "*Tengo una autorización para llevalos donde quieras ir, y ponerlos en una casa por cuenta del gobierno.*" "*Señor Ruan, podemos responder en algún momento?*" "*Sí, dos días y yo volveré.*" Ruan se despediu...

Outro dia... Resolvemos responder sim ao senhor Ruan. Como tínhamos garantia de trabalho, para Amadeu e para mim, casa para morar, não tínhamos outra opção. Aceitamos. Quando Ruan voltar, pediremos a confirmação de tudo o que prometeu, combinamos. Ramires, vamos embora para sempre daqui? É possível que sim, Amadeu, a *carretera* vai passar por cima de nossa casa... Ainda bem que estamos escrevendo para Martín, em nosso diário. Quando ele voltar, não vai encontrar mais nada aqui. Esperamos que ele venha até nosso esconderijo... Por hoje chega.

Outro dia... O senhor Ruan voltou. Perguntou sobre o que tínhamos decidido. Respondemos que iríamos para *Corrientes*, mas que queríamos garantia de casa e trabalho... Ele garantiu que só dependia de nós, e que, se disséssemos sim, tudo já estava providenciado. Senhor Ruan, quando nos mudaremos? Em três dias, virá um caminhão buscar a mudança de vocês. Martín, quando o senhor Ruan falou três dias, foi como se uma flecha tivesse me atingido. Estávamos todos os quatro juntos quando ele anunciou que em três dias partiríamos. Assim que ele se despediu, não teve como segurar, choramos... Júlia disse que não queria ir para uma cidade tão distante, com tanta gente. O senhor Ruan falou para nós que a cidade é grande e que Júlia e Anita podem continuar estudando. Depois de reclamações, todos concordamos... Amadeu e eu trabalhando será mais fácil para um dia visitarmos as sepulturas de nossos *padrecitos*... Mais três dias, e nos despediremos...

Outro dia após... Hoje eu vim sozinho, Ramires ficou. Estava com Júlia arrumando as poucas coisas que levaremos para *Corrientes*. São todas coisas velhas... Que não valem nada... Levaremos nossas roupas e as lembranças de nossos *padrecitos*... Vamos levar a foto que tiramos, lá na igrejinha numa festa, dias antes de eles partirem para o céu... Martín, combinamos levar a tua **funda** (estilingue) que ainda guardamos... Será a única marca tua... Ah! Levaremos nossas ferramentas de talhar... Pode ser que sobre tempo, então poderemos fazer peças para vender em *Corrientes*. O que faltar Ramires disse que vai pedir para o senhor Ruan... Até amanhã... vou voltar correndo...

Martín e Betti fizeram a leitura desse dia descrito por Amadeu, e fizeram uma pausa. Tomaram água, tentaram relaxar, o diário parecia um quadro vivo, um filme rodava na cabeça. Qual seria a próxima paisagem a ser revelada? A mão de Martín pousou sobre o diário aberto, o dedo pronto para virar a folha...

— Betti, falta um dia pelo jeito. O diário tem mais folhas, mas Amadeu disse que falta um dia. Acho que um dia não escreveram nada.

— Será que voltaram a escrever no dia da partida?

— Não sei se vou aguentar, Betti, mas temos que ver...

Último dia... Dia da despedida... Estamos todos aqui... Enquanto dois homens enviados pelo senhor Ruan estão carregando nossas coisas, falamos que tínhamos que fazer uma despedida. Concordaram e falaram que não demorássemos, porque num instante já eles carregam tudo... Martín, um dia haveremos de nos encontrar novamente, você é nosso irmão mais velho... A não ser Anita, que não consegue lembrar bem de você, nós nunca te esquecemos... Martín, nossas aventuras pela mata, nossas descobertas, a matemática que estudamos juntos... Você era bom nas contas... matava todas... Depois a descoberta do seu talento talhando... Acho que nunca mais conseguimos peças perfeitas como as suas... Vou lhe contar: Amadeu virou um negociante de futuro, pois sempre conseguiu preço melhor nas vendas... Isso garantiu nosso sustento... Anita... Continua sendo nosso anjo, linda com seus cabelos cacheados... Júlia... Um dia você vai ver que linda está... Seus olhos de lago querem muito te rever... Amadeu... cresceu e já me vence nas lutas... Eu, meu irmão inesquecível, espero você para lutar de novo como no dia em que você partiu. Lembra o que você disse?, que eu estava pronto... Mas você me enganou, não teve coragem de dizer que ia para o Brasil... Cada um falou o que era para escrever do outro... Estamos partindo unidos, seremos fortes até nosso reencontro um dia... Se o senhor Ruan cumprir a palavra, na empresa de *construcción*, poderá um dia nos encontrar. Já que, por enquanto, não sabemos qual será nosso destino... Até um dia! Te amamos, Martín! Vamos colocar nossas assinaturas... Ramires, Amadeu, Júlia e Anita. Agora vou fazer o bilhete da capa.

— Betti, então, deixaram a ponta do fio... Ah! Meus queridos irmãos!

— Martín, eles são muitos inteligentes... Este diário... Quem imaginaria?

— Até aqui, conseguiram me fazer participar da família, quase que diariamente. Vivi o que eles viveram...

— Tudo o que você me contou, como era a vida de vocês, a luta de tua *mamá* e do teu *padrecito*, eles narraram com uma fidelidade impressionante.

— Agora, Betti, vamos ligar para casa. Quantos dias já se passaram desde que viemos para cá? Parece que faz anos! Esse diário me deslocou no tempo. Vamos passar para a Argentina e procurar no Departamento Municipal se eles possuem nos arquivos o nome de quem construiu o asfalto da *carretera, ruta* 14.

— Vamos, Martín, estou ansiosa para encontrar essas crianças!

— Betti, não são mais os que escreveram o diário, hoje devem estar todos casados e com filhos. A escada descia de dois em dois anos depois de mim.

— É mesmo, tenho que pôr isso na cabeça, não são mais aqueles adolescentes... Vamos, Martín, estou com pressa. Enquanto você pega o carro, eu ligo para casa dizendo que vamos demorar.

— Liga também para o Vítor.

Capítulo 27

À PROCURA DE UM ENDEREÇO

Eles passaram a fronteira; na aduana, informaram que o Departamento ficava seguindo em frente, no alto da mesma rua. Bernardo Irigoyen é uma cidade pequena, a maior concentração de casas fica nas ruas próximas à fronteira. Lojas e mercados estão conectados. Subiram a rua de mão única e, em poucos minutos, estavam estacionando no endereço. No Departamento, depois de identificados, após uma conversa preliminar, disseram o que estavam procurando. Então, foram encaminhados para a secretaria de obras. O atendente foi nos arquivos do possível período em que a *carretera* fora asfaltada. Talvez um, ou dois anos depois do final da ditadura, pela data do diário. Não demorou, contratos da empresa de *construcción* de asfalto foram localizados. Tratava-se da mesma empresa que, em convênio com o Departamento Municipal de Bernardo Irigoyen, asfaltara as primeiras ruas da cidade.

— *Miren, aquí está. Es esta empresa.*

— *Cuál es la dirección de la sede?*

— *Veamos dónde está su administración. Aquí: Corrientes... Veamos si tiene teléfono... Aquí...*

— *Bueno, bueno, voy anotar el teléfono... Muchas gracias. Muchas gracias... Tenemos gastos?*

— *No, no. Sin gastos.*

Estavam com o coração disparado, se a empresa do senhor Ruan cumprira o que prometera, se a empresa ainda existisse, nos arquivos de contratos de trabalho, seria fácil encontrar os nomes: Ramires e Amadeu... Martín olhou para o relógio, conferiu as horas, e viu que ainda dava tempo. No próprio Departamento, depois de contar a história de que procurava a família que não via há tantos anos, numa sala contígua, discou o número de telefone de *Corrientes*... O telefone começou a chamar... Um... Dois... Três... Quatro toques... Quando parecia que o tempo tinha disparado, uma voz disse:

— *Empresa de construcción... Que necessitas?*

— *Hablar com el sector de Recursos Humanos.*

— *Un momento.*

— *Aló, sí...*

— *Necesito una información: saber si en sus archivos se encuentran los nombres de Ramires e Amadeu?*

— *Ramires, cuál es **tu** apellido?*

— *Ramires Gonzáles...*

— *No, no, Ramires Gonzáles...* — expectativa... — *No está en nuestros arquivos...*

Silêncio...

— *El señor Ramires es nuestro jefe* — quando ouviu, Martín deu um grito de alegria.

— *Su jefe?!!! Qué? Cómo dijo? Cual es la dirección de la empresa en Corrientes?* — Martín ouvindo atento. — *Sí, sí... Estoy anotando. Otra información, Ramires está en Corrientes?*

— *Sí... Está en Corrientes...*

— *Muchas gracias, señorita! Muchas gracias!*

Martín colocou o telefone no descanso, e virando-se para Betti gritou...

— Bingo, bingo, bingo, Betti. Encontrei Ramires... Encontramos...!

Todo o pessoal do Departamento, que estavam nas salas contíguas, acorreu assustado com os gritos de Martín. Não entenderam o que significavam seus gritos.

— Viva! Viva! — disse Betti.

— *Lo siento, excusas, mis hermanos, después de veinte seis años, reencontré a mi hermano!*

— *Nos alegramos con ustedes! Que Dios los bendiga* — os do departamento bateram palmas.

— *Gracias, amigos, muchas gracias... Tenemos gastos?*

— *No tiene gastos. Buena suerte!*

Antes da despedida, Martín fez um pequeno relato do que estava acontecendo. Contou que vinha do nordeste do Brasil à procura da família, que um dia deixara lá no lado da *ruta* 14, abaixo da serra. Despediram-se e, em estado de euforia, foram para o hotel. Depois do jantar, informados da distância que haveriam de percorrer, combinaram a hora que deveriam partir pela manhã. Quando o restaurante abriu as portas para o café, eles já estavam a postos. Tomaram café, as malas já estavam prontas, tudo conferido, hora de partir ao encontro dos irmãos.

— Betti, devemos encontrar todos lá em Corrientes.

— Devem estar todos na cidade, Martín.

A distância a percorrer com certeza lhes gastaria quase todo o dia, seriam 635 quilômetros, por *carreteras* não conhecidas. O mapa dizia que parte do trajeto seria pela *ruta* 14 e outra parte pela *ruta* 12. Passando pela aduana, mais uma vez, anunciaram o roteiro, mesmo sendo Martín argentino de nascença, com nacionalidade brasileira, tiveram que preencher o visto para efeito de seguro. O carro locado, por ter placas da cidade fronteiriça, tinha todos os documentos necessários, e a carta verde, conferida mais uma vez, como o foi quando entraram pelo Puerto Iguazú.

Tomaram o rumo oeste da cidade de Bernardo; depois da planície, desceram a serra. Quando surgiu o início da planície baixa, logo passaram onde era a casa, seguiram, lágrimas rolaram ao passar pelo lugar onde tinha ainda a velha escolinha e a igrejinha... O carro deslizava suave pelo asfalto, a paisagem do seu país desfilava pelas laterais. Ele disse à esposa:

— Esta terra não me quis, e me separou da minha família.

— Martín, se você tivesse ficado, eu não teria te encontrado.

— Quantos caminhos percorri para encontrar você, Betti! *Eres mi amor, mi pareja!*

Depois da descida da serra, até *Corrientes*, poucas ondulações interrompem o horizonte distante. A bacia do Prata, com o rio Paraná, formada por muitos rios, acomoda pela planície a erosão de terras férteis, arrastadas dos lugares mais altos da América do Sul, por milhões de anos. Por ser um rio de águas lentas, forma grandes alagados ao longo de suas barrancas. Na paisagem que forma o relevo, o asfalto foi estendido, parece uma serpente sem fim. Cada hora que passava, os aproximava mais dos irmãos. Desviaram *Posadas*, que já não era mais a cidade barrenta do passado. A intenção de visitar as sepulturas dos *padrecitos* ficara para o retorno. Mesmo porque perderiam muito tempo até localizar o cemitério. Houve somente paradas estratégicas, para lanches, e toalete.

— Em *Corrientes* teremos mais tempo, eu quero chegar antes do anoitecer. Não podemos encontrar a empresa fechada pelo encerramento do expediente e ter que esperar mais uma noite para...

— Vai dar tempo, Martín, veja a placa diz: *Corrientes* a sessenta quilômetros. Mais uma hora e estaremos entrando na cidade.

Não passou uma hora e já estavam dentro da cidade, procuraram uma rua central e, num posto de gasolina, mostraram o endereço que procuravam. Martín falou em espanhol, o frentista foi até o escritório, um jovem lhe veio ao encontro, cumprimentou-os, e lhes indicou o endereço. Estavam muito perto, a poucas quadras dos escritórios da *empresa de construcción*. Martín seguiu, o trânsito o empurrava, tinha que andar no ritmo; no meio da quadra com estacionamento privativo, a placa indicava que haviam chegado ao seu destino. Martín desligou o motor. Respirou fundo, deu um beijo na esposa, a hora esperada chegara.

— Esperamos que Ramires esteja por aqui!

— A moça que me atendeu disse que ele estaria. Vamos!

O coração parecia saltar do peito, a boca seca, seguiram para a recepção. Uma jovem estava ao telefone quando ultrapassaram a porta. Ela desligou, levantou-se, e foi até o balcão.

— *Buenas tardes.*

— *Buenas tardes, mi joven!*

— *Qué necesitan?*

— *Ayer llamé, no sé si fue usted quien me atendió. Me gustaría hablar con el señor Ramires...*

— *Sí, fui yo quien lo atendí, recuerdo su voz, había emoción... El señor Ramires está... Quién debo anunciar?*

— Raul e Betti... de Bernardo Irigoyen... — quando a jovem foi anunciar, Martín piscou para Betti.

Expectativa, silêncio, dava para ouvir o ponteiro do relógio de parede marcando os segundos... O tempo disparou... Quando a jovem reapareceu, deu um susto nos dois... Tamanha expectativa para o encontro...

— *Pueden seguirme, por favor.*

Quando atravessaram as duas portas, antes de chegar ao amplo escritório, as pernas de Martín fraquejaram, segurou firme a mão da esposa. O homem de cabelos grisalhos, iguais aos seus, levantou-se, e os olhos se encontraram, os dois pronunciaram os nomes trocados ao mesmo tempo. Os dois irmãos se envolveram num longo abraço, palavras foram ditas (Betti chorou ao ver os irmãos abraçados), mas nenhum ouviu o que o outro dizia. Lágrimas regaram a face de ambos, depois se afastaram para reconhecer os rostos mudados pelo tempo. Ramires falou primeiro, e o espanhol de Martín renasceu total.

— Raul e Betti! — "Quem são Raul e Betti?", pensei.

— Oh! Meu irmão! Na hora não sabia como deveríamos ser anunciados... Automaticamente saiu Raul — isso registrou os primeiros risos do encontro dos irmãos.

— Ai, meu Deus, você, Martín, este moço galã, como quando partiste. Quanto sonhamos com esse dia.

E virando-se para onde Betti estava enxugando as lágrimas disse:

— Betti! Sei quem és! Deixe-me abraçar minha cunhada. Bem-vinda, Betti!

— Prazer conhecer você pessoalmente, Ramires, porque já te conheço há muito...

Descrever o encontro, depois de tanto tempo, de irmãos que sempre se amaram, nem um poeta conseguiria traduzir em palavras a emoção. Creio que seria mais ou menos assim: perguntas, perguntas... respostas, respostas... Como está você? Como está você? Aonde você foi que não voltou? Onde estão Amadeu, Júlia e Anita? Reencontros, abraços, lágrimas, emoção... Café, água, lanches... Vem, veja. Vamos para casa... Nossos *padrecitos*? Quanta dor! Quanta dor? Quantos anos passaram... Hoje nos reuniremos na minha casa... Amanhã na casa de Amadeu... Quantos dias serão necessários para contarmos tudo... Como você nos encontrou, Martín? Eu conhecia vocês e vocês me conheciam... Sim, com certeza... Então, Ramires, onde vocês deixaram o endereço? Muito inteligentes vocês! O diário, Martín! Você achou o diário? Já chorei nossos *padrecitos*, Ramires... Amadeu, Júlia, Anita... Você não colocou no diário se *mamá* e *padrecito* esperaram minha volta... Ah! Escondidos eles choravam, Martín... Ramires e Amadeu, do jeito que vocês colocaram, a gente viu tudo. Sim, eu com Martín, vimos no diário um filme... Isso seria um resumo de quem tivesse testemunhado esse encontro...

Seis dias ininterruptos, café da manhã, almoço, jantar, festas... Conversas até altas horas, até madrugadas, foram insuficientes para recordar todo o passado. Eram cinco histórias de vinte e seis anos de comprimento. Cinco membros de uma família, com suas atuais ramificações... Trabalho, estudo, conquistas, vitórias, casamentos, filhos, saudade, lembranças vivas, esperança, orações, fé... Como resumir em poucas linhas tudo isso em míseros seis dias? Anita é quem abraça mais... Agora ela viu quem era Martín... O irmão que partiu quando ela era pequena... Hoje, Anita é uma mulher linda, casada e com dois filhos, um de sete e outro de nove anos, ela e o marido formam um lindo casal, ela professora, ele advogado. Júlia, com seus olhos de lago. Martin disse: "Teus olhos mais parecem o mar da Praia dos Carneiros". Júlia não casou. Como responsável da casa, com Anita menor, optou por estudar. Formou-se em psicologia. Ingressou no corpo docente de um colégio, e se dedicou de alma na orientação de jovens e adolescentes. Para Martín e Betti, ela disse que surgiram pretendentes, mas que ninguém a convenceu. "Estou feliz assim com meu trabalho" — argumentou. Amadeu, aquele vendedor de esculturas do passado, virou um negociante na construção civil. Quando parou de trabalhar com a empresa de asfalto, o progresso chegou em *Corrientes*, e ele partiu para o ramo imobiliário. Casou-se com uma professora universitária. Tem um filho de doze anos. Ramires, com sua inteligência, depois de formado em administração, conquistou cargos na empresa, tornou-se sócio. Casou-se com a filha de um dos sócios e tem dois filhos, um de quatorze e outro de dezesseis anos.

Combinaram... E uma noite, para recordar o passado, foram para fora da cidade, longe das luzes... cinco irmãos... No céu a coroa de estrelas... Num campo aberto de uma fazenda... Voltaram a ser crianças, a reviver a fantasia... Deitaram-se na relva... E procuraram pelas estrelas de seus *abuelos* e de seus *padrecitos*... Martín disse que tinha as estrelas de Sílvia e Chico. Nenhum dos cinco fez comentários... Silêncio... Cada um fez sua viagem... Antes de voltarem, Martín falou:

— Meus irmãos e minhas irmãs, pela nossa fé, sabemos que nossos entes queridos são mais do que as estrelas que vemos... Porém, a metáfora que *mamá* usou na nossa inocência nos fez suportar as perdas.

Depois se abraçaram e voltaram para a cidade.

Os irmãos no diário conseguiram narrar parte de suas vidas, e outra parte foi contada nesses dias. No entanto Martín só contou parte de sua aventura. Betti ajudou a relatar os acontecimentos dos anos na pousada, e a chegada dos filhos. Ele insistia em dizer que, para contar toda a sua história, levaria tempo demais. O mais importante era constatar que todos estavam bem. E concluiu:

— Vocês fizeram pouco mais de seiscentos quilômetros. Eu mais de quatro mil para nos reencontrarmos... É muito chão!

— *Está bien, pero queremos conocer toda tu gran aventura* — disse Ramires.

— *Lo contaré todo, pero sólo cuando se van a visitarnos, allí donde sale el sol sobre el mar. Es un lugar muy hermoso.*

E todos aceitaram o convite. Quando os seis dias passaram, Martín e Betti tinham que iniciar a volta para o nordeste do Brasil. Conforme combinado deveriam passar por *Posadas*. Visitariam a sepultura dos *padrecitos*. Ramires e Amadeu prontificaram-se, iriam junto e depois voltariam. Martín frisou que não voltaria para casa sem procurar por Alan também. Tinha contado essa parte. Quem foi Alan, e o que significou aquela casa em que morou por alguns meses. "Alan é outro irmão que preciso reencontrar", disse emocionado. Superficialmente, relatou parte das histórias que viveu com Lino e do trompetista que se tornara. Do trompete vocês saberão mais no dia em que estivermos todos juntos lá na minha Pousada das Ostras, na Praia dos Carneiros. Seu Chico! Ah! Esse foi outro *padrecito* que Deus colocou no meu caminho. Tem o Marcos, filho do seu Chico, e o irmão Vítor... Antes de se despedir de todos no jantar, entre lágrimas e promessas, combinaram o dia em que todos iriam para a Pousada das Ostras, para um grande encontro. Isso seria por sua conta. Júlia foi a última a ser abraçada. Ao abraçá-la, lembrou da promessa do amigo, e uma fagulha lhe passou pela lembrança, "por que Júlia ainda está sozinha?". E brincando perguntou: "Será que não tem alguém à sua espera, Júlia querida?". Júlia não respondeu, e uma lágrima rolou do mar de seus olhos. Afinal ninguém diria que Júlia tinha trinta e seis anos, esbanjava charme e juventude. Martín e Betti passaram a noite na casa de Ramires.

Pela manhã do sétimo dia em sua terra, Martín e os irmãos, com dois carros, seguiram rumo a *Posadas*. *Posadas* fica quase na metade do caminho, entre *Corrientes* e Barracão. Ao meio-dia, estacionaram os carros em frente ao cemitério. Ramires e Amadeu conheciam bem o local, pois todos os anos faziam visitas e conservavam as sepulturas dos pais. Reproduziram a única foto que tinham em família, recortaram-na e a colocaram nos respectivos jazigos para identificação. Martín e Betti choraram nesse dia a perda de seus entes queridos. Fizeram orações. Martín procurou por Javier e seu pai, a loja havia mudado de dono, então não os encontrou. Depois se despediram dos irmãos e retomaram o caminho para o Brasil. Passaram a noite no mesmo hotel de Barracão.

Capítulo 28

ÚLTIMA PARADA

Pela manhã, depois do café, traçaram a rota, hoje toda estrada de asfalto, dizia o mapa. Destino: chegar à primeira parada de Martín como carona. A cidade de Francisco Beltrão cresceu, o restaurante onde ele lavou louças e aprendeu as primeiras palavras em português não existia mais. Haviam gasto pouco tempo para chegar até esse ponto da viagem, então seguiram para leste, o mesmo rumo que tomara no passado. Betti hoje vivia parte da aventura de seu Martín. Uma estrada diferente, o asfalto, não tinha como identificar se era o mesmo traçado da precária estrada antiga. Entre subidas e descidas, procurou pela casa de Tião, mas não encontrou. Grandes lavouras mecanizadas engoliram a mata, modificando a paisagem. Após várias paradas para pedir informações, não obtendo resultados, seguiram. Uma ponte sobre o rio Santana, afluente do Marrecas. No passado Martín teve que fazer duas travessias, por errar o rumo do caminho que tomou, teve que passar pelo rio Marrecas, na travessia com o canoeiro e, depois mais longe abaixo, fazer a travessia onde os dois rios se juntavam. Agora, a estrada mais ao sul fazia, se comparando, quase uma linha reta encurtando a distância.

Comparando o rendimento de locomoção, de uma pessoa perdida, por picadas em meio ao mato, sem saber para onde vai, com a velocidade de um carro pelo asfalto, não existem parâmetros. Assim, mais meia hora rodando e já estavam entrando na cidade que outrora não passava de uma pequena vila. Foi difícil se localizar, descobriu depois que entraram na cidade pelo lado oposto. O que lhe parecia um vale, no passado, tornou-se uma leve baixada, e onde havia sido hóspede de Alan, que parecia ser uma colina, não passa de uma média elevação, talvez cento e cinquenta metros acima da cidade. Um sentimento emotivo a cada lugar revisto. Não tinha erro, reconheceu o caminho, apesar do novo traçado. Lá no alto, os pontos convergiram, no passado vindo do Oeste, a casa estava à sua direita, hoje, vindo do Leste, a casa estaria à sua esquerda. Na encruzilhada, pararam o carro, trocaram opiniões sobre o que dizer para identificarem-se, dependendo de quem os receberia. "E se o Alan não estiver mais aqui?" — Martín questionou, enquanto faziam a descida até a casa. Trezentos metros os separavam de uma parte importante da sua aventura. Porém, ao se aproximar, viu que estava tudo mudado. Não havia mais pomar. A mata que protegia as fontes estava irreconhecível, como havia crescido tanto? A casa grande de madeira, com duas sacadas, uma de cada lado da janela da sala, aquela imagem estava viva na memória, mas já não existia também. Havia uma casa em alvenaria, construída longe de onde estavam as fontes, estava dentro de uma escavação mais no alto.

— Betti, será que erramos o caminho? Está tudo mudado... É que faz muito tempo...

— A sua descrição do local sempre foi como você repetiu agora. Parece não bater, Martín... Será que tem alguém em casa? A casa está toda fechada.

— Tem cachorros e galinhas, deve ter alguém por aí...

— Bem, já que viemos até aqui, vamos aguardar, é quase meio-dia, deve aparecer alguém, quem sabe? Pode ser que o Alan chegue... E...

— Será que vou reconhecê-lo? Será que ele vai me reconhecer? Se nós mudamos como a paisagem, não nos reconheceremos...

— Tudo muda na vida, mas o bom sempre será bom... E não é difícil de ser reconhecido...

— Olha, Betti, no retrovisor... Um carro está chegando... Vamos ver...

Eles estavam com o carro estacionado bem mais abaixo da entrada para a garagem da casa. Quando o carro estacionou, um homem alto, de um metro e noventa, talvez, saiu e dirigiu-se para o carro estranho. Martín abriu a porta, e ao sair sussurrou para Betti: "Não pode ser o Alan, nem o irmão, ele é muito alto". E olhando por cima do carro disse: *"Creo que estamos perdidos. Buenos días, señor..."* — Martín logo pensou que seria melhor usar o português.

— Bom dia, senhor! Querem ir para a cidade?

— Na verdade, nós viemos da cidade. Estamos procurando uma pessoa, acho que morou aqui... Está tudo diferente...

— Quem vocês procuram?

— Bem... Era uma família que morava... Tinha um jovem... Isso... Faz muito tempo... Ele se chamava Alan...

— Muito tempo mesmo, amigo. Eu comprei de uma família, mas ninguém tinha esse nome, já faz mais de dez anos...

— Senhor, havia outra casa? Parece que era ali, mais próxima das fontes... Havia...?

— Sim, quando comprei, a casa estava localizada ali onde foi aterrado, era uma casa de madeira, grande e tinha um porão...

— Isso, isso... Então, era... Era bem assim, a mesma casa que morei alguns meses, com Alan, sua mãe e mais um irmão... — e virando-se para Betti: — Viu, estou certo. A casa era bem como nosso amigo descreveu.

— Sim, você está no lugar certo. Eu desmanchei a casa. Não estava mais em condições para morar. Daí construí essa — e apontou para a nova casa.

— Senhor! Eu me chamo Martín, essa é minha esposa Betti, nós viemos do Nordeste, para encontrar meu irmão Alan...

— Sou Vilmar, me chamo Vilmar. Não sei como posso ajudar, não conheci ninguém nessa cidade com esse nome.

— Senhor Vilmar, o senhor me disse que desmanchou a casa... Certo? Me diz: quando a desmanchou, não encontrou dentro da parede nada que lhe chamasse a atenção? Como se fossem anotações, em pedaços de tábuas, registrando uma data?

— Sim, sim, como que você sabe isso? Agora lembro, realmente encontrei dois pedaços de tábuas com anotações, estavam dentro da parede dupla embaixo da janela, bem ali — ele apontou como se ainda visse o local. — Não lembro os nomes, e o que estava escrito, mas as guardei em cima do forro da casa nova.

— Será possível que o senhor as guardou?

— Aguardem. Deixa ver. Devem estar lá onde as coloquei.

— Betti, será que você vai ver o escrito... E que, na brincadeira, deixamos escondida nossa marca de acontecimentos importantes? Alan e eu... Sem querer...

Enquanto pensavam no passado o homem voltou:

— Veja, o senhor Vilmar está retornando, e traz duas tábuas nas mãos... — as tábuas teriam talvez oitenta centímetros.

— Olhem aqui o elo do passado, isso parece filme... A data 20 de julho de 1969... Foi o dia em que a Apollo 11 desceu na lua e vocês, você e o amigo... que está procurando, escreveram isso? Impressionante!

Vilmar alcançou as tábuas para Betti, ela leu em voz alta sobre um acontecimento extraordinário; numa, sobre a conquista da lua, e na outra, sobre a gratidão... e Martín disse:

— Alan e o irmão dele não viram o que escrevi...

— Eles não viram? Belo reconhecimento você deixou! — disse Vilmar.

— Sensacional, que ideia genial o senhor ter guardado... *Muchas gracias!* Agora, só falta encontrar o Alan, ou alguém da família. Pelo sobrenome o senhor não conhece ninguém na cidade?

— A cidade é pequena, em dez anos que estou morando aqui, conheço praticamente todos, participo da comunidade, mas esse nome e sobrenome nunca ouvi falar.

— E agora, Betti, estamos sem a emenda... Aqui perdemos a sequência de nossa procura...!

— Que pena que não me foi possível ajudá-los... Lamento... Querem levar como lembrança as tábuas?

— Se o senhor concordar... Quem sabe se um dia reencontrar o Alan, é o que espero, então poderei mostrar essas relíquias...

— Podem levar. Fico feliz que, sem saber, guardei duas peças tão preciosas.

— *Gracias, gracias...*

— Vamos entrar, minha esposa chega do colégio, nosso almoço está pronto e vocês podem ficar...

— Não, não, obrigado, nós vamos descer, almoçaremos na cidade.

Despediram-se do senhor Vilmar, colocaram as tábuas no banco de trás do carro e foram à procura de um lugar para almoçar...

— Betti, temos que ligar para casa.

— Estou morrendo de saudade das crianças.

— Daqui voltaremos para Foz do Iguaçu, ou vamos passar pela terra natal de *su* Chico? Depois mais 35 quilômetros e temos a cidade do trompetista fantasma. Hoje o dia já foi, poderíamos procurar um hotel na cidade do seu Chico e lá, depois de ligar para casa, reprogramamos nossa jornada.

— Pode ser. As estradas de hoje são bem melhores do que quando você passou por aqui há tantos anos. E hoje você não vai de ônibus — e riram depois da observação.

Almoçaram num restaurante bem movimentado. Depois Martín contou parte da história ao proprietário, e relatou que estava à procura do Alan ou de alguma pessoa que tivesse o mesmo sobrenome. O dono falou que não conhecia ninguém com aqueles nomes. Lamentando a infrutífera passagem por um dos lugares marcantes de sua vida, Martín guiou com destino a Pato Branco. Tudo mudado, estrada e paisagem, lavouras em diversos tons de verdes formavam grandes quadros retangulares pelos terrenos levemente ondulados. A expectativa reavivando recordações, a cidade do seu Chico surgiu revelando os primeiros sinais.

Placas de anúncios: lojas, hotéis, todos desejando boas-vindas, uma referência à "Capital do Sudoeste". Rodando dentro do limite de segurança, seguiram pela avenida Tupi até a praça central. Estacionaram o carro em frente à igreja matriz na praça à esquerda, e à direita, um hotel. Ele estacionou o carro na vaga preferencial e dirigiu-se à recepção. Pediu um quarto, um moço levou as malas para o último andar. Ao abrir a janela, no campo de visão que se abriu, foi possível avaliar quanto a cidade havia mudado. O progresso estava estampado na paisagem, grande quantidade de novos edifícios, somados ao do próprio hotel, onde acabaram de hospedar-se. Depois de um banho, forças refeitas, o relógio da matriz anunciou 19h. As luzes da cidade todas acesas. Betti foi para a janela, e viu que havia uma grande quantidade de pessoas que subiam a escadaria da igreja. A mesma igreja em que, no passado, Martín entrou e não soube o que pedir. Hoje, com uma pintura de cor amarelo queimado, tornara-se um marco na paisagem, com os refletores que a iluminam. Aí veio a sugestão de Betti:

— Martín, que oportunidade temos, só atravessar a rua, para irmos à igreja e agradecer tudo o que aconteceu de bom nesta viagem.

— Bom, bom, concordo, vamos, sim! É verdade, temos muito a agradecer. Se nós chegamos até aqui, foi porque Deus nos guiou. No passado e no presente.

— Vamos nos preparar, não sei se o sinal que o relógio acaba de repicar marca o início da cerimônia... Deixa-me ver, acho que ainda não começou, tem gente chegando.

Eles atravessaram a avenida, parte da praça e entraram na igreja, e em dois minutos estavam procurando um lugar para se acomodar. Uma grande quantidade de pessoas tomava as dependências, todos concentrados, alguns sentados, outros de joelhos faziam suas preces. Poucas luzes do teto estavam acesas, o que dava uma sensação de paz e tranquilidade. Ambos de joelhos, falaram com Deus, do modo como aprenderam desde crianças. Às 19h30 o relógio marcou o início da missa. Um padre rezou, fizeram leituras, tão atuais que parecia que falavam para eles. Martín e Betti choraram de emoção. O padre na sua homilia falou sobre valores, sobre família, altruísmo e gratidão. No final da celebração, estavam revigorados e felizes pela oportunidade que tiveram de falar com Deus e serem abençoados.

À noite, foram jantar, e depois passearam pela praça iluminada. Estavam curtindo momentos exclusivos que, na sua juventude, não foram possíveis de serem desfrutados. Com grande sorte, moravam numa praia paradisíaca, mas hoje estavam a milhares de quilômetros num ambiente totalmente novo. A praça iluminada, o chafariz, o clima agradável, tudo formava um quadro perfeito e romântico. Voltaram para o hotel para viver uma noite de cumplicidade e de amor. Pela manhã estava decidido, 35 quilômetros, para quem estava a três mil e quinhentos longe de casa, não era nada. Antes, passaram pelo endereço onde Martín conheceu seu Chico, e de onde Lino o levou com o potente FNM. Era importante refazer o caminho, Betti revivia tudo com o esposo. Então, partiram para o último endereço, São Domingos, a cidade onde nasceu a inspiração para o trompetista. Não demorou para transporem a pequena distância. As estradas não eram mais poeirentas como no passado, o asfalto redesenhara sua trajetória, parecendo encurtar a distância entre as cidades.

Uma volta na cidade foi o suficiente para Betti identificar o lugar. A cidade continua pacata, porém a mata que a circundava não existe mais, com certeza virou tudo madeira para construções. A mata cedeu lugar às lavouras de soja e milho. Se, por um lado, Martín ficou feliz ao rever a cidade; por outro lado, ficou triste, por uma certeza, se hoje o fantasma Simão tocasse, o som do seu trompete não teria mais o eco como resposta. No devaneio das lembranças, Martín ouviu o trompete do Simão. Para reviver, tentando buscar informações, perguntou para um moço que estava na praça se ele sabia sobre o trompete fantasma e se o hotel havia sido desmanchado. O moço informou que, desde a noite em que o hotel queimou, nunca mais ouviram o trompete. Ao ouvir a resposta, Martín não quis ouvir mais nada... Não quis pensar no que poderia ter acontecido com seu amigo... Com saudade de Simão e de muitos motoristas conhecidos, e de Lino, pegaram a estrada rumo ao oeste.

Tiveram que pernoitar mais uma noite pelo caminho, em Cascavel, antes de seguir para Foz do Iguaçu. De Foz do Iguaçu, seu voo partiria pela manhã, então foram direto para o hotel, e lá devolveram o carro alugado. Pela manhã, com conexão em São Paulo, retornaram para o Recife.

Capítulo 29

UM TELEFONEMA

No aeroporto, Zeferino os aguardava para levá-los para casa. Quando chegaram na pousada, os filhos, Mateus e Violeta, vieram abraçar os pais, nunca haviam ficado longe um dia sequer. Confessaram que estavam morrendo de saudade. Cada colaborador que iam encontrando os cumprimentava efusivamente e demonstrava a alegria de vê-los de volta. Nina assim que os viu como sempre, em momentos extraordinários, chegou com sua gagueira. Abraçou os dois e, depois de relatar algumas novidades, havia uma, que parecia ser a mais urgente, e disse:

— Martín, Maartín, uuumaaaa peeessoooaaa liiigoooouuuu diiiveeersaaaas veeezeees, teteteee proooocuraaandooo...

— Calma, Nina, respira... — disse Martín, pois a conhecia muito bem. — Agora continua!

Nina parou, respirou, depois revelou o complemento do recado.

— Essa pessoa parecia ter muita urgência, ele precisa falar com você... Marrrrqueeeei o telefone que ele diiitooou, o nome dele é... Mar... mar... mar... Marcolino.

— Marcolino, Nina? Calma! De onde ele estava ligando?

— Siiiim, Marcolino! Eeellleeee disse leeeetra pooor leeeetra, não pergunteeeiii de onde fafafalava, maaaarquei o número. Ele disse que... que... que... éééé urgeeeennnteee...

— Betti, conhece algum Marcolino?

— Não recordo desse nome! Marcolino?

— Vamos lá, Nina, vamos descobrir quem é esse tal de Marcolino, é só você me passar o número... — entraram todos correndo, as malas alguém as levaria.

— *Buenas tardes!* Olá, tudo bem? — havia hóspedes já conhecidos que retornaram à pousada.

— Aquiiiii está oooo tetelefone queeee o Marcolino me diiitou... — Nina entregou para Martín.

— Está bem, obrigado, Nina, vou para o escritório.

— Mamãe, foram bem de viagem, encontraram nossos avós e tios? — perguntaram Mateus e Violeta juntos.

— Ah! Meus queridos, encontramos... Depois eu conto... E vocês se comportaram? Fizeram tudo direitinho...

— A vovó é que vai dizer se fomos obedientes, mamãe...

— Vamos, quero abraçar a vovó, depois eu pergunto.

Martín foi para o escritório, passando pelo painel de achados e perdidos, conferiu se a "meia nota de *pesos*" ainda estava lá. Pensou alto: "É, Alan, meu irmão, procurei a todos e os encontrei, agora sem notícias mesmo, só você. Espero um dia emendarmos essa nota". Foi pensando enquanto se dirigia para o escritório. Olhou para o telefone anotado por Nina, o código era do Sul, mais uma vez pensou alto: "Pra saber quem é esse tal de Marcolino, tenho que ligar". Sentou-se à mesa do escritório, pegou o telefone e discou... Chamou um, dois, no terceiro toque, ouviu um alô.

— Posso falar com o senhor Marcolino?

— De onde estão falando? — perguntou a voz.

— Aqui é da Pousada das Ostras...

— Um momento — respondeu do outro lado da linha.

Demorou alguns segundos até que Martín ouviu:

— Alô! É da pousada? Com quem estou falando?

— É Martín, às suas ordens!

— Posso fazer uma reserva?

— Sim, pode. O senhor que ligou? Quem está falando? Por favor, me informe para quantas pessoas, e qual período?

— Aquiii quem está faaalando éééé Mar... Marcolino, seria paaara... um casal e mais um aaadulto, o período daaaqui duas seeemanas.

Marcolino? — pensou Martín! E falou sozinho: "Será que a Nina passou a gagueira pelo telefone, ou é coincidência, que o Marcolino também é gago...". E riu sozinho... E nesse diálogo não conseguiu fazer ligação com a voz de nenhum conhecido.

— Sem problema, senhor Marcolino. Obrigado por escolher nossa pousada. Já a conhece?

— Nãââoo! Sóóó ouvi faaalaaar, me disseram que que ééé um lugar muuuuiiiito lindo...

— O senhor fez uma boa escolha, esperamos não o decepcionar. Serás bem-vindo!

— Estou ansioso paaara cooonhecer essa praaaaia!

— Com certeza, fomos abençoados com uma natureza exuberante, paradisíaca. Você vai gostar.

— OOOkkk! Meeu nooomee é Marcolino, não esqueeeça!

— Não esquecerei, senhor Marcolino. Obrigado mais uma vez, grande abraço. Estou no escritório, transfiro a ligação para o setor de reservas.

— Ooobrigado, abraaaaço...

Depois que desligou o telefone, ficou pensando e falou sozinho novamente...

— Que estranho, um telefonema cheio de reticências. Nina estava com tanta empolgação, gaguejou, e o tal do Marcolino, também gago, só queria fazer uma reserva.

Pensou um pouco, como se não tivesse entendido. Fez uma revisão da voz que ouviu, mas não consegui lembrar de quem seria... por telefone não foi possível identificar.

Com sua ausência da pousada por tantos dias, mesmo sabendo que seus colaboradores sabiam o que fazer, ele achou por bem conferir se tudo estava bem. E mais, fazia questão de cumprimentar a todos e agradecer-lhes a colaboração. Enquanto ele fez a ligação, Betti adiantou-se, e já estava inteirando-se de tudo o que acontecera no período de suas ausências. Então, ela passou no escritório para saber se ele tinha encontrado o tal Marcolino. Martín contou a Betti sobre o telefonema meio estranho e, depois do relato completo, disse que não era nada de mais, apenas um pedido de reserva. E, como Betti lhe disse que tudo estava bem, Martín optou por tomar um banho antes. Por isso só depois foi dar um abraço na sogra e em todos os colaboradores.

Não houve mudança no modo de ser de quem voltou do Sul, o proprietário da Pousada das Ostras era o mesmo simpático e amistoso Martín. Apenas convocou a todos os encarregados para uma reunião rápida e, em minutos, inteirou-se da situação da pousada. Ligou para o Vítor, marcaram um encontro. Ligou para o Marcos, encontrando-o na primeira tentativa, pois hoje com o celular tudo está mais prático. Contou as novidades, que conseguira reencontrar todos os irmãos, sobre seus pais, Marcos solidarizou-se com a sua dor. Em poucos dias, tudo voltou à rotina, a pousada continuava com lotação completa. Martín lembrou-se do seu trompete, tinha assumido um compromisso, de tocar para a família quando os visitassem. Para não fazer feio, e não perder a embocadura, voltou a praticar. Para recordar o repertório, intercalou noites, entre tocar nos shows da pousada e na torre. Sempre que o fazia na torre, provocava emoções aos que ouviam aquele som espalhar-se por sobre o coqueiral. E o trompete sempre lhe trazia recordações.

Estava um fim de tarde lá no seu banco preferido de frente para o mar, olhando para as gaivotas. Ele sabia que, apesar de serem sempre gaivotas, mesmo modo de voar, de pescar, depois de tanto tempo não eram as mesmas. Martín falou em voz alta.

— A vida sempre se renovando. Um dia eu queria ser gaivota para voar. Agora que voei e voltei, vi que mudanças aconteceram...

Absorto nos seus pensamentos, um coco caiu ao seu lado, chamou-lhe a atenção para a realidade, era hora de entrar, pois a noite escondeu as gaivotas e do mar só se ouvia o shuuá, shuuá das ondas... No caminho mais iluminado, passou por hóspedes e veranistas, como sempre: *"Olá! Buenas noches!"*. As varandas, com todas as redes ocupadas, alguns tomando seus drinques, outros já estavam no salão para o jantar. Martín foi para o escritório. Verificava alguns compromissos para o dia seguinte, quando Mateus, seu filho, o interrompeu anunciando um hóspede que acabava de chegar, que se chamava Marcolino, e queria lhe falar.

— O Marcolino chegou, filho? Lembro, ele fez reserva comigo no dia que voltamos de viagem. Chame-o, por favor, filho!

Mateus foi até a porta e fez um sinal ao senhor que queria falar com seu pai, e indicou o caminho. Quando ultrapassaram o umbral da porta, o menino indicou seu pai, depois, encostou a porta do escritório e retirou-se. O menino não ouviu quando o recém-chegado agradeceu:

— Obrigado, garoto!

Depois de tantos anos, as pessoas mudam, os cabelos ficam brancos, diminuem ou caem, mas tem marcas que não se apagam. Quando os olhos se cruzaram, viram-se um diante do outro: e se abraçaram. Um abraço de irmãos e parceiros. O menino Martín que fazia contas, e o Lino que conhecia todas as estradas. Felizes pelo reencontro, num instante foram interrompidos, quando o escritório foram adentrando uma senhora que amparava mais um senhor. Era Tina, a mulher que levou seu irmão caminhoneiro, e seu Alfredo. Acabava de ser cumprida uma promessa, que Lino e Tina levariam seu Alfredo para a Praia dos Carneiros... Abraços apertados, alegria jamais imaginada causaram essas visitas inesperadas à Praia dos Carneiros.

Martín quase gritou: "Marcolino, o gago... Era só o que me faltava! Você me enganou! Seu safado. Se tivesse dito Avelino, eu o teria reconhecido. Mas... Marcolino! Jamais!" Riram. Se abraçaram.

— Quanto tempo, amigo! — exclamou Lino.

— *Mira! Mira! Otro que me engañó: Avelino! Que siempre lo llamé Lino, que olvidé que era Avelino* — disse Martín.

— *Martín, Martín, nunca te engañé, te voy contar...*

— *Sí, me engañó! Dijiste que Avelino era el nombre del transportista.* Mas lembro que, nos documentos do casamento, lá está Avelino. Eu, inocente, deixei passar... *Increíble...* E conseguiste me enganar até no telefone!!! Ainda mais gago! Pensei que Nina tivesse te contaminado... — e todos riram muito.

— *Usted no mi preguntó, nunca te dije* — e Lino, de lado, olhando para a esposa, com o braço envolveu o amigo.

— *Lo mismo sucedió com su Chico, yo no sabía que era Francisco.* Seu Chico um dia me contou sobre os apelidos, que é um costume no Brasil, aprendi.

— Quem diria que eu teria a oportunidade de testemunhar esse reencontro. Estou muito emocionado! — disse seu Alfredo.

— Sim! Graças ao ponto de referência do senhor Alfredo, hoje nos reencontramos — foi Lino que anunciou.

— Agora posso morrer feliz, meus pupilos! — duas lágrimas brotaram dos olhos de seu Alfredo.

— Lino e Tina, quando reiniciei minha viagem de volta ao passado e encontrei o seu Alfredo, minhas esperanças renasceram. Aí tive certeza que um dia nos reencontraríamos.

E a noite foi pequena para que todos revelassem parte de tudo o que acontecera durante esses anos de distância. Tina foi apresentada a Betti, os filhos de Martín cumprimentaram os tios Lino e Tina, pois assim foram eleitos, como se os conhecessem. O pai sempre lhes contara sobre o amigo e das tantas viagens... Seu Alfredo os abraçou e os adotou por netos.

— Quando o Alfredo disse que vocês passaram lá em São Paulo e nos procuraram não queríamos acreditar. Foi a melhor notícia que tivemos na vida. Tina lamentava mais do que eu nosso desencontro. E eu não queria morrer sem te encontrar, Martín!

— Para voltar ao passado, o primeiro elo da corrente seria o Alfredo. Ele nos contou o que aconteceu na lua de mel de vocês, Lino... Ele me tirou um peso, eu nunca pensei que tivesse simplesmente me abandonado... Avelino... Estranho... Lino! — e ambos riram com as observações.

— Martín, amigo! Ele nos contou. E hoje está aqui para confirmar... Tina chorou muitas vezes... Aguardei alguns dias para ligar, porque sabia que tinham ido para o Sul. Fui discreto quando liguei e para não despertar suspeitas troquei meu nome, queria te fazer uma surpresa. Liguei vários dias seguidos para saber se tinham retornado.

— Quando Nina falou que um Marcolino havia ligado por diversas vezes, jamais imaginei que seria você. Sacanagem. Foi demais para minha cabeça... Marcolino, hein?!... — Martín repetiu, não se conformava.

O reencontro dos dois grandes amigos foi festejado. Lino não sabia que seu Chico havia feito a troca com o primo. Nem sabia do seu falecimento.

Ficou muito triste ao saber de toda a história. Inclusive da coincidência da escultura, que seu Chico comprou quando de sua passagem pela Argentina. Puderam comprovar a obra do menino que estava exposta no escritório.

Tudo foi esclarecido, mudanças importantes aconteceram durante o longo período em que ficaram sem notícias. Um fez progresso no ramo de transportes. Lino, com o fim do ciclo da madeira, estabeleceu-se no oeste do estado do Paraná. E hoje transporta grãos, já que as lavouras substituíram as matas. Outro, Martín, como por milagre divino, que faz questão de frisar, tornou-se proprietário de uma pousada. Cada um a seu modo, correu atrás dos seus sonhos e ambos concluíram que venceram. Martín contou para Lino como aconteceu a descoberta de que seu **Chico** era Fran**Chico**, e agora descobriu que **Lino** era de verdade o Ave**Lino**. E fez esta observação: "Veja como acostumei, até minha Elizabete virou **Betti**. Esses lembretes os faziam dar gargalhadas. *"Apellido es nuestro* sobrenome *em mi tierra"* — observou Martín: o espanhol vinha à tona e recordavam a mistura que faziam no passado. Numa das noites em que Martín foi tocar seu trompete, levou Lino, Tina e Betti ao alto da torre. Seu Alfredo ouviria lá embaixo, não quis subir. Daí Martín disse:

— Quando vocês foram para a lua de mel, eu me dediquei ao máximo no curso de trompete, queria mostrar a novidade quando vocês voltassem. Foram dias intensos, enquanto esperava a volta... Estudar, talhar e vender minhas peças...

E concluiu:

— Até que enfim chegou o dia, hoje vou tocar para vocês.

— Martín, nossos caminhos se cruzaram num dia, por acaso; e sem intenção se desviaram da mesma forma. Devia estar escrito, meu irmão. E hoje nos reencontramos, ambos vitoriosos... Quem saberia explicar?

— *Mi Hermano, creo que hay quien sabe explicar! Dios nos ha guiado, yo creo...*

— *También creo que Dios nos ha conducido...*

— *Ahora voy a cumplir mi promesa... quieres escucharme...*

Passavam longe das dez horas quando, nessa noite cheia de estrelas, Martín, com o *playback* do Casquinha, desfilou sua melhor seleção para os convidados. Quando encerrou com *No llores por mí, Argentina*, ninguém se segurou. Os quatro que assistiram ao vivo ao show aplaudiram e abraçaram o trompetista, que não é mais um fantasma, mas, sim, um ser humano vencedor. Ele fez sua confissão para a esposa e amigos:

— Lino, lembra do motorista Simão, ele era o trompetista fantasma, em São Domingos. Ele me contou no último dia em que estivemos lá. Contou-me o segredo e queria que um dia eu o substituísse... Pelo que fiquei sabendo quando voltei ao sul e passamos em São Domingos, Simão deve ter morrido no incêndio do hotel. Depois do incêndio, nunca mais ouviram o trompete...

— Não me diga isso, Martín! — ao saber dessa notícia, Lino afastou-se, depois voltou secando as lágrimas.

Depois, Martín quis lembrar o passado...

— Quando parti, lá da *ruta* 14, quando me despedi de meus irmãos e de meus *padrecitos*, coloquei a mochila nas costas, prometi que caminharia em busca do sol nascente. Não só o sol que nasce para todos, todos os dias, mas, muito além, o sol nascente da vitória... Era isso que buscava, apesar de saber de minhas limitações. Eu percorri esses caminhos todos, à procura de encontrar o que meu país não me deu. Acabei encontrando tudo: o Brasil, minha Betti, meus filhos e vocês, meus irmãos... E da praia, ou daqui dessa torre, é possível ver todas as manhãs essa construção perfeita que Deus fez para mim... e para nós... A Praia dos Carneiros com seus coqueirais... — concluiu emocionado.

Houve aplausos. Era hora de descansar. Voltaram para a pousada... Muitos gostariam de descrições poéticas sobre os momentos românticos vividos por casais apaixonados. Simplesmente o lugar faz sonhar! Mas acho mais interessante deixar por conta da imaginação de cada um, dos que conheceram suas histórias... Dos que puderam viver aqui suas histórias... E dos que vieram aqui para confirmar o que significa esse lugar encantador. A Praia dos Carneiros tem uma magia indescritível. O shuuá das ondas, a brisa quente trazendo o gosto de sal... E, pelas janelas da pousada, dentro da noite, ouvem-se as suaves notas de uma música que vem de muito longe...

O período de férias de Lino e Tina, com o carona, seu Alfredo, passou correndo. Estava chegando a hora de retornar para o sul. Trabalho, filhos, sempre são geradores e interferentes, e nos trazem a realidade dos compromissos. Passou a trégua, a reflexão.

Antes de partir, porém, Lino quis recordar um acontecimento dramático, que ocorreu numa de nossas viagens, lá no sul.

— Lembra, Martín, dessa? Foi lá, na longa descida na estrada entre General Carneiro e União da Vitória. O dia do estranho!

— Ah! Se lembro, Lino! — e Lino disse: — Vou contar...

— A mata cobria os dois lados da rodovia. A umidade era quase que permanente. Quando chovia, então, ninguém trafegava, nem carregado, nem vazio. Aconteceu, foi um longo período de chuvas, os caminhões foram se acumulando nas laterais da estrada. Dos dois lados, formou-se uma fila sem fim. Nós, os motoristas, nos hospedávamos num grande barracão, junto a um posto de combustível, onde aguardávamos a hora de partir. Isso depois que as chuvas cessassem e a estrada secasse. Ali aconteciam cantorias, churrascos e passatempos. Fazendeiros do lugar nos doavam carne e alimentos. Tudo virava festa e confraternização. Havia os que gostavam do jogo de baralho. O jogo mais comum era o "nove", onde podiam participar um grande número de jogadores ao mesmo tempo. Um motorista fazia a "banca" e distribuía as cartas, muito rápidas eram as rodadas. Se o banqueiro fosse de sorte, no final da rodada, estaria com altos valores para "capar" a "banca".

Num belo dia, estavam no jogo mais de uma dezena de jogadores. Nisso chegou um moço estranho, ninguém o conhecia, ele pediu para jogar. Foi aceito. Só que podia entrar como sendo o último da roda. Era a regra do jogo. Ficaria ao lado esquerdo do banqueiro. Coincidência, naquela rodada, o banqueiro ganhou todas as carteadas... Quando o banqueiro deu as cartas para o estranho, ele cobriu o valor da "banca", jogando as cartas em cima da montanha de dinheiro. Houve alvoroço entre os que assistiam... Expectativa geral... O banqueiro olhou seu jogo, estava bem, aceitou o desafio. Quando viraram as cartas, o banqueiro somava "oito"... e o estranho bateu "nove". Foi um uuuauuu geral.

O estranho pegou um grande pacote, quase o encheu com todas as notas de cruzeiros. Pediu se o próximo faria nova "banca"; com a cabeça, fez uma negativa. Um por um, todos foram se retirando da mesa de jogo... O estranho despediu-se, saiu, embarcou num automóvel velho e foi embora. Deixou todos de boca aberta...

— Aquela nós vimos! — eu disse.

E Lino continuou recordando:

— Triste dia para muitos motoristas. O homem estranho levou a "grana" suada de muitos, inclusive o valor de uma carga de combustível de um dos jogadores. Foi uma lição para todos os aficionados pelo jogo de "nove". Quantos juraram que nunca mais jogariam — Lino fez uma pausa, parecia que tinha voltado no tempo e continuou: — Depois da lição do baralho, todos fomos em mutirão, com catracas e correntes, arrastar um ônibus que tinha que passar de qualquer jeito os atoleiros. Estava lotado, fazia linha de Pato Branco a Curitiba. E dois motoristas que não podiam deixar os passageiros pelo caminho conseguiram seguir viagem, felizes. E nós ficamos aguardando mais dois dias para seguir ao nosso destino.

— Pois é, houve muitas aventuras, não foi, Martín? Mas essa foi marcante.

— Quantas aventuras, Lino! E lições! Nós nunca arriscamos nossas economias! Não é mesmo?

— Verdade! Apenas assistíamos aos desfechos!

— No meu restaurante, ouvi muitas histórias... — concluiu o Alfredo.

Assim, passaram os dias da visita de Lino, Tina e Alfredo.

Na despedida dos amigos, promessas de resgatar o tempo perdido, manter contato alimentando a riqueza dessa amizade. Seu Alfredo agradeceu o carinho recebido e garantiu que o ar puro da Praia dos Carneiros o havia revitalizado. Quando as malas de todos já estavam no táxi que os levaria para Recife, Martín disse:

— Para completar minha felicidade, está faltando somente encontrar meu querido *hermano* Alan...

— Pode aguardar, Martín, um dia ele vai trazer a outra metade da nota que você tem lá no painel de achados e perdidos... — foi o desejo de Lino.

— Até um dia, Betti. Até um dia, Martín — disse Tina com lágrimas escorrendo pela face em meio aos abraços.

— Boa viagem, Tina. Boa viagem, Lino. Boa viagem, seu Alfredo — disse Martín.

Capítulo 30

O ÚLTIMO ELO

Os dias e os meses parecem passarinhos voando. Quando o trabalho é intenso, não se vê o tempo passar. Desde que receberam a visita de Lino e Tina e de Alfredo, já haviam passado três meses e a pousada vivia a altíssima temporada, casa sempre cheia. Fevereiro aliviou, foi quando os irmãos ligaram dizendo que seria oportuno o tempo para todos, numa caravana viriam para a pousada. Confirmado. No dia em que desembarcaram doze argentinos, no aeroporto internacional de Guararapes no Recife, um micro-ônibus da Pousada das Ostras os aguardava. Pelas janelas do ônibus, enquanto rodava pela estrada, foram revelando-se as paisagens da terra que adotou o irmão da família Gonzáles. Os cem quilômetros que separam Recife da Praia dos Carneiros despertaram suspiros nas crianças e nos adultos, paisagens totalmente diversas de onde era sua procedência, *Corrientes*, na Argentina. Quando Zeferino, o motorista, anunciou que estavam chegando, houve um alvoroço, logo o coqueiral revelou sua majestade. Embevecidos pela beleza do lugar, com perguntas e mais perguntas, antes de receber todas as respostas do motorista, o micro-ônibus estacionou no pátio da pousada. Foi uma festa, irmãos se abraçavam, cunhados se abraçavam, sobrinhos se abraçavam, primos e primas se abraçavam, e tios abraçavam sobrinhos...

Assim que se cumprimentaram, as crianças e os adolescentes debandaram para todos os lados, a paisagem os cativou de imediato. Quase que tiveram que armar redes para cercá-los e conseguir reagrupá-los. Como a pousada tem as pessoas preparadas para essas emergências, num instante tudo estava sendo acomodado. Os pais juntaram os filhos e foram para os apartamentos. Banhos e alimentação para compensar o cansaço da longa viagem. Ramires e todos confessaram que não sabiam que era tão longe a terra que acolhera o irmão. Martín e Betti, como sempre, nos casos extraordinários, delegaram encargos aos colaboradores, para que eles pudessem dedicar-se exclusivamente à família, diferentemente dos demais hóspedes. Hoje a família Gonzáles eram os hóspedes especiais. Já estavam programados passeios, lazer, caminhadas, para todos os dias que permaneceriam na pousada. Na programação, havia exclusividade em certos passeios, em outros participariam com os demais hóspedes. As crianças foram encaixadas com as demais da temporada, e participariam de todas as atividades de lazer e entretenimento também. Mateus e Violeta fariam companhia aos primos, fazendo todas as atividades, sempre acompanhadas por uma cuidadora, para evitar que se perdessem na paisagem maravilhosa. Júlia, como os demais, apaixonou-se pela paisagem e, após um banho, foi para a praia. Queria ver as cores do mar como eram, uma vez que sempre as compararam com a cor de seus olhos. Ficou extasiada com tanta beleza, realmente no mar também se viam cores cintilantes de azul, verde-esmeralda. Achou uma mera coincidência a semelhança entre seus olhos e o mar... O mar estava cristalino, as ondas no seu reboar incessante quase a embriagaram com tanta beleza, tudo ao alcance de sua visão. Caminhou pela praia e por entre o coqueiral, como se estivesse em outro planeta. Se havia pessoas transitando, ela não viu, pois fora arrebatada pelo encanto da natureza...

No mesmo dia em que chegou a caravana da Argentina, pela manhã, mais um hóspede chegou quando o sol declinava no horizonte por trás da pousada. Há muito que **Ele** programava vir para a Praia dos Carneiros, deixava sempre para depois e, quando tentava fazer uma reserva para a data, não encontrava mais vaga. Desta vez não esqueceu, e a Pousada das Ostras lhe reservara um lugar. Apresentou-se na recepção, seu nome já estava cadastrado. Suas malas foram encaminhadas para o quarto. Subiu, cansado tomou um banho, descansou e depois desceu para jantar. Escolheu uma mesa afastada do centro, na lateral onde a luz fazia uma transição para a sombra, na penumbra. O lugar era estratégico, dali **Ele** tinha a visão total do restaurante. Enquanto aguardava o jantar, queria ser apenas um anônimo, pediu um drinque, olhava o movimento, e seus pensamentos faziam um balanço de sua vida. Tinha alcançado seus objetivos, seu trabalho na estatal de economia mista lhe dera uma segurança financeira. Pensando no futuro, sempre fora prudente, mas as seguidas mudanças o fizeram esquecer seu lado romântico. Agora, de repente, o local despertara-lhe um sentimento. (...) "Por quê?" — **Ele** se pergunta agora!!! Oportunidades sem conta de ter uma mulher ao seu lado ficaram para trás. Correu, correu, desde que saiu lá do interior, estudou, fez o concurso e foi aprovado, aí não teve mais paradeiro. Quando pensava que se estabilizaria, a empresa o chamava para uma nova missão. Enfim, chegara a promessa de que deveria permanecer na capital, no cargo atual.

Mas afinal, **Ele** pensou, não era hora de balanço, **Ele** pretendia mesmo esquecer o trabalho e descansar. Porém, parecia que o filme de sua vida teimava em rodar na cabeça, justamente no começo de suas férias. Chegou a balançar a cabeça para mudar o foco, queria estar livre de preocupações... Pegou seu drinque e o levou à boca. A posição era estratégica e, com seu olhar, captava todo o movimento. O salão havia virado um tumulto. A impressão que se tinha era de que todos estavam há dias sem se alimentar. Crianças chorando, umas diziam sim, outras diziam não, outras não quero! As mães e pais, alguns mais discretos, outro nem tanto, todos a seu modo tentando conciliar as situações. Num dado momento, ele viu uma mulher diferente de todas, elegante, de movimentos sensuais, parecia flutuar pelo salão enquanto se deslocava. Sentou-se a uma mesa não muito distante e ficou de perfil. Como se fosse uma luz, capturou sua atenção, percebeu que **Ela** passeava com olhares discretos... Na mesa escolhida, havia quatro lugares. **Ele**, maduro, **Ela**, apesar da beleza, não seria tão jovem como parecia. O coração deu um tranco. Vem essa agora? Crianças chegaram, duas. Pronto, agora falta uma pessoa para completar a mesa..., mas o tempo passando, **Ele** torcendo para que não viesse mais ninguém. E ninguém chegou para ocupar o último lugar da mesa. Para o princípio, houve até um certo alívio. Discreto, **Ele** não queria pensar bobagens, mas mesmo assim ficou atento. Quando se levantaram para servir-se, de passagem, ouviu que as crianças a chamaram de "tia". Percebeu que a dicção, apesar de não ser bem audível, não era o português. Aquela figura ímpar o fizera quase esquecer-se do jantar, continuava sentado, imóvel. Quando o drinque já havia derretido o gelo, **Ele** despertou e foi servir-se. O ponto de sua vista lhe dava liberdade para, cada vez que levava o talher à boca, sua visão se fartasse daquela imagem. Acompanhou cada passo da elegante mulher, até que todos se retiraram do salão. **Ele** não ouviu mais crianças chorando nem percebeu quando o tumulto acabou. O ambiente estava num silêncio embriagante. Só lamentou quando **Ela** se levantou. Os olhos foram gravando aquela imagem que, em câmera lenta, foi se afastando, seu coração disparou ao perceber que seguiu sozinha, para a escada rumo aos apartamentos. Como **Ele** torceu para que não houvesse ninguém a seu lado! Aquela visão o perturbou a noite inteira e, apesar do cansaço, não descansou. Debateu-se entre sonhos e pesadelos. Sonhos que nunca tinha tido povoaram sua noite. Sonhou que caía num precipício, mas que alguém o socorria antes de chegar ao fundo, e o salvava...

Por não ter dormido bem, **Ele** resolveu levantar-se antes do sol. Optou que melhor seria ver o espetáculo do amanhecer, já que não havia se refeito do cansaço da viagem, porque este fora um dos pontos altos na divulgação da Praia dos Carneiros. Vestiu uma camisa polo, bermudas e, de pés descalços, foi rumo à praia. A brisa vinda do mar movimentava levemente as folhagens. Caminhou em direção ao mar, por entre o coqueiral. O horizonte já começava a pintar onde o astro rei haveria de surgir. O mar, com ondas mansas, acariciava a areia a seus pés. Até parecia que ainda embalava a noite em suas ondas, sem querer acordar os hóspedes da pousada. Absorto dentro da paisagem, parado de pé, onde as ondas mansas vinham e voltavam. Entre **Ele** e o horizonte, surgiam as primeiras gaivotas, com certeza as mais famintas... Ele pensou: "Quem chega primeiro na fonte bebe água limpa". Seus pensamentos voavam livres como as gaivotas... A hora era zen, mas alguém às suas costas o tirou da concentração:

— *Buenos días! Despertó antes del sol?*

— Bom dia! Sim, estou esperando para ver o rei das estrelas brilhar no horizonte. Quero contemplar o espetáculo da natureza.

— *Oh! Qué hermoso, vine para ver el amanecer, y encuentro um poeta romântico!*

Ele, um homem de porte atlético, representava ter mais de um metro e oitenta. Cabelos grisalhos, um rosto de ângulos definidos, corpo esbelto, parecia uma figura que fazia parte da paisagem. À primeira impressão, transparecia que sua figura, contra a pouca luz, fosse uma estátua. Mas não era estátua, porque **Ele** respondeu à observação que **Ela** fez na abordagem:

— Não, não sou poeta! Nem saberia repetir as palavras que acabei de proferir...

Ele sentiu afundar na areia... Quando se virou para o lado de onde ouviu aquela voz, tremeu ao contemplar o desenho de quem o chamara de poeta. Não era noite, nem era dia ainda, estava acontecendo a divisão entre o escuro e o claro, mas um desenho perfeito de mulher tornara-se real a seu lado. A princípio não acreditou, era a mesma mulher que vira no restaurante na noite passada. Os cabelos cor de mel estavam amarrados, como diriam, em forma de rabo de cavalo. Uma bata branca de renda com uma cintura fina revelava um corpo perfeito. Aquele rosto de luz que vira na noite anterior havia sido desenhado com perfeição... E **Ela** insistiu, trazendo-o à realidade. Repetiu sua primeira observação impactante:

— *Cómo no, es um poeta!? Poetas a veces no necesitan hacer poesía! Su postura me parece ser de un poeta...* — os primeiros raios de sol lhe iluminaram o rosto. E olhos claros se revelaram, refletindo o mar, ele estremeceu.

— Não, nada disso. Apenas vim para ver se o que dizem deste lugar é verdadeiro...

— *Qué dicen de este lugar?*

— Dizem que a magia começa no amanhecer, e se estende até o pôr do sol... E o início está se confirmando...

— *Todo indica ser verdad! Todo muy hermoso, um cuadro perfecto... Con figuras perfectas...*

Ali na praia, o sol estendeu seus raios e acrescentou com sua luz a silhueta dos dois à paisagem. O diálogo girou em torno das belezas do lugar. Espanhol e português se misturaram, nenhum perguntou ao outro de onde vinha. Apenas **Ele** pensou, mas não questionou, **Ela** é da América Latina... Fala o espanhol perfeito. Nem nomes foram revelados. O que os olhos viam, o que a cabeça pensava, a boca não revelava, mas era sensível a impressão que um causava ao outro. Um mais discreto que outro, e ambos meditavam cada palavra antes de pronunciá-la. Quem passasse pela praia talvez os veria apenas como se fizessem parte da paisagem... O sol não parou, seguiu seu trajeto, pintou as nuvens no horizonte, e abriu estrada de luz sobre as ondas e nem parou para ouvi-los. Com a claridade mais intensa, **Ele** olhou para olhos dela e viu o mar. Bandos de gaivotas faziam seus mergulhos em busca de alimento, enquanto as palavras formavam elos de uma corrente entre os dois. Quando a praia já era invadida pelos primeiros maratonistas a correr pela areia branca, **Ela** falou que era hora de fazer o desjejum. **Ele** falou que, antes do café, faria uma corrida. Desejaram-se um *"buenos días"*, e seguiram, cada um pelos caminhos que a praia lhe oferecia.

Ela tomou o rumo da pousada, **Ele** escolheu um lado da praia e iniciou seu *cooper*, suas pernas o levavam para o sul, mas sua cabeça não o acompanhou. Desde que viu aqueles olhos, quando o sol os iluminou, uma confusão se formou na cabeça... Seriam os olhos que sempre procurou? Seriam os olhos que alguém um dia lhe fez tanta referência? Não! Faz muito tempo, e estariam tão longe! **Ele** correu, não marcou tempo, nem distância até que encontrou uma pequena igreja, bem à beira da praia, cercada de altos coqueiros. Chamou sua atenção, se aproximou, estava fechada, benzeu-se e acelerou para chegar logo de volta à pousada para o café. Subiu de dois em dois os degraus da escada. Tomou banho e foi para o salão, procurou, queria tornar real novamente aquela imagem que saíra da praia. Demorou no salão, mas não conseguiu rever aquela que o chamou de poeta. Não quis pedir informações. Para gastar o tempo, mas sempre com os olhos atentos, fez caminhada pela trilha que passa ao lado da torre, respirou o ar puro, mudou-se de banco em banco observando a paisagem. Quando retornou, antes do almoço, escolheu a última rede da varanda e com um livro tentou disfarçar suas divagações, não conseguiu ler nenhum parágrafo. Almoçou e não viu nada do que queria ver. Será que **Ela** já foi embora? Uma pergunta lhe deu uma pancada na cabeça. Não, não acredito, **Ele** fez pensamento positivo. À tarde foi à praia; quando convidado para um passeio de barco, conferiu os que participariam do passeio, desistiu. Achou melhor ficar. A tarde foi longa, depois da praia caminhou por entre o coqueiral, chegou a imaginar estar caminhando com **Ela** a seu lado. Quando a tarde foi embora e a noite chegou, depois do banho, vestiu-se e foi para sua mesa na penumbra. Mesas ao seu lado, iluminadas à luz de velas, como da noite anterior, estavam ocupadas por casais, que poderiam estar vivendo o romantismo da lua de mel. Dali **Ele** a tinha visto, na noite anterior, mas não sabia se **Ela** o tinha visto, pois não fizera nenhuma referência quando conversaram pela manhã. Se bem que na sua cabeça não havia dúvida de que **Ela** o tinha visto. A abordagem da manhã estava muito evidente...

Enquanto **Ele** continuava absorto nos seus pensamentos, no escritório, estavam reunidos Martín, Betti, e os irmãos. Martín estava relatando parte do que aconteceu depois que encontrou seu Chico, que era Francisco. Martín fez uma observação de valor: "Sabe, Ramires, a matemática que nós estudamos juntos abriu-me portas". Relembrou com Ramires e Amadeu o dia em que um brasileiro comprou, e pagou além do preço, a figura de mulher que ele tinha talhado. Enquanto falava, mostrou onde estava a escultura. Todos ficaram impressionados com a grande casualidade naquela revelação. Depois recordaram passagens do passado, cada um contou um pouco da vida... Choraram... Por sugestão comum, entenderam que deveriam compartilhar o máximo aquele tempo oportuno. Nesse sentido foram todos convidados para um jantar na pousada do Vítor. Martín fazia questão de apresentar para o amigo sua família. No momento em que estavam saindo, pela lateral da pousada, **Ela** disse que ficaria... Argumentou que estava cansada... E seguiu para o restaurante.

Ele fazia uma análise da situação, quando **Ela** surgiu. Não desceu as escadas, chegou de um corredor na lateral. **Ela** fez uma parada estratégica como se procurasse alguém. E quando seu olhar identificou o lugar, onde **Ele** estava, **Ela** abriu um largo sorriso e encaminhou-se lentamente, parecia contar os passos que os separavam. O coração **Dele**, como se fosse de um adolescente, disparou, não acreditava no que via.

— *Buenas noches, caballero! Con su permiso, puedo hacerle compañía?*

— *Será um honor para mí! Sea bienvenida!*

Ele levantou-se, cumprimentaram-se com um beijo no rosto. Gentilmente **Ele** afastou a cadeira para que **Ela** sentasse. Ela confessou que o tinha visto na noite anterior no mesmo lugar, e que percebeu que não estava acompanhado. Em espanhol, pediu desculpa se estava sendo invasora de sua privacidade. **Ele** garantiu que estava livre, e que não havia nenhuma invasão de privacidade.

— *Mis hermanos fueran en el otro albergue...*

— *No quisiste ir con ellos?*

— *No, pensé que podría encontrarlo... Es... que podríamos cenar...*

— *Oh! Sí! Cenar juntos, con mucho placer...*

Assim, começou a noite **Deles**, pediram ao garçom um drinque, e o português e espanhol misturaram-se durante todo o jantar. O olhar **Dela** o incomodava cada vez mais, **Ele** tinha referências e lembranças, pois alguém lhe falara um dia sobre olhos da cor do mar... Mas tinha medo de lhe perguntar. **Ela** pensava no que o irmão lhe havia perguntado quase afirmativo, há pouco tempo, sobre **Ela** estar ainda sozinha... "Será que há alguém que pode estar te esperando...?" — seria essa pessoa à referência do *hermano*?! Enquanto a conversa fluía com palavras, na cabeça perguntas continuavam sem respostas... Conseguiram revelar, quase que ao mesmo tempo, que não tinham compromisso... A justificativa alegada para tal situação poderia ter sido o trabalho, talvez? Foi a conclusão de ambos.

Terminado o jantar, saíram para fazer um passeio, pelos jardins da pousada. A noite estava agradável, nenhum dois se preocupou com o nome. Perguntar o nome poderia quebrar a magia... O mais importante era o clima que os envolvia... Soprava a brisa do mar, e um ar de puro oxigênio lhes revigorava os pulmões. Os caminhos desenhados por luzes os seduziram, as mãos se esbarraram, os dedos se entrelaçaram... Alternâncias de sussurros e silêncio... Pelas mãos, uma corrente eletrizante parecia fundir dois corações que batiam descompassados... Os passos tornaram-se lentos até cessarem, eles se abraçaram, e o primeiro beijo aconteceu... Não precisou dizer palavras, seria o encontro que há muito o destino havia marcado! O caminho iluminado foi guiando-os, quando passavam pela torre, **Ela** disse que seu irmão prometera tocar seu trompete uma noite dessas... **Ele** perguntou se seu irmão era trompetista. **Ela** contou que houve um tempo em que pensavam que havia um trompetista fantasma na praia. Sempre à noite, ouviam um trompete e não sabiam quem o tocava. **Ele** não estava entendendo nada dessa história de um trompetista fantasma... Nesse clima de romantismo, subiram a torre e, acima dos coqueirais, acima das luzes da pousada, os beijos há muito guardados uniram os dois. O clima era perfeito e a paixão aflorou como um vulcão que estava adormecido há muito tempo. As estrelas brilharam sobre **Ele**, que prometera ao amigo que a procuraria, e sobre **Ela**, que não tinha sido seduzida por nenhum outro amor. Quis o destino trazê-los de tão longe e colocá-los frente a frente, num encontro natural e singular.

De mãos dadas, voltaram para a pousada, já não havia mais hóspedes transitando, somente luzes de orientação iluminavam os ambientes da pousada. Despediram-se, **Ela** disse que partilhava um apartamento com os sobrinhos, mais um beijo e apenas os corpos se separam.

Buscando o caminho para o apartamento, **Ele** caminhou lentamente, sabia que mais uma noite não dormiria. Enquanto flutuava pelas veredas estranhas, um painel chamou sua atenção, com os dizeres: "achados e perdidos". Entre todos os itens fixos, viu, no meio do painel, metade de uma nota de cinco *pesos* argentinos. E **Ele** falou sozinho...

— Cadê a minha nota de cinco *pesos*? Na minha carteira... Deve estar ainda aqui! Aqui... aqui está... Vou comparar... Será possível!?

Quando **Ele** tentou encostar sua metade na do painel, para fazer o comparativo dos pontos, a surpresa:

— A parte de meu irmão Martín! Martín passou por aqui e a perdeu! Se Martín passou por aqui, deve ter deixado endereço... — ainda falando sozinho em frente o painel: — Pena que é tarde, amanhã vou pedir na recepção sobre esse perdido... Que dias, que noites! Este lugar tem magia mesmo!

Ele subiu e se jogou atravessado na cama, os acontecimentos recentes desencadearam uma tempestade em sua cabeça. **Ela**, com aqueles olhos, que apesar dos poucos momentos revelados em plena luz, pela manhã na praia e no jantar, não se apagavam de sua mente. E agora o pedaço de uma lembrança, guardada há tantos anos. Depois de olhar pela janela por certo tempo como se procurasse uma explicação, endireitou-se na cama e dormiu. Os sonhos o levaram a correr pela praia ao lado **Dela**.

Enquanto **Ele** sonhava, muito próximo, **Ela** também perdera o sono. **Ele** conseguiu despertar um coração que há muito deixara de sonhar. **Ela** já havia pensado em revelar pela manhã, aos irmãos, o que estava acontecendo. Lembrou da observação do irmão quando fora visitá-los. E se questionou: "Poderá ser **Ele** quem estava me esperando? Não sei seu nome, nem **Ele** o meu, mas tenho o direito de sonhar" — aí percebeu que estava falando sozinha. Os sobrinhos se reviraram nas camas.

Capítulo 31

DEMOROU, MAS ACONTECEU

Quando a aurora anunciou o novo dia, **Ele** se levantou numa disparada, pois havia três motivos para correr... 1 - **Ela**. 2 - A magia da Praia dos Carneiros, ao nascer do sol. 3 - Descobrir quando o amigo estivera na pousada. Se a "meia nota" estava ali no painel, Martín deveria tê-la perdido. Barbeou-se, vestiu-se e desceu as escadas, não querendo esperar pelo elevador. Na recepção, não havia ninguém. A impaciência o fez caminhar sem rumo, não sabia se iria para a praia, que possivelmente **Ela** deveria ir também, ou aguardava o atendente da recepção. O sol não esperaria por **Ele** para nascer. Optou por esperar na recepção... Caminhou na varanda, no saguão, o tempo passando, quando viu Nina aparecer. Assim que a viu desejou-lhe um...

— Bom dia!

— Bom dia, senhor! Vejo que gosta de levantar cedo, ainda está escuro...

— Queria ver o nascer do sol... Mas...

— Mas? Alguma coisa errada?

— Nada errado. Só queria lhe fazer uma pergunta? (...) É muito importante! Quando se hospedou aqui Martín Gonzáles, é possível verificar? Ele deve ter perdido aquela "meia nota de *pesos* argentinos" que está no mural! É meu amigo... Há muito tempo o procuro... E, e...

— Martín Gonzáles...? — quando **Ele** citou a nota de *pesos* e o nome do Martín, Nina, que sabia da história, muito rápida disfarçou: — Martín... Martín... deixe-me ver... Olhou no computador... Fez de conta... Verificou...

— Não, com esse nome não temos nenhum hóspede cadastrado...

— Não! Nenhum Martín Gonzáles?

— Lamento, senhor! Eu não posso ajudá-lo, mas posso levá-lo ao escritório, talvez... Talvez meu chefe possa lhe ajudar... Muitas vezes ele faz anotações sobre os achados... Poder ser que ele lhe forneça detalhes...

— Lhe serei grato, é muito importante...

— Por favor, siga-me.

A caminho do escritório, eles passaram diante do painel, **Ele** chamou a atenção de Nina, indicando a nota, e disse:

— Martín deve ter estado na praia, talvez em outra pousada!

— Quem sabe, senhor...

Nina olhou e seguiu, abriu a porta do escritório, acendeu as luzes, pediu que aguardasse um momento, indicando a cadeira de frente para a mesa do escritório.

— Obrigado! — **Ele** agradeceu e sentou-se, impaciente. Bem que gostaria de estar em outro lugar, mas tinha que ser uma coisa de cada vez. Nina foi à procura de Martín, sabia que já estaria em ação em algum departamento. Eram de praxe suas averiguações, e não demorou para encontrá-lo, estava na cozinha.

— Bom dia, Martín! Tudo indica que teremos mais um ótimo dia, chefe...

— Graças a Deus, somos agraciados por dias venturosos. Ainda mais estes com a visita de toda a minha família. Estou muito feliz e agradecido, Nina.

— Ah! Martín, tem um hóspede no escritório à sua espera... Tem uma reclamação sobre o atendimento, nunca havia acontecido... Achei seeeemm fundamento sua reclamação... Achei que eu não teria competência para justificar... Eeee... Por isso, para maior privacidade, tomei a iniciativa de levá-lo direto para láaaa...

— Mas, Nina, você disse que seria mais um bom dia... E você começa assim...?

— Aachooo que que vovovocê rereresolve lolologo e tutudo fififica beeemm...

— Quando você gagueja, Nina, não gosto... Mas vou logo ver o que aconteceu...

Martín ficou apreensivo com a gagueira de Nina, queria ver o que tinha acontecido, foi direto para o escritório. Ao passar no umbral da porta, viu o hóspede sentado... E Martín, com sua costumeira simpatia, cumprimentou-o em espanhol... Queria quebrar o gelo, se tivesse acontecido algo de grave no atendimento:

— *Buenos días, amigo! Todo bien?! Qué sucedeu?*

— *Buenos días!* Tudo bem! — **Ele** levou um choque ao ouvir o cumprimento em espanhol, levantou-se e estendeu a mão para cumprimentá-lo.

— Onde erramos, *mi amigo*? Nina me disse que havia uma reclamação... Eeee... Eeee... — Martín gaguejou.

Enquanto Martín apertava a mão do hóspede e olhava em seus olhos, um susto, a imagem do amigo revelou-se. Apesar do tempo, não mudou, ali estava seu grande amigo. O amigo que não tinha encontrado... Reconheceu-o de imediato.

— Alan, Alan, Alan, você, meu irmão! — Martín o abraçou. — Quais os anjos que te guiaram?!

— Martín, Martín! Martín! Onde venho encontrar meu amigo, *hermano*? No paraíso! Não morri, né?

— *El paraíso acaba de quedar completo! Qué alegría! Qué alegría, hermano! Sólo te faltaba! Faltaba usted para encerrar mis búsquedas!*

— *Cómo nos encontramos tan lejos?* — Alan lembrou o espanhol.

Houve a maior festa no reencontro dos dois amigos.

— Martín, dizias que a Argentina não te queria, e por isso vieste à procura do Brasil... Então, não só encontraste o Brasil, mas, como brinde, um pedaço do paraíso também...

— Sim, meu irmão, eu encontrei tudo o que buscava, no lado onde o sol nasce. Jamais sonhei, depois que deixei minha terra, chegar aonde cheguei.

— Que maravilha, que lugar mágico! Desde quando você está aqui? Conta-me?

— Vai demorar para te contar tudo... Vamos ter que misturar esse tempo que passou... Porque eu também quero saber de você...

E os dois amigos que não se viam há tanto tempo não viram o tempo passar, um queria saber do outro, alguns dos fatos mais importantes foram sendo relembrados. A porta do escritório havia sido fechada por Martín quando chegou para ouvir a reclamação do hóspede. Por isso ninguém sabia o que ocorria lá dentro do escritório.

Quem estava no escritório não sabia o que estava acontecendo na praia, **Ela** chegou antes, queria fazer-lhe uma surpresa. O sol ainda não marcava o ponto em que despertaria para um novo dia na Praia dos Carneiros. Estava praticamente escuro. E **Ela** esperava por **Ele**, tinha certeza que se repetiria a cena do dia anterior. Tinha certeza que viria... Achou a noite longa, e esperara ansiosa por aquele momento... Porém o sol surgiu por entre as nuvens no horizonte, as gaivotas famintas já haviam despertado e voavam em bandos à procura do seu café da manhã... E nada... **Ele** não apareceu... Seu olhar o procurou pelos caminhos dos coqueirais, pela praia, em cada veranista corredor que avistava... Lá longe... Pensava, é **Ele**... mas, ao se aproximar, esse também passava por **Ela** e seguia sua corrida... O sol subiu depressa demais... E a resposta à sua procura não vinha... E não veio... Pensou: "Que boba, eu aqui como uma adolescente esperando meu príncipe... Nem seu nome eu sei! Nem de onde **Ele** vem eu sei! Fez-me sonhar..." — e as lágrimas do mar dos seus olhos rolaram pelo rosto e caíam na areia branca... Talvez não fosse ainda hora para tanto desespero... Pensando assim, **Ela** lembrou que, no dia anterior, **Ele** disse que faria uma corrida antes do café... "Quem sabe **Ele** veio, e antes que eu chegasse foi correr" — **Ela** pensou... Depois escolheu um lado e foi caminhando... As lágrimas secaram, quando a esperança a fez ganhar forças... **Ela** caminhou, caminhou, tão absorta nos seus pensamentos, chegou a esbarrar nos que caminhavam e corriam no sentido contrário: "*Excusa, perdon*" — dizia.

Ela procurava, o olhar atento, a praia foi se enchendo de gente, a possibilidade de encontrar alguém conhecido tornara-se impossível... No passo lento, **Ela** caminhou até que seus olhos viram uma igrejinha à beira da praia... Com todos os pensamentos embrulhados que lhe povoavam a cabeça, aproximou-se, leu a inscrição, "Capela de São Benedito". A porta estava aberta, entrou, aspergiu-se. Com o olhar, como se pedisse socorro, procurou os sinais da fé que herdara desde pequena. E lá estava, por sobre o altar "ENCONTROU A IMAGEM", de quem disse um dia que poderia ser procurado em todos os momentos da vida... Ajoelhou-se e rezou. **Ela** fez sua oração e tinha certeza de que, como sempre, ELE a protegera e que até ali a havia conduzido, confiou a Deus sua aflição... Depois da oração, **Ela** saiu, contemplou a paisagem e pensou: "Haverei de encontrá-lo na volta". Confusa, em adágios negativos e positivos, demorou muito para fazer o caminho de volta. O sol já estava alto quando chegou à pousada. Entrou no saguão, seus olhos o buscaram entre tantos hóspedes que circulavam, e nada. Pensou em pedir informações sobre o hóspede que queria encontrar, mas não sabia por onde começar. Não tinha nome, era certo que a discrição deles não chamara atenção de nenhum funcionário. Como pedir-lhes referências de quem a acompanhara no jantar e na caminhada? Havia muita gente e, para os funcionários treinados, todos os hóspedes eram iguais. Subiu para o banho, o horário do café já havia passado, mas esse detalhe, nessa altura, era o que menos importava. Desceu, não encontrou nem seus sobrinhos que dormiram no mesmo quarto, nem seus irmãos. Fez um lanche rápido e foi para a praia, inverteu a direção na esperança de encontrá-lo. Seguiria pela praia e retornaria pela sombra dos coqueirais.

Enquanto isso, no escritório, o tempo passou sem que os amigos percebessem que já era quase meio-dia. Ninguém procurou por Martín, porque todos sabiam o que tinham que fazer quando havia lotação completa da pousada, afinal, algumas orientações já haviam sido passadas na cozinha quando fora chamado por Nina... Então, com a alegria do reencontro, tudo o que cada um passou para chegar ali foi sendo resumido. Martín resumiu sobre o acidente e a perda de dona Sílvia, a morte do seu Chico, a herança deixada. Elogiou a atitude de Marcos, disse que jamais sonhou que poderia ser herdeiro de *su padrecito* Chico. Alan perdera a mãe e visitava constantemente o irmão, que havia se mudado da cidade e já tinha netos. Disse que não voltara mais para a antiga morada. As recordações desfilavam, mas no transcorrer um espinho começou a espetar Martín. Durante todo o tempo, Alan não revelou se estava casado, não falou que tivesse família, a mão esquerda sem anel... Quando Martín partiu para esse assunto, de que tinha encontrado Betti, que tinham Mateus e Violeta, ele mexeu nos sentimentos de Alan.

— Alan, me diga, você casou? Descasou? Disse que está sozinho nestas férias... E...

— Não, Martín. Não casei, nem descasei, por causa das mudanças constantes, o trabalho, tudo o que começava bem terminava mal... Martín, eu fui muitas vezes para tua terra à procura de Júlia, você me falou tanto dela e de seus olhos que pensei que, se a encontrasse, eu a reconheceria. Mas não deu... Faz tempo...

— Você chegou a ir lá para a minha terra, Alan?

— Sim, desci a serra, o asfalto novo na época, não encontrei nenhum morador naquela região. Procurei em cada comércio na cidade de Bernardo... Não encontrei em nenhuma moça a Júlia descrita por você, Martín.

— É... Quando fui para meu passado, não lembrei de te contar, que quando cheguei aonde nós morávamos e não encontrei a casa, foi muito triste... Daí foi a ideia de Betti de procurarmos onde talhávamos... Lá estava o diário... Essa parte da história te conto depois...

— Confesso que nunca esqueci o nome "Júlia", na verdade, cada moça que eu encontrava parecida com sua descrição eu queria saber logo o nome... Nada de Júlia...!!! E o tempo passou, meu irmão!

— Meu amigo! E se eu te contar que minha irmã Júlia está sozinha, que não se casou, você acreditaria?

— Se você diz, com certeza eu acredito... Mas logo agora que...

— Que o quê, Alan?

— Pois é, nestes dias, apenas nem bem dois dias que estou aqui, encontrei alguém... Logo agora... que... Não sei o nome nem de onde vem... Caramba, que confusão... E... Martín, você, meu amigo e irmão, vem me dizer que Júlia ainda está sozinha?

— Que pena! Ela está por aí, como te falei, todos os meus irmãos estão aqui, ela também está... Ontem nós fomos jantar lá na pousada do Vítor, e ela não foi, disse que ficaria... Ela disse que estava cansada, acho que foi dormir cedo...

— Martín, você está brincando comigo! Fala sério...

— Como assim? Estou dizendo que Júlia não quis ir conosco lá no Vítor...

— Martín, aqueles olhos, Martín, aqueles olhos que eu vi eu conheceria... Será que?!!

— Alan, do que você está falando? Você viu a Júlia por aí e não sabia... Não sabe, lógico... Que confusão? Você disse que encontrou alguém, logo agora que estão próximos um do outro... — Martín estava atônito com o que ouvia.

— Vai fazer minha cabeça pirar desse jeito... Martín!

— Pois bem, quando fui para a Argentina, te contei. Quando encontrei todos, lembra. Júlia está sozinha... Daí eu disse a ela: se não deu certo até agora, minha querida *hermana*, será que não tem alguém te esperando... Na hora lembrei-me de você, que disse que iria procurá-la. Naquele dia fiquei tão sentido, amigo... Júlia não disse nada, apenas duas lágrimas rolaram do rosto dela... Que pena, meu amigo, logo agora... Que... Que...

— Amigo Martín, deixa-me procurar essa hóspede que não sei o nome, tenho que esclarecer uma dúvida... Quem sabe ainda seja possível... Mudar as coisas... Não quero magoar ninguém! Talvez ainda posso terminar... Para depois... Mas...! Você me permite, amigo?

— Você sabe em qual apartamento ela está? Posso ver no cadastro... — Martín queria que o encontro acontecesse.

— Só sei que ela está compartilhando o quarto com sobrinhos... São muitas coisas acontecendo de súbito, meu amigo!

— Alan... Deixa-me pensar... — Martín lembrou que Júlia dividia o quarto com os sobrinhos, tinha que fazer suspense. — Vamos resolver essa situação... Vou pesquisar...

— É quase meio-dia, Martín, não vi o tempo passar... — Alan estava impaciente.

— É verdade, poxa, quase meio-dia! Temos o tempo a nosso favor, amigo. Nada de desespero! Vamos almoçar juntos. Todos os que foram lá no Vítor ontem à noite fariam hoje um passeio de catamarã, nas piscinas naturais na maré baixa. Depois subirão o rio para ver a paisagem, e vão almoçar na beira do rio num restaurante especial. Não sei se encontraram Júlia para ir com eles. Portanto, nós poderemos almoçar sem pressa.

— Ok, enquanto você, com certeza, tem afazeres, porque eu o interrompi por tanto tempo, deixe-me primeiro caminhar um pouco... Depois almoçaremos juntos...

— Alan, primeiro vamos juntos tirar a minha parte da nota de *pesos* do mural para emendá-la com a sua. Quero contar a história do nosso combinado, que demorou tantos anos para ser efetivado. Depois de emendada, a colocaremos novamente no mural. Pode ser?

— Com certeza que pode! Aqui está minha parte. Deixa dar-te mais um abraço. Ainda não acredito. Por tantos lugares passei sempre com esperança de te encontrar, Martín. No dia que você partiu rezei para que você encontrasse o Brasil que procurava.

— Ah! Tem uma coisa que ainda não te mostrei, espera aí... Quando voltei lá onde você morava, e não te encontrei... Até a casa foi desmanchada. Daí perguntei ao morador se ele não tinha encontrado nada estranho dentro nas paredes. Lembra quando terminamos a parede?

— Sim! Claro que lembro! Nós escrevemos em dois pedaços de tábuas o que estava acontecendo naquele dia... Eu escrevi sobre a Apolo 11, que o homem pisou na lua. E você não quis mostrar o que escreveu...

— Hoje, agora, você vai poder ler o que escrevi há tanto tempo passado.

Martín foi até uma estante e retirou duas tábuas que estavam guardadas e as apresentou ao amigo, e disse:

— Veja, aqui estão as provas do nosso passado... Quem mora lá as guardou... Pensou que tinham um valor histórico... Coincidência... E achou que o mais correto seria ficar comigo...

— Não é possível! Deixa ver o que você escreveu?

Quando Alan leu a inscrição da tábua de Martín, seus olhos marejaram. Não esperava ver tamanha gratidão pelo pouco que fez para o amigo imigrante. Deu mais um abraço no amigo.

— Então, Alan, assim foi escrita nossa história até hoje. E, com certeza, tuas preces foram ouvidas. Encontrei mais do que procurava, mais do que queria, mais do que merecia, mais do que sonhei... Fui abençoado. A dor maior foi que nunca mais pude rever meus *padrecitos*...

— Lamento, e me solidarizo com sua dor. Tudo tem seu preço, amigo... Lamento! É a vida! — Alan observou sentido.

— Espero que você não pague o preço da tua espera... Meu irmão.

— Estou com o coração na boca... até mais tarde, Martín... — mais um aperto de mão selava o grande reencontro.

Alan saiu zonzo depois do encontro inesperado com seu grande amigo. E, mais ainda, pela dúvida que lhe invadira a cabeça. Como faria para dar adeus à pessoa maravilhosa que conhecera...? Justamente agora que a Júlia que procurara por tantos anos estava ali tão próxima?!

Capítulo 32

OS OLHOS DE JÚLIA

Alan ficou nos espinhos depois de tudo o que o amigo lhe contou. **Ela** caminhou a manhã toda à sua procura. **Ela** não queria ver o sol se pôr sem o encontrar novamente, **Ele** queria ver se aqueles olhos eram os mesmos ou, por coincidências, apenas parecidos com os da Júlia que sempre procurou. Em silêncio rezou: "Deus, que a pessoa que eu encontrei não seja outra! Porque, se for, não sei o que farei!". Já passava da hora quando os dois amigos sentaram para almoçar. Alan contou que foi à praia, circulou pelos caminhos próximos da pousada e não encontrou **aquela** que ele não sabia o nome. Martín já havia pesquisado no cadastro sobre quem estava hospedado com sobrinhos no mesmo quarto. Gelou, seria muita coincidência. Desde que conferiu, ficou numa torcida e numa expectativa, pois queria que fosse o que pensava. Segurou o segredo com um nó na garganta...

Logo que sentaram, um garçom atendeu o chefe e seu amigo. Dois drinques foram servidos. Nina, que estava de frente para Martín, fez um sinal de positivo e sorriu... Martín, numa intuição, sentou-se de frente para a escada, e deixou Alan de costas... Queria ver primeiro se a "**sem**" nome, referência do amigo, surgisse de repente... Eis que aconteceu, Martín de frente para a escada a viu, agora, ele tinha certeza, **aquela** que não tinha nome para Alan era Júlia. Ainda mais depois que Alan referiu-se "àqueles olhos", "eu conheceria". Ela desceu as escadas como se procurasse alguém. Eram poucas as mesas ainda ocupadas, a maioria dos hóspedes já haviam almoçado. Júlia viu seu irmão Martín, lá no fundo do restaurante, e havia uma pessoa de costas sentada à mesa com ele. Como não vira o irmão desde ontem, abriu um sorriso e foi ao seu encontro para dar-lhe um abraço. Martín levantou-se antes de Júlia chegar, deu três passos, estendendo-lhe os braços, e um sorriso iluminava-lhe o rosto.

— *Buen día! Mi querida Júlia! Donde estabas?*

— *Buen día, mi Hermano Martín... Yo estaba...*

Júlia cumprimentou o irmão, mas lhe chamou atenção o acompanhante que estava de costas à mesa, aqueles cabelos grisalhos... Quando Alan ouviu o nome Júlia, quase derrubou a cadeira, num salto, virou-se para ver quem o amigo chamara de Júlia. E, ante a surpresa de ambos, **Ele** acabava de ouvir o nome que queria ouvir, e **Ela** viu a imagem de quem procurava... Martín, que estava preparado, e sabia que o encontro estava por acontecer, fez a apresentação rapidamente.

— *Júlia, este es Alan, mi amigo... Alan, esta es Júlia, mi hermana...*

Quando os dois foram apresentados, ao se olharem nos olhos, pronunciaram juntos um o nome do outro. Trocaram um grande abraço. Alan beijou Júlia em ambas as faces. E disse em voz alta: "Obrigado, DEUS! É a mesma pessoa!" — Júlia e Martín não sabiam o porquê daquele agradecimento. Martín estava feliz pelo triunfo. Após tanto tempo, aconteceu a realização de um sonho de uma brincadeira de adolescentes. Um lugar de beleza ímpar acaba de testemunhar um encontro ímpar.

— *Bueno! Bueno! Ahora, ustedes saben quién es quién.* Heheheheh... *Estoy feliz, Júlia!* Quando nos encontramos pela manhã, Alan disse-me que tinha encontrado alguém há dois dias e não sabia o nome, eu fiquei preocupado... *Me sentí mucho para que fuera tú...* — Martín tentou explicar.

— Martín me falou tanto de você, quando esteve lá em casa. De cada irmão, fazia uma referência especial... E de você ele mencionava como referência teus olhos, que eu fiquei impressionado... Aquela descrição me fez procurá-la por todos os dias... — a voz de Alan embargara, emoção e alegria transbordavam.

— *Mis ojos, Alan?!* — Júlia pronunciou com surpresa.

— Sim, eu saberia te reconhecer... Eu brincava e dizia que iria te procurar... E te procurei, lá na *ruta* 14... Não encontrei a casa que Martín me havia descrito... E hoje te encontrei aqui, tão distante... — Alan estava feliz.

— *Usted me fué a buscar?* — questionou Júlia. — *Es verdad?!*

— Sim! E, quando nos encontramos na praia, vi teus olhos e você falando espanhol, eu queria que fosse você, mas tinha medo, caso não fosse... Achei que seria impossível... Tão distante... Para não me decepcionar, não arrisquei perguntar seu nome... Mas meu coração dizia que era você, a Júlia...

— Que interessante, Alan, quando vi aquela figura perfeita olhando o horizonte, aguardando o sol nascer, meu coração disparou e senti que encontrara o que sempre procurei... Achei que a melhor descrição para o abordar seria... E... chamei-o de poeta...

— Meu amigo Alan, Júlia, minha querida irmã, vejo que "alguém maior" — Martín deu ênfase ao pronunciar "alguém maior", com certeza referindo-se a DEUS, pois nunca deixou de cultivar sua fé — estava cuidando de vocês, e os trouxe para esse encontro neste pedaço de paraíso... Estou feliz... — e todos riram felizes.

— Sim, quando você me falou lá em casa, que talvez pudesse ter alguém me esperando, fiquei muito triste... Parecia impossível... Lembro que não lhe respondi! Pois não contive as lágrimas...

— Lembro, minha querida, Alan já sabe disso...

— Quanto eu já sei... Tem muitas coisas que não precisam ser contadas... — Alan revelou feliz olhando os olhos brilhantes de Júlia.

A conversa foi longe, as revelações de tantos anos. Martín concordava com o que ouvia, e tornou-se uma testemunha de um encontro feliz. O almoço praticamente ficou em segundo plano. Intercalando a conversa, apenas degustaram pequenas porções da comida. Martín contou que surgiu a ideia de colocar o mural de achados e perdidos, apenas pelas coisas que os hóspedes perdiam nas dependências da pousada. Vocês viram quantas coisas os hóspedes perdem? E, quando contei a história da nota rasgada, seu Chico sugeriu que a colocasse no mural. Martín observou: "O que poderia ter acontecido, em virtude do grande movimento da pousada, e você, Alan, passaria tão perto de mim e não me encontraria". Alan comentou que foi sensacional a ideia e fez uma observação: "Mas, pensando por outro lado, havia uma Júlia no caminho. E daí..." — estavam felizes com as incríveis coincidências.

Quando à noite todos retornaram dos passeios, Martín apresentou Alan para toda a família; Júlia, de gancho no braço de Alan, estava irreconhecível...

Extremamente feliz, queria contar para Anita sobre o encontro, mas todos queriam falar ao mesmo tempo... O espanhol e o português formavam quase um tango na trama das palavras... Vieram à tona comentários que há anos haviam se acumulado. Quando o cansaço do dia já vencia a todos, chegou a hora do descanso. Mas nem todos estavam vencidos pela fadiga do longo dia. Havia dois corações sedentos de companhia, tinham muito assunto, e a paisagem, a noite de luar, a praia paradisíaca se encarregou de arrebatá-los. O amor represado pelas circunstâncias desabrochou numa ânsia infinita. Os olhos de Júlia até que enfim haviam sido encontrados. Quem esperava por Júlia também foi descoberto. O novo dia chegou na praia, e juntos viram o amanhecer mais lindo de suas vidas. De muito longe, vieram dois corações solitários se unir na paradisíaca Praia dos Carneiros. Agora, **Ele** sabe que **Ela** é Júlia; e **Ela** sabe que **Ele** é Alan.

  A festa desse encontro durou todos os dias que faltavam para encerrar a temporada. Martín, feliz por ter fechado o círculo de toda a sua aventura, havia encontrado o Brasil que procurara, no lado que escolhera: o lado do sol nascente. Foi coparticipante, e ajudante do seu Chico, durante o período de governo militar, e alcançaram o sucesso com o crescimento do turismo. Martín fez questão de frisar, tudo isso, numa reunião de gratidão que fez com toda a família. Havia motivos de sobra para festa, e agora surgiu mais um: Júlia e Alan decidiram casar-se antes do retorno dos irmãos para a Argentina. Providências urgentes, na embaixada da Argentina, liberaram os documentos, e Alan e Júlia, na igrejinha de São Benedito, fizeram o juramento de amor eterno. Com as bênçãos de Deus, um sacerdote realizou seu casamento. Não foram esquecidos nos convites para a festa: Lino e Tina, e seu Alfredo, Marcos e Rita, chegaram a tempo, e também o compadre Vítor e família. Como coroamento da festa, aconteceu o show de trompete, que Martín havia prometido. E com a ajuda de Casquinha, no *playback*, com Raquel, a *crooner* da banda da Pousada, dividindo a plataforma, lá no alto da torre, com Alan e Júlia, Martín fez o maior concerto de sua vida. Tudo ensaiado e no repertório uma **música especial, que parecia a mais adequada para o momento.** Alan a dedicava para sua amada *Júlia*: *Soleado a música do céu*, letra de Alberto Luiz, quem a interpretava era Moacir Franco. Hoje ele fez sua parte no trompete, e Raquel cantou assim:

****

O IMIGRANTE

De muito longe vem uma canção
Suavemente como uma oração
E um anjo azul entre bruma e véu
Veio abrir pra nós os portões do céu

E ao céu chegamos como quem morreu
Trazendo amor, o resto se perdeu
Somos pássaros, livres da prisão
Soltos no infinito, sobre a imensidão

De muito longe, vem essa canção
Fazer um só nosso coração
Vem comigo, vem, dá-me a tua mão
Vem andar no céu com os pés no chão

A nuvem branca são os sonhos meus
O sol que aquece são os beijos teus
E as estrelas são a felicidade
É o nosso amor, toda eternidade

Pra muito longe vai essa canção
Rasgando o céu como uma oração
Ela vai dizer ao seu coração
Que eu te quero mais
És minha salvação!

****

Havia, ao pé da torre, todos os hóspedes da Pousada das Ostras, e mais turistas das pousadas próximas, que vibraram ao som do trompete. E como encerramento da noite de gala, Martín, quase aos prantos, sabendo que sua residência seria definitiva no Brasil, tocou para seus irmãos, com interpretação comovente de Raquel: uma canção que fora feita para Eva Peron (1919-1952). Apesar de Martín não entender a política de seu país, sentiu-se sempre identificado com esses versos, em parte, por ter sido separado de sua terra natal. Por isso Raquel a interpretou em espanhol. **No llores por mí, Argentina.**

****

Será difícil de comprender
Que apesar de estar ahora aquí
Soy del pueblo y jamás lo podré olvidar

Debéis creerme
Mis lujos son solamente um disfraz
Um juego burgués, nada más
Las reglas de ceremonial

Tenia que aceptar
Debí cambiar
Y dejar de vivir em lo gris
Siempre tras la ventana
Sin lugar bajo el sol
Busqué ser libre
Pero jamás dejaré de soñar
Y solo podré conseguir
La fe que queráis compartir

O IMIGRANTE

No llores por mí, Argentina
Mi alma está contigo
Mi vida entera te la dedico
Mas no te alejes
Te necesito

Jamás poderes ambicioné
Mentiras dijeron de mí
Mi lugar vuestro es
por vosotros luché
Yo solo quiero
Sentiros muy cerca,
Poder intentar
Abrir mi ventana y saber
Que nunca me vais a olvidar

No llores por mi, Argentina
Mi alma está contigo
Mi vida entera te la dedico
Mas no te alejes
Te necessito

Que más podré decir
Para convenceros
De mi verdad
Si aún podéis dudar

Mirad mis ojos ver
Como lloran de amor

****

  Ao término dessa confissão, a emoção envolveu a todos, apenas abraços. Nenhuma palavra foi dita, desceram da torre. No dia seguinte, aconteceram as despedidas, cada um seguiu seu caminho. Júlia e Alan retornaram juntos para a nova vida. Teriam apenas que fazer alguns ajustes, quanto à vida profissional, mas já estava decidido, ela se tornara cidadã brasileira. Agora, que todos tinham endereços, os meios atuais proporcionam facilidades de comunicação, a família estará sempre mais unida. E Martín concluiu:

  — *Quando minha terra não me quis mais, tive que partir... estabeleci uma meta, busquei um novo país... encontrei, me abrigou, venci! Hoje, quase 27 anos se passaram, e posso dizer: sou um cidadão brasileiro! Muito obrigado, BRASIL! Te asseguro, Brasil, meus filhos nasceram aqui, e meus netos haverão de nascer aqui também, nesta terra bendita...*